沈まぬ夜の小舟 下

中庭みかな

イラスト　テクノサマタ
ブックデザイン　omochi design

沈まぬ夜の小舟（承前）

二十七

これから行く、と連絡をすることもせずに、創《そう》は瀬越《せごし》の部屋まで歩いてきてしまった。

少し寝たせいか、仕事が終わったときよりは身体《からだ》が楽だ。高めの薬を買ったのがよかったのかもしれない。

昨日の夜、逃げるようにして出てきた部屋の前に立つ。見慣れた車が駐車場にあったのは確認したけれど、もしかしたら、今日もいなかったりするだろうか。

自分がそれを望んでいるのかどうかも分からないまま、創はしばらく、扉の前で立ちすくんでいた。

(どうしよう)

ここまで来たのはいいが、そこから先どうすればいいのか考えられなかった。瀬越から届いたメールには、連絡がほしい、としか書かれていなかった。来てほしいと言われたわけではないのだ。

喉《のど》が渇いて、唾《つば》を飲み込む。寒さのせいで、インターホンを押す指が震えた。鳴った音まで揺れて聞こえた。

とつぜん来てしまって、迷惑だろうか。また、あんな顔をさせてしまうだろうか。

――何ができるの？

冷たく乾いた声が耳に蘇る。

もしもう一度同じことを聞かれたら、創はなんと答えればいいのだろう。身体がこわばって、心臓がどくどくと大きく音をたてて鳴る。

扉の向こうでがたがた物音がしたかと思うと、勢いよく戸が開いた。

「創ちゃん」

創の顔を見るなり、瀬越は小さく呟《つぶや》いた。いつものその呼び方に、少しだけ安心する。

何か言わなくてはいけないと思ったけれど、言葉が出なかった。かわりに、小さく頭を下げる。

「……入って」

どこか戸惑っているような声で促される。頷《うなず》いて、それに従った。

昨日は暗かった部屋も、いまはちゃんと明かりがつけられていた。暖房もついていて、外よりずっとあたたかい。瀬越は部屋着だから、もう寝ようとしていたところだったのかもしれない。

（どうしよう。……どうしよう、どうすれば……）

その言葉だけを心の中で繰り返してしまう。

居間には踏み込めず、廊下の端で足が止まる。意識してではなく、勝手に身体が止まってしまった。

「お、俺……」

創が立ち止まったので、瀬越も振り向いた。何か言わねば、と口を開くが、それに続く言葉が出てこない。

瀬越も何も言わず、それでも何かを言いたそうに、じっと創を見ていた。目が合って、それが静かにそらされる。

瀬越は寝不足なのか、目の下に濃い隈ができている。顔色も悪かった。夜勤明けに病院で会ったときにも、ここまで疲れた顔はしていなかったはずだ。どんなに忙しそうだった時も、いつも、笑顔で優しく声をかけてくれたのに。

いまはいくら顔を合わせていても、笑ってくれそうになかった。

(俺のせいだ)

憔悴《しょうすい》しきったその顔を見ていると、嫌でも伝わってくるものがあった。

この人はきっと、昨日の夜のことを後悔している。あんなことをするべきではなかったと、そう思って自分を責めている。

頭の悪い創にも分かるくらい、瀬越は弱っていた。

(どうしよう。そんなつもりじゃなかったのに)

そんなつもりではなかった。こんな顔をさせたいわけではなかったのに。

創まで泣きそうな気持ちになってしまう。がんばったつもりだったが、やっぱり、うまく演技ができていなかったのだろうか。

「もう、二度と会ってもらえないかと思ってた」

そらしていた目を戻して、瀬越がゆっくりと言う。

やめてほしかった。どうしたらいいのか、必死に考える。この人に謝らせてはだめだ、と、そのことで頭がいっぱいだった。

謝らせては駄目だ。だってそうしたら、瀬越が悪者になってしまう。

何ができるの、と問われた言葉をまた思い出す。

何も持っていない創は、この人に与えられるものが何もない。だからせめて、たったひとつ自分にできることをするしかなかった。いまにも頭を下げられてしまいそうな雰囲気に、せいいっぱいの虚勢を張って、笑ってみせる。

「……だ、だって、俺」

声がうわずって、うまく言葉にならない。ごまかすために声をたてて笑ってみたけれど、それも上手《じょうず》にできなかった。

「俺、まだ、お金もらってない」

気が付いたら、瀬越の顔を見て、そんなことを言っていた。

創の言葉に、瀬越は数秒、なにを言われたのか考える顔をしていた。戸惑ったような顔が、やがて、色が抜けていくようにゆっくりと表情を変える。

その目は、昨日の夜に見たものとよく似ていた。

「いくら?」

吐き捨てるような低い声で、そう聞かれる。

「……一万円、です」

答える自分の声が、幼い子どものようにおぼつかなかった。

「創ちゃん、ずいぶん安いんだね」

そう言って、背中を向けられる。

居間の中に入っていったので、創も静かにそのあとを追った。昨日のグラスが、同じ場所に倒れたままになっている。それに気付いて目をそらせずにいると、財布を手にした瀬越が、札入れの中身を創に差し出してきた。まるで破り取ろうとするような、乱暴な仕草だった。

「多いです」

差し出された紙幣は、見た限りでも三枚より多い。そう言ったけれど、無言で手のひらに押しつけられて、受け取ってしまう。

かさついた紙の感触に、ぐっと喉の奥が熱くなる。

（……何やってるんだろ、俺）

自分のことが嫌になった。これまでに何度も同じことをしてきたはずなのに、こんなに嫌な気持ちになったことはなかった。

一万円だけ受け取って、残りを返そうとする。けれども瀬越は財布をテーブルに放り投げて、もう受け取る気はない、とでも言いたげだった。

どうしよう、と思って、うつむいて唇《くちびる》を噛《か》む。

ここは、喜んでもらっておくべきなのだろうか。お金がほしくてやっていることなのだから、そう見せたほうがいいだろうか。ほんとうはこんなもの、少しもほしくない。でも。

迷いながら、おずおずと紙幣をポケットにしまう。

顔を上げると、さっきよりも近い距離で、瀬越が創を見ていた。冷たい目だった。

ああ、と、その目を見て、悲しい気持ちになるより先に安心する。これで、創のことで、ひどいことをしてしまったとはもう思わないだろう。ちゃんと、嘘《うそ》がつけた。

瀬越が罪悪感に苦しむ必要はない。どうでもいいものを、どうでもいいように扱っただけなのだから。軽蔑して、嫌いになってくれればいい。

創と目が合っても、もう、その目はそらされなかった。何か探るように、じっと見つめられる。居心地が悪くて思わず後じさると、背中に壁がついた。

「痕、残っちゃったね」

ふいに、手を伸ばされる。

冷たい指で、首筋を撫《な》でるように触れられた。耳にかかる髪を払って、その付け根を軽く叩《たた》かれる。なんの痕だろうと思って、瀬越を見上げる。創の視線の意味に気付いたのか、瀬越は口の端だけで笑った。少し、意地悪な笑い方だった。

「これ」

創に答えるように小さく呟いてから、瀬越は指で触れていた箇所に顔を寄せた。

痛みが走るほど、唇でそこを強く吸われた。すぐに顔を上げて、額がぶつかりそうなほど近くで、また目をのぞきこまれる。

壁と瀬越の間に挟まれた格好で、創は身動きが取れなかった。

「きみのことだから、今日も真面目《まじめ》にお仕事してたんだろ。高野《たかの》に見られなかった?」

痕。今されたことを考えると、つまり昨日の夜の、ということだろうか。

耳元で囁《ささや》くように言われたその名前に、血の気が引く音が聞こえた気がした。

——髪、伸びたなぁ。

高野にも、見られていたかもしれない。

今さらそんなことをしても意味がないのに、手のひらでそこを覆って隠す。伸びてきた髪がかかって隠れていたと思いたいが、鏡で確認したわけではないので、自信がなかった。

見られて、しまっただろうか。

「……真っ青。大丈夫だよ、あの人鈍いから。たぶん、虫刺されだとしか思わない。せいぜい蕁麻疹《じんましん》かな。創ちゃん免疫弱ってそうだし、そういう心配はされてるかもね」

創の表情が面白かったのか、瀬越はくすくす笑いながら、軽く叩くように頬《ほお》を撫でてくる。

「あの人は根っからの善人だから、誰にでも無条件に優しくするんだよ。たとえどんなに興味のない相手でもね」

言葉ひとつひとつは軽やかで、決してひとを痛がらせるものではなかった。けれど笑う声には、確かに悪意が滲《にじ》んでいる。瀬越は明らかに、創を傷つけようとしていた。

高野が創に優しいのは、彼にとって創が特別な存在だからじゃない。あの人は誰にでも平等に優しいからだ。そんなこと、よく知っているはずだった。創は高野の、そういうところを好きになったのだ。

そのとおりだと分かっていたはずなのに、瀬越の言葉を聞いて、たくさん針を刺したように胸が痛んだ。

落ち込んだ顔を見られたくなかった。目を伏せると、まるでそれを許さないとでもいいたげに、顎《あご》を持ち上げられる。

抗《あらが》う間もないまま、唇を重ねられた。

「な、なんで」

短いキスだった。瀬越がどういうつもりなのか分からず、創は困惑するしかなかった。この人は、違うはずなのに。

「なにが」

「先生、俺のことなんて、好きじゃないのに」

昨日の夜も瀬越は、きれいな女の人を連れていた。本来ならば、こういうことをしたい相手は別にいるはずだ。この人が求めるのならば、応えるものもたくさんいるだろう。それなのに、わざわざ創を相手にする意味が分からなかった。

創の言葉を聞いて、瀬越は短く息を吐いた。

「好きな相手とじゃないと、しちゃいけないって?」

あきれた口調で言われる。

「創ちゃんがそんなこと言うんだ」

言いながら、さっき創がお金をしまい込んだポケットのあたりを手で叩かれた。

好きでもない相手に身体を売って、さんざんお金をもらっているくせに。そう言いたいのだろう。なにも反論できなかった。最後まではしていなかったなんて、そんなことを言っても意味はない。創が自分自身を売っていたことは事実だ。

それに、創がこれまで「仕事」をしてきた男たちだって、別に創のことなんて、好きでもなんでもなかった。誰でもよくて、たまたまその時の相手が創だっただけだ。

瀬越も、同じなのだろうか。

「おいで」

そんな言葉とともに、手をとられる。

摑《つか》まれる力の強さに、瞬間、ぞわりと鳥肌《とりはだ》がたつ。一瞬の間に昨日の夜のことが思い起こされて、心が拒むよりも先に、身体がすくんで足が動かなかった。嫌だ、と思って首を振ってしまう。

動かない創を見て、瀬越は目を細めた。笑ったのか、そうではないのか、判断のつかない表情だった。

耳元に顔を寄せられる。低くかすれた声で囁かれて、背筋が震えた。

「高野に、言っちゃおうかな」

いたずらをしかける子どものような言葉だった。笑う顔も無邪気で、言っている言葉と不釣り合いに明るい。

「あの人なら大丈夫じゃない？　きっときみに同情してくれるよ。試してみようか」

それだけは、と制止しようとして、瀬越がこちらの反応を待っていないことにすぐに気付く。創がどう答えるかなんて、そんなの分かり切っていることだ。

分かっていて、わざと試すようなことを言われている。もしかして、試す、ではなくて。

脅されている、のだろうか。

「……いい子」

抗うのをやめた創に、瀬越は優しく笑う。どこか乾いた、うつろな笑い方だった。

手を取られて、それに大人《おとな》しく従う。促された先は、これまで足を踏み入れたことのない寝室だった。

水に潜るのと同じだ。目を閉じて心の中で呟く。やることが違っても、一緒だ。

ほんの少し、時間が長くなるだけ。水に潜って、息がしばらくできないだけだ。だから大丈夫、と自分に言い聞かせる。

「創」

名前を呼ばれて、背後から強い力で抱きすくめられる。

(大丈夫。ぜんぜん、たいしたことじゃない)

こんな身体、どうなったってかまわない。

ぼんやりとされるがままになりながら、今ここにいない人のことを思う。

ザリガニも食べられるけどな、と教えてくれた人の声が耳に蘇った。ほんの数時間前に聞いたばかりのはずのその声に、むしょうに懐かしさを覚えて、遠く感じた。

二十八

服を脱ぐように言われた。

あたたかかった居間とは違い、寝室はベッドサイドの小さな明かりだけがついていて、空気もまるで外にいるのとかわらないくらい冷たい。戸惑って、創は立ちつくしたまま身動きができなかった。

瀬越はひとりベッドに腰《こし》掛けて、足を組んだ。

「早く」

どこかおもしろがるように、動かない創に向けて促す。

薄いパーカーを脱いで、シャツも脱ぐ。寒いな、と思うだけで、その他のことは心に浮かばなかった。どこまで脱げばいいのか分からず、瀬越を見る。なにも言わずに、じっと見つめ返された。

もっと、ということなのかと思い、ベルトを外してデニムと靴下も脱いだ。

「……そこまででいいよ。おいで」

脱いだものをそのまま床に投げ出しておくことに抵抗があったが、手招きされて創もベッドに座る。

肩を押されて、なんの抵抗もせずにそのままころんと転がった。

「ずいぶん簡単なんだね」

瀬越に上から乗られて覗《のぞ》き込まれる。

創が言われるままに服を脱いだことを言うのだろうか。たぶん、プライドがないと言っているのだろう。そのとおりなので、なにも言い返せない。

「いい匂い。若い男の子がこんな石鹸《せっけん》の匂いするの、どうかと思ってたけど」

首筋に顔を埋《うず》められ、ひとりごとのように言われる。

創が生きた人間であることを忘れたように、遠慮なしに体重をかけてのしかかられる。身体の重みをかけられ、押しつぶされそうに息が苦しい。なによりも、平気でそんなことをしてくる瀬越のことが悲しかった。

下着がわりのTシャツをめくられ、薄い胸に手でふれられる。あばらの骨をなぞる指の冷たい感触に、ひ、と短い息が漏れた。

「ちょっと力入れたら、すぐ折れそう。たいへんだよ、肋骨《ろっこつ》折れると。労災とか出るの？」

笑いながら、怖いことを言われる。

胸を撫で回されて、おかしな気持ちになった。女の子のような立派な胸があるわけでもないのに、そんなことをして楽しいのだろうかとぼんやりと思う。

触れられても、ただ皮膚《ひふ》にさわられている、というぐらいの感覚しかない。ただ、そうしている間に、少しずつ冷たい手がぬくもりを帯びてあたたかくなっていくその熱だけを感じる。他にはなにも思わない、はずだった。

そんなところ、自分でも意識したことがない。寒いせいなのか、触られたせいなのか理由は分からないが、いつの間にか、胸の先端が隆起してもちあがってしまっている。その部分を、指先でつままれ、つねるようにされた。

「ひ、っ」

電流を流されたようだった。感じたことのない突然の刺激に、背筋をそらして声を上げてしまう。

自分のものとは思えない声に、手で口を塞ごうとした。だめ、と、それを止められてしまう。

「ちゃんと声聞かせてよ。昨日の、女の子みたいなかわいい声」

「や……、いた、痛い」

痛みを訴えると、瀬越は指を離してくれた。けれどまたすぐに、両方とも、指先でもてあそぶようにされる。押しつぶしては爪《つめ》ではじかれ、しまいには片方を指で撫でながら、もう片方を舌で舐《な》められた。

「あ、あぁっ……！」

口に含まれ、熱く濡《ぬ》れた舌で舐め上げられて、身体の下の方から寒気に似た震えがせりあがってくる。こらえきれずに、首を振りながら懇願する。

「先生、それやだ、嫌」

瀬越は創の言葉を無視して指で弄《いじ》り続ける。やわらかい髪に触れて、そこからどいてもらおうとした。その仕草を咎《とが》めるように、疼《うず》く箇所に軽く歯を立てられた。痛みが刺激になって、爪先《つまさき》ががくがくと震えた。

「や、ぁ」

「なにが嫌なんだか。……こんなにしておいて」

何を言われても、頭に入らない。

邪魔そうにTシャツを脱がされて、最後に残った下着の上から、手で触れられる。こんなに、というその言葉がなにを示すのか、その動作でようやく理解する。気がつかないうちに、下着のなかが張りつめて、窮屈そうに布地を盛り上げている。

瀬越はそれを、からかうように指先だけで撫で上げた。

「ん、……っ、ふ」

背中を、ぞくぞくとした寒気が走る。声を上げてしまいそうになったけれど、それを唇で塞がれた。角度を変えて何度も唇を吸われる。熱くて湿った吐息が、自分のものなのか相手のものなのかも分からなくなる。

瀬越は器用に、キスをしたまま片手だけで創の下着を脱がせてしまう。これで、創ひとりだけがなにも着ていない状態になってしまった。部屋の寒い空気よりも、瀬越が着ている服の感触のほうが素肌に冷たかった。

「せ、先生、そこは、いいから……、っ」

執拗に求めてくる唇から逃れ、どうにかそう伝える。触られて、創のものはすっかり硬くなってしまった。瀬越はそれを手のひらで包んで、ゆっくり擦《こす》りはじめる。

東《あずま》に同じようにされたことを思い出す。あの時も、他人の手であっけなく達してしまった。男の性なんてそんなものなのかもしれないが、誰とでもそうなってしまえる自分のことを知っているだけに、この人に、そんなことをされたくなかった。

「なんで？　気持ちいいんでしょ、ほら」

手を止めないままに笑われる。先端から滲んできたものを指先にすくわれ、濡らした手で強く擦り上げられる。

「……！」

強い刺激に、声も出せずに身体を強張らせることしかできない。いやだ、と、心ではそれを止めたいと思うのに、身体は、もっと、と続きを欲しがるように、腰を揺らしてしまう。

これでは、東の時とまったく同じだ。恥ずかしくて惨めでたまらなかった。昨日のように、ただ痛くてつらいだけのほうがよっぽどましだ。

目を閉じてそんな思いをやり過ごしていると、もう一方の瀬越の手が、腰からするりと後ろの方に下りてきたのを感じる。前を弄る手は止めないまま、後ろの奥まった部分に指で触れられた。

「ひっ」

昨日のことを思い出し、息を呑《の》む。身体が勝手に固くなって、それ以上の侵入を拒むために足を閉じてしまう。

瀬越はおもしろくなさそうにひとつ息を吐いた。

「開いて」

痛みと恐怖を思い出して、額に冷や汗が滲む。それでも、そうするしかないのだと思い、言われたとおり足を開く。だいじょうぶ、と自分に心の中で言い聞かせる。すぐ終わる。昨日と同じことをするだけだ。我慢していればすぐに終わる。

「だいぶ腫れてるね。痛い？」

窄《すぼ》まりに指で触れて、まるで診察しているような平坦な声で言われる。創は首を振った。重たい口で、反対のことを言う。

「平気です、な、慣れてるし」

「……そうだったね。じゃあ、遠慮しないよ」

たくさん触られたせいで、創の昂《たかぶ》ったものからは先走りが零《こぼ》れ、先端から幹の部分まで伝い落ちている。瀬越がそれを指先に絡めて濡らし、創の後孔を少しずつ広げていく。遠慮しない、とは言ったけれど、慎重なその指遣いには、昨日ほどの衝撃はなかった。それでも指を中にいれられると、異物感がひどくて息が苦しくなる。

「口で呼吸して」

言われて、ただ楽になりたくてその通りにする。

指を少しずつ埋めながら、萎えかけた前の方に、反対の手で愛撫《あいぶ》が再開される。指が増やされて中が広げられていく感覚に、今度は冷や汗ではなく脂汗が出る。火照《ほて》りかけた肌がまた冷えて、全身に鳥肌が立った。

「すごいね。きのうより、熱いかも」

「……っ、く、せ、せんせ……、あ、ああっ！」

入れられ、軽く抜き差しされていた指の先が、中で軽く曲げられる。その時に、信じられないほど、身体が反応した。みっともない、と思う間もないほど反射的に甲高い声を上げてしまう。目の前がちかちかする強すぎる刺激に、前の方もまた震えて硬くなってしまった。どうしたんだろう、と自分が不思議になるほどだった。

瀬越はそんな創の反応を楽しむように、さっきの場所を指で押し上げた。

「ここ?」

「あ、あ」

経験がないことを疑われないように、うまくやらなければ、という思いはあったけれど、いまはそんなことも忘れそうだった。抑えようとしても、声が止められない。

「やめ、やめてくださ……、もう」

どうにか身を起こし、瀬越に触れて止めてくれるように訴える。指の先が髪に触れると、瀬越は顔を上げて創を見た。

懇願する思いで目を合わせたけれど、まなざしも指先も、うるさそうに振り払われるだけだった。

「ごめんね。やめない」

指が抜かれる。解放感にほっとする間もなく、それまで入れられていたものより、もっと熱をもつものがそこに押し当てられる。ぞくり、と、身体を割られる感覚を思い出して心が冷える。息をとめるだけ。我慢するだけ。

「う、……っ、く」

指よりも、ずっと質量のあるもの。自分ではない、別の誰かの一部。それがゆっくりと創の中に押し入ってくる。昨日よりは痛みは少ないけれど、それでも気を抜くと悲鳴を上げてしまいそうで、奥歯を嚙んで声を押し殺す。嫌な汗が額を伝って落ちた。

「ほら、力抜いて。食いちぎられそう」

瀬越は上から創をのぞき込んで、軽く頬を叩く。圧迫感が苦しい。

何でもいいからすがりつけるものが欲しくて、手を宙に伸ばす。その手を摑まれて、瀬越の首に回された。手に触れるのはさらりとした服の布地で、創の指は滑ってすぐに落ちてしまう。

瀬越は必要なところ以外、肌を晒《さら》す気もないらしかった。自分だけが何も着ていないのが、心が通じ合っていないことを思い知らされるようだった。

両方の膝に手を掛けられて、足を大きく開かされる。一度、奥まで深く埋められたものを、抜かれる寸前まで引かれ、そしてまた、突き立てられた。

「あ、あ……っ！」

目の前が、真っ白になった。

さっき指で中をいじられていた時と似ているけれど、それよりもずっと激しくて強い感覚に、目がくらむ。昨日は、こんなことはなかったのに。

「面白いね。そんなに、気持ちよくなっちゃうんだ」

ひとりごとのようにそう呟いた瀬越の言葉を、耳が拾う。その間にも、動きは止めることなくゆっくりと繰り返されている。腰を引かれて、また奥までいれられる。

その度に、気が遠くなりそうなほど、強く反応してしまう瞬間があった。

「き、もち、いい……？」

その言葉に、創は混乱する。この感覚がなんなのか、はじめてのものなので名前が見つけられずにいた。

気持ちいい、という言葉を受け入れることを、心は拒もうとする。けれどそれが正しいということを、身体が先に知っていた。

「気持ちいいんでしょ、ここ」

「っ、あ、あ、や」

言いながら組み敷かれ、ゆっくりだった抜き差しを激しくされる。どこを擦ればいいのかもう完全に知り尽くしているように、瀬越はその弱い場所を狙って中を突いてくる。

突き入れられるままに身体を揺さぶられると、すっかり硬く持ち上がった創のものが、上に重なっている瀬越の服に擦られる。

演技しようと思わなくても、自然と甘い声を上げてしまう。

(いやだ)

こんな自分は嫌だと思った。気持ちがともなっていないはずなのに、それでもこんな風になってしまうなんて。

瀬越に言われた通りだった。気持ちがよくて、頭がおかしくなりそうだった。何も考えられなくて、自分が全部、溶けてどこかにいってしまいそうになる。

(こんなの、……こんなの)

首を振る。痛いのや、苦しいほうがずっといい。それなら我慢できる。耐えていれば、いつか終わることを知っているから。

「やだ、……せんせい、いやだ、怖い……！」

身体ががくがくと震えてしまい、止められない。腰を引いてそれから逃げようとして、きつく抱く腕で捕まえられてしまう。

子どものような創の訴えに、瀬越はどこかあきれたように笑うだけだった。

「気持ちいいのが怖いの？　……変なの」

そう言って、噛みつくように唇を重ねられる。舌を強く吸われて、脊髄《せきずい》にびりびりと痺《しび》れが走った。

軽く上顎を舐められただけで、下半身を絞り上げられるような快感に襲われる。

全身がどこもかしこもひどく敏感になっていた。頭がおかしくなりそうだと、かすかに残る意識でそんなことを思う。このまま続けたら、自分が自分でなくなってしまう。

けれど、中途半端に瀬越が逃してくれないことぐらいは、もう創にも分かっていた。

「ちゃんと顔、みせて」

荒い呼吸で、息が苦しい。横に向けていた顔を、摑まれて仰向《あおむ》きに戻される。

足を折り曲げられて、その上から、体重をかけてのし掛かられる。より深い場所を貫かれて、頭の奥を直に殴られたように衝撃が響いた。そのまま、乱暴なほどの強さで、腰を打ち付けられる。

「ああ、あ、ふっ、あ……ぅ！」

激しい動きで、後ろを突かれるのと同時に前もぐちゃぐちゃに刺激される。

せつない震えが全身に走って、ふっと一瞬、心が静かになる。目の前も頭の中も、真っ白く塗りつぶされた。

嫌だ、と思いながらも、どうすることもできずに、そのまま射精してしまう。身体が、大きく震えた。

「……っ、創」

創の名前を小さく呼んで、瀬越も身を震わせる。身体の奥に、熱い迸《ほとばし》りを感じた。

ぼんやりと薄暗くなりかけた意識が、肩を揺さぶられ呼び戻される。目を開けると、瀬越がこちらを見ていた。

何かを言っているのは口の動きで分かるけれど、耳鳴りがひどくて声が聞き取れない。身体が重たくて、指先ひとつ動かせなかった。

「……せ……」

声を出そうとする。口もうまく動かなかった。意識がゆっくりと戻ってくる。

力が入らない。まるでどこかに穴があいていて、そこから空気が抜けてしまったような、そんな気分だった。

「大丈夫?」

聞いてくる声に、一度頷く。

いつもの優しい声ではなかった。特に興味もないけれど、聞くだけ聞いておこう、と、そんな問いかけに思えた。

「じゃあ、まだいけるよね」

慣れてるんだから、と、力の入らない腕を引かれて、身体を起こされる。されるがままになって、足を伸ばして座る瀬越の上に乗る。

一度達して、萎えた創のものに手を伸ばされ、強くそこを握られた。痛いほどの力で擦られながら、頭を引き寄せられ、深いキスをされる。

「今度は、創ちゃんが上になって」

ほら、と創を促して、瀬越は、まるでいつものような優しい笑顔でそう言った。

目の前が真っ暗になる。その暗闇の中で、これでいい、と呟く自分がいた。

だって創は、これぐらい慣れていて、どうということはないのだから。そういうものなのだから、どう扱ったって平気だ。

瀬越にそう思わせたかったのは、創だ。だから、これでいい。

「自分で動いてよ。俺は寝てるから」

目を伏せて、それにただ黙って頷く。何も考えられなかったし、考えたくなかった。

二十九

瀬越が創を解放してくれたのは、真夜中をとっくに過ぎて、明け方に近い時間だった。

自分が三度射精したところまでは覚えているが、それから先は記憶が曖昧だった。何度も意識を失いかけて、その度に揺り起こされての繰り返しだった。

目を開けて、身体を起こす。暗い寝室に、瀬越の姿はなかった。

床に散らばった服を拾い上げる。身に着けながら、かすかにひとの声が聞こえてくることに気付いた。となりの居間からだ。転がっていた鞄を持って、寝室を出る。歩くと、頭の中で鐘が鳴らされたように、ぐわんと大きな音がして目眩《めまい》がした。

喉が痛くて、目蓋《まぶた》が重たい。耳鳴りもずっと続いている。

「……うん。大丈夫だよ。忙しいのにごめん。明日？　……ああ、もう今日か。うん。夜勤明けで疲れてるのに、いいの？」

ひっそりと足音を忍ばせたつもりだったけれど、ふらついて壁に手をついてしまう。

その気配に気付いたのか、居間の窓際にいた瀬越がこちらを見た。誰かと、電話で話をしているようだった。

「ありがとう。じゃあ、またあとで」

瀬越はそう言って、電話を切った。優しい声だった。

鞄を持った創を眺めて、瀬越はどこか苛立《いらだ》ったような顔をする。

「帰るの？」

頷くだけでそれに答える。瀬越は何も言わなかった。

頭を下げて、玄関に向かう。身をかがめて靴を履いていると、後ろに立った瀬越から声をかけられた。

「お金」

どういう意味だろう、としばらく考えて、そしてやがて気付く。靴を履き終わって、創は顔を上げた。玄関に立ち尽くしている瀬越と目を合わせる。居心地が悪そうな表情をして、すぐに視線を外されてしまった。

さっきまでとは別の人みたいだ。東もそうだった、と思い出す。その最中はまるでひとが変わったように饒舌《じょうぜつ》で意地悪になって、終わると憑《つ》き物が落ちたようにおとなしくなる。

苛立ちとか、怒りとか、そういうものを誰かにぶつけることで楽になれるのだろうか。何かに腹が立ってたまらないとき、壁を殴るのと同じだな、と、冷静に考えている自分のことが少し面白かった。

だから、思わず笑ってしまった。

「さっき貰《もら》いました」

瀬越は創の言葉と笑顔に、瞬間、ひるんだような目をした。やがて小さく、それならいいけど、と小さく口にする。

「どこ行くの、こんな時間に」

「友達のところ」

友達なんているのか、と、疑わしそうな顔を見せつつも、瀬越はそれ以上何も言わなかった。

もう一度頭を下げて、部屋を出る。

外は寒かった。夜明け前の冷たい空気に、指先が痺れそうだった。

けれど昨日よりもずっと、身体が軽い。足で地面を踏んでも、その震動が身体に伝わってこない。

ふわふわの雲の上を歩いているようだった。


もちろん友達のいない創に、行くところはない。

だから昨日、仕事の帰りに入ったネットカフェにまた戻る。店員に利用時間を聞かれ、今度はいちばん長い時間を頼んだ。

さっき使っていた場所が空いていたのでそこを選び、水と膝掛けだけ持って転がり込む。

シャワーを浴びて何か食べなきゃ、と思ったけれど、もう身体を動かしたくなかった。痛み止めの薬を噛み砕いて飲み込む。寒い中を歩いたせいか、全身痺れたように感覚がなかった。

(……しごと)

膝掛けにくるまって、全身を丸める。

(仕事いかなきゃ)

頭では分かっているのに、身体が言うことをきかない。もうあと一時間ほどで出勤する時間だ。このまま目を閉じたら、確実に起きられない。これまでならば、眠らずにいられたのに。

（……休んだら、クビになっちゃうかな）

もうひとつのバイト先のコンビニほどではないにしても、創の評判は、たぶんあまり良くない。母親のことがあったから、最初のうちは会社の人たちも創に同情を示して、色々気にかけてくれていた。そのせいか、創のことを特別扱いを受けていると言う同僚もいる。創の担当フロアは関係者以外立ち入り禁止の場所ばかりで、だから楽ができてうらやましい、と言われたこともあった。

手袋などの備品がよくなくなるのだって、ほんとうは、自分がなくしたのではないのだと分かっていた。

（……ごめんなさい……）

たぶん、怒られるだろう。それだけじゃなくて、迷惑をかける。清掃会社の人だけじゃなくて、病院の人にも、たくさん。

分かっていても、いまはただ、ひたすらに眠りたかった。

狭いブースの中で、猫のように身体を丸くする。

（おわっています）

ぼんやりとした意識の中、そっと、声には出さず唇だけ動かしてみる。

（痛いことも、つらいことも、目が覚めたらぜんぶ、なにもかも……）

病院の仕事をやめてしまったら、もう高野にも会えなくなってしまうのかな、と、そんなことを考える。もともと創と高野の間には、何の繋《つな》がりもない。だからその唯一の接点がなくなってしまえば、これまでのように、親切に声をかけてもらえることもなくなる。

ひとつ息をついて、目を閉じる。

(……ぜんぶ、終わっています)

いったいいつになったら、ちゃんと目が覚めて、終わるのだろう。

この悪い夢は、ずいぶんと長い。


全身が怠《だる》くてずっと眠っていたいのに、何度も目を覚ましてしまった。その度に水と一緒に、鎮痛剤を飲む。結局あまり深く眠れないまま、ネットカフェを出る時間になってしまった。耳鳴りはいくぶん楽になっていた。

店を出る。時間はお昼を過ぎた頃だった。

今日は天気がよくて、その分空気も澄み切って冷たい。通りに出てから、平日にしてはやけに人が多いな、と気付く。携帯で確認してみたら、今日は土曜日だった。

(よかった)

もともと病院の掃除の仕事は土日休みだ。ということは、無断欠勤していないということだ。

土曜日にはいつも、掃除の仕事の時に着る作業服を洗濯している。そのためにコインランドリーに向かう。ついでに他の洗濯物と一緒に放り込んで、終わるまでベンチに座って待っていたら、いつの間にか眠っていた。

洗い終わったものを取り出して、今度は乾燥機に入れる。座ったらまた眠ってしまいそうで、立ったまま待つことにした。指先が冷たくて、ポケットに手を入れる。そこにかさついた感触のするものがあった。取り出してみる。一万円札が、五枚。瀬越から受け取ったものだ。

財布に入れてしまうことにためらいを覚えて、とりあえず鞄の内ポケットにしまう。そこは創が、大事なものをしまっておく場所だった。ハンドクリームやチョコレートが入っている。小さく畳んだ一万円札は、握り締めた手の汗のせいで、少し湿ってしまった。

乾いた洗濯物を取り出し、また紙袋に詰めていると、ベンチに置いていた携帯が震えた。端の方に置いていたせいで、振動で床に落ちてしまう。慌てて拾い上げる。長く使っている携帯だから、もうあちこち傷だらけで、いつ使えなくなるか分からない。

（……あ）

高野から、「きょう　は　とうちょく　です」と、昔のドラクエのような件名のメールが来ていた。本文は普通の日本語で、だから夕方にはいなくなるけれど、部屋は自由に使ってもらってかまわない、と書かれている。

差出人の名前を見て、何故だか、急に涙が出そうになる。変なの、と思いながら、携帯をそっと手のひらで撫でる。

当直ならば、部屋には明日まで帰らないのだろう。高野とは顔を合わせなくてすむ。そのことに救いを感じる自分が不思議だった。

あんなに、会いたかった人のはずなのに。少しでもいいから顔を見られて、声が聞ければいいと思っていたはずなのに。そう思っていた頃が、もう遠い昔のことのようだ。

おじゃまします、と、短いメールで返事する。会いたいけれど、会いたくなかった。

コンビニで、パンと牛乳を買う。コンビニには創のよく食べていたパンの耳は売っていない。だから、以前高野が買っていたメロンパンを選んだ。

ゆらゆらと覚束《おぼつか》ない足で高野のマンションに向かう。地に足がついていないような感覚で、少し強い風が吹くと飛ばされてしまいそうだった。

大事にしまっておいた合鍵を取り出して、高野の部屋の鍵を開けようとした。けれどもともと施錠されていなかったらしく、手応えが違う。不審に思い、静かに扉を開けて、そっと中に入った。靴を脱いで、リビングまで足音を忍ばせ進む。

見慣れたはずの室内は、様子を変えていた。

「せんせい」

思わず、声を上げてしまう。この間まではなかった分厚い新しい絨毯《じゅうたん》が床に敷かれていた。その上に、高野がうつぶせになって倒れている。手にしていたコンビニの袋を放り投げて、創は駆け寄った。

「せんせい、先生……!」

うろたえて、同じ言葉をくり返すことしかできない。うつぶせになっている人の両肩に手を添えて、がくがくとゆさぶる。救急車、と、頭の中にその単語が浮かぶ。救急車を呼ばなければ。

だらりとして揺さぶられるままになっていた高野の肩が、ふいに動く。

「おかえり」

あっけにとられて動けないでいる創を見て、高野はのんびりとそう言った。創はその肩を摑んだまま、まだ動けなかった。高野は最近買ったお気に入りらしい黒いスウェット姿で、一度あくびをする。寝ていた、だけだったようだ。

「す……すみません」

恥ずかしい勘違いをしてしまった。慌てて手を離す。高野は何も言わず、大きく伸びをした。

「あったかいだろ」

何のことか、と考えかけて、やがて、座っているこの絨毯のことだと気付く。分厚くてふかふかな絨毯で、触れている箇所から心地よい熱が伝わってくる。ホットカーペットだ。

「転がってみたらもう気持ち良くて……だめだな、風邪《かぜ》引くところだった」

かたわらに、高野の眼鏡《めがね》と読みかけらしい本が転がっている。きっと寝転がって本を読んでいるうちに寝てしまったのだろう。

みっともなくうろたえてしまったことと、そんな自分を見せてしまった恥ずかしさはもちろんあった。

けれどそれ以上に、高野に何かあったのではなくて良かったと胸を撫で下ろす。ものの例えではなくて、ほんとうに息ができなくなってしまいそうだった。まだ呼吸も気持ちも落ち着かない。

「ごめんな」

創のそんな様子を目にして、高野は静かに言った。

「お母さんのこと思い出したんだろう。怖かったな」

優しいとしかいいようのない言葉なのに、まるで頭を殴られたような衝撃があった。

母親が倒れているのを見つけたのは創だ。学校から帰ってきて、いつものように玄関の戸を開けて中に入ったら、さっきの高野のように居間の床の上でうつぶせに倒れていた。連れてくるのが遅すぎた、と、病院に着いた時、何人かの医者が言っていた。

その時のことが一気に思い出されて、胸が苦しくなる。誰も創に、直接は言わなかった。けれど、見舞いや葬儀の時に、集まった人たちが口にしていたのを何度も耳にした。もっと早ければ。せめてもうあとほんの少しでも、早ければ。

あの時、創がもう少し早く家に帰っていれば。何が起こったのか分からず、うろたえておろおろするのではなくて、もう少し早く、救急車を呼んでいれば。

ごめんな、ともう一度謝られる。どうにかそれに、ぎこちなく首を振る。肩を摑んでいた距離から離れられないまま、高野を見上げた。安心させるように、目を細められる。

この人は、笑うと目の端に皺《しわ》ができる。眼鏡を外していると、それがよく分かった。だから、整った冷たそうな顔だちをしているのに、笑うと一気にあたたかい印象に変わる。そんなことに、今さらのように気付く。

触れてみたい、とそう思ってしまった。指を伸ばして、目尻《めじり》の優しいその皺を、そっと撫でてみたかった。衝動的に手を出しかけて、自分を振り払うようにそれを引っ込める。

こんな気持ちになったことはなかった。

「……先生、当直だったんじゃ」

「土日は夕方からの出勤でいいんだよ。言ってなかったっけ」

言われたような気もするし、はじめて聞いたような気もした。

「先生がいるなら、ちゃんと買い物してくればよかった」

てっきり、いつものように日中から仕事して、そのまま当直業務に入るのだと思っていた。だから自分ひとり用に、パンと牛乳しか買ってこなかった。こういうところが、ままごとに過ぎないと言われてしまうのかもしれない。

気にするな、と、高野はもう一度絨毯の上に転がって、全身で大きく伸びをする。黒スウェットでそんなことをされると、まるで熊が寝ころんでいるようだった。絨毯の色が深い緑色なのも森っぽさがある。森の熊さんだ。

「夕方って、何時ですか」

「十七時」

創の問いかけに、転がったまま、あくび混じりの声で返される。まだ時間があるから、もう一度寝直すのだろうか。風邪を引くとさっき自分で言ったばかりなのに。

見ていると、目を閉じて動かなくなってしまった。今度は仰向けだから、息をしているのがどうにか分かる。以前から思っていたが、ほんとうに静かに眠る人だ。

(クマ、冬眠した)

そんなことを思って、ひとりで笑ってしまう。

寝室から毛布を持って戻ると、仰向けだった高野が横を向いて寝ていた。寝返りを見逃してしまった。残念に思いながら、眠る人に毛布をそっと掛ける。あっという間に深い眠りに入ったのか、創がそばで動く気配にも、身じろぎひとつしなかった。

かたわらに膝をついて、その顔を覗き込む。きっと疲れているのだろう。みんな忙しくて、みんな疲れている。

（あったかそうだな）

ホットカーペットの上に気持ちよく転がって眠る人を見て、自然と、そんな言葉が浮かんできた。それは今この時に芽生えた感情ではなかった。たぶん。はじめて顔を見た時から、ずっとそう感じていた。

この毛布に潜り込んで身を寄せ合って眠れたら、どんなにあたたかいだろう。

考えただけで、胸の中がぬくもる。もちろん実際にそんなことはできないから、強い憧れのような気持ちで想像するだけだ。

（いいなぁ）

毛布をもう少し上に掛けてあげよう、と腕を伸ばす。起こさないようにと遠慮していたせいで、肩が覆えていなかった。毛布を引き上げる創の手が、高野の背中に触れる。

「……、あ」

思わず、声が漏れた。高野は静かに眠り続けている。毛布を直して、手を引っ込める。

一瞬だけ触れてしまった、あたたかくて硬い感触。肩甲骨《けんこうこつ》だろうか。驚くくらい、しっかりした骨の手触り。スウェットの布地の上からでも、体温を感じた。熱。

ざわざわと、血が騒ぐ音が聞こえる気がした。おさまったはずの耳鳴りが蘇ってきて、意味がないと分かっていても、耳を塞いでしまう。忘れようと心の奥に沈めていたものたちが、たちまちせり上がってくる。

薬を飲まなければ、と鞄を探す。もうあと残りわずかだったので、それをまとめて嚙み砕く。痛み止めのはずなのに、空っぽの胃がきりきりと痛んだ。

吐き気がして、もつれる足で洗面所に駆け込む。気持ち悪いのに、なにも吐けなくて辛いだけだった。

しばらく身をかがめていたせいか、立ち上がると、目の前が真っ暗になった。なかなか視界が戻ってこないな、と、妙に呑気《のんき》にそんなことを考えているうちに、ぺしゃんとその場に倒れ込んでしまう。立たなきゃ、と思っている間に、みるみる意識が遠くなっていった。

髪を撫でられた気がして、目を開く。

「気が付いたか」

すぐ近くから声がした。

「俺……」

自分が床ではなく、布団《ふとん》にいることに気付いて半身を起こす。寝室の、しかも高野のベッドの上だった。高野はすぐ隣で、ちょうど上着を着ようとしているところだった。これから病院に向かうのだろう。

「体温計がないからはっきり言えないけど、たぶん熱があると思う。七度か、もしかしたら八度あるくらい」

熱。ずっと全身が怠くて仕方がないと思っていた。そのせいだったのか、と納得する。

「風邪かな」

「たぶん。最近、寒くなったし」

「そういや昨日も具合悪そうだったな。おまえたぶん、ひとより我慢強いんだろ。なんでも我慢すると悪化してかえってよくないんだぞ」

冗談を言うような口調だったけれど、気のせいか、どこか寂しそうな表情にも見えた。

「ごめんな。ついててやりたいけど」

「平気です。寝たら、すぐ治ると思います」

「瀬越を呼ぼうかと思ったけど、つかまらなかったし」

その名前に、息が詰まる。折り返しの着信がないか確認したのか、高野は携帯に目を落としていた。だから、創の表情が固まったことには気付かれずにすんだ。

「瀬越先生、今日の夜は、約束があるみたいだから」

「話せたのか。どんな様子だった？」

「俺も、電話しただけだから……でも、いつもと同じように、優しかったです」

創の言葉に、高野はひとつ頷いた。疑われている雰囲気ではなかった。

「先生、俺が熱出したとか、瀬越先生には言わないでください」

こんなことを言うと、おかしいと思われるだろうか。嘘をつくのなんて簡単なはずなのに、声が震えそうになる。

「瀬越先生、いま、自分のことですごく大変だと思うから。余計な心配させたくない」

「心配させてるのはお互い様だと思うけどな。分かったよ」

時計を見ると、出るはずだった十七時を少し過ぎている。創の様子を見るために、時間を遅らせてくれたのだろうか。

「明日いろいろ買って帰ってくるから、おとなしく寝てろよ。あと、風呂《ふろ》入れておいたから、できたら入ったほうがいい。ドライヤーもあるから、ちゃんと髪も乾かしてから寝ること」

あれだけ暖房の風で十分と言ってそれで過ごしてきたのに、ドライヤーを買ったらしい。

おとなしく頷いて、また布団に戻る。高野はそれを見て、よしよし、と満足げに頷いて出かけていった。

布団に顔まで潜る。転がっていた創を、高野がここまで運んでくれたのだ。重たかっただろうな、と考えながら、ごろりと寝返りをうつ。

最近はずっと高野がこのベッドを使っている。布団に顔を埋めると、自分のものではない匂いに、不思議と心が落ち着く。

「せんせい」

小さく呟く。

ドライヤーを買ったのは、どんな心境の変化だろう。あのホットカーペットも。殺風景だったこの家に、少しずつ、ものが増えていく。

取り戻しているんだ、と、そんなことを思った。なくなったものを、少しずつ、時間をかけて。

それならば、いずれそうしていたように、また誰かと一緒に暮らすようになるのだろうか。きれいで、優しくて、ままごとではない家事ができる本物の奥さんと。

(……いやだな)

そんな言葉が自然と浮かぶ。考えただけで、胸に黒いもやもやが満ちてくる。

これまで、こんな風に思ったことなんてなかった。創は自分の身をわきまえているつもりだったし、高野が求めるのはそういう相手なのだと分かっていたつもりだった。だから、こんな嫌な気持ちになったことなんてなかったはずなのに。

好きでいるだけで十分。ただそこにいてくれるだけで、幸せ。そういうもののはずだったのに。

(……いやだ、こんな俺……)

布団の中、両手で顔を覆う。触れてしまった肩甲骨の硬さと熱を思い出す。優しい目尻の皺。

触れたいと思ってしまった。触れて、高野にも、触れてほしいと思ってしまった。ちがう。そんなきれいな言葉で言い表せるものではない。

怖いほどの快楽で、他人に身体を支配される行為。瀬越としたようなことを、高野としたい。

創は、そんなふうに思ってしまった。

いったんそう思ってしまった以上、元の自分にはもう戻れない気がした。

以前の創なら、高野が幸せになることを、きっと心から祝福できた。創ではない別の誰かと結ばれる高野に、寂しさはあっても、幸せを祈る気持ちに嘘はなかっただろう。そんなこととは関係なしに、創はただ高野のことを想っていたいだけだったから。

だけど、今は違う。もう駄目だった。もう、無心に相手の幸せだけを願うことができなくなってしまった。

あの人のことが、もっと知りたい。触れたいし、触れられたい。

他の人じゃなくて、創を選んでほしい。

(ほんとうに、いやだ……)

息が苦しい。胃がきりきりと痛んだ。十分に足を伸ばせる広さがあるのに、また、小さく身体を丸める。

うつろで、からっぽになった気分だった。からっぽなまま、もう二度と元に戻れない。

創の中にあった唯一きれいで透き通ったものが、醜く汚れて濁ってしまった。昨日までの自分が死んでしまったようだった。

そしてそれを殺したのは他でもない創自身なのだと、そんな風に思えてならなかった。

三十

ひと晩よく眠ったおかげで、翌日は、ずいぶん身体が楽になった。言われたとおり風呂に入って、新品のドライヤーで髪も乾かした。

ずっと状態のよい自分になったはずなのに、どこか、大事な部品が欠けてしまったような気分だった。それがなくなってしまったせいで、これまでと同じように動いたり、考えたりすることが出来なくなった気がした。

高野が帰ってくる前にここを出ようと思った。

（おせわ、に、なりました、バイトに……）

メモを残しておこうと思ってペンを手にしても、文字を書くのにすごく時間がかかる。

熱は下がって楽になったこと、今日は朝からバイトだから出かけること、お世話になったお礼。長い時間をかけてメモを書き終える。

バイトに行くのは嘘だ。病院は日曜だから休みだし、コンビニの方も入っていない。

新しいシフト表からは、ついに創の名前が消えていた。店長に聞いてみたところ、来てほしい時はこっちから呼ぶから、と言われてしまった。連絡待ちの状態ではあるが、なんとなく、もうお声がかかることはない気がする。

（あたらしいバイト探さなきゃ）

あまり身元を詳しく聞かれなくて、できたら、夜、毎日でも出られるところがいい。何かしていたほうが、ずっと気がまぎれる。頭に隙間がまったくなくなるような、何も考えられなくなるくらい忙しく働けるところがいいな、とそんなことを考えながら、創は高野の部屋を出た。

昨日と同じコインランドリーで洗濯をする。置いてあった求人誌をめくっていると、高野からメールが届いた。「無理するな」と短く書かれていた。

バイト中だと言ってあるから、返事はしないでおく。いろいろ買って帰る、と言っていた。無駄にさせてしまったかな、と申し訳なく思った。

乾燥が終わった洗濯物を取り出していると、ポケットの中で携帯が震えた。高野だと思って、相手も確かめず電話に出てしまった。

『どこにいるの、いま』

予想していたのとは違う相手の声に、すぐには言葉が出せなかった。固まってしまって、声が出せない。瀬越だった。

創の反応がないことに苛立ったように、もう一度、どこ、と聞かれる。正直に、せんたく、と答える。

『洗濯？』

「コインランドリーで……」

ようやく、普通に声が出せるようになる。創の返答に、瀬越は大して興味もなさそうに相槌《あいづち》をうつだけだった。不機嫌そうな声だった。

『高野から昨日、何回か電話あったんだけど。心当たりある？』

「先生のこと、心配してたから。たぶん、それでだと思います」

『会ったんだ。……ああ、友達って、高野だったのか』

少しかすれた声が、耳元で笑う。昨日の創の言葉を思い出したのだろう。皮肉るように言われてしまい、創は否定する。

「ちがいます、ちょっと話しただけで」

『俺のこととか？』

創が黙り込むと、瀬越は笑う。楽しそうな声だった。言えるはずがないことを分かり切っていて、わざとそんなことを聞いているのだ。

『どこのコインランドリー？』

「病院の近くです。郵便局の横の……」

場所を答える。すぐに思い当たったのか、ああ、と瀬越は電話の向こうで頷いた。

『五分ほどで行くから、待ってて』

迎えに来る、ということだろうか。どうして、と理由を聞きたかったけれど、その間もないまま、電話は切られてしまう。携帯を手に、しばらく創はその場で立ちつくしていた。五分、と言われたので、時計を見る。いつの間にか、昼を少し過ぎた時間になっていた。

のろのろと洗い終わった洋服を鞄にしまう。ふたたび求人誌を開いたけれど、内容がまったく頭に入ってこなかった。困るな、と、そんな自分のことを、どこか遠くから見ているように感じる。しっかりしないと、と気持ちだけが冷静にそう思う。

外から、短いクラクションの音がした。顔を上げると、見覚えのある赤い車が、店の前に止まっていた。瀬越だ。あれはたぶん創を呼んでいるのだろうな、と思い立ち上がる。

車のそばに行って、小さく頭を下げる。乗って、と身振りで示され、その通りに助手席に乗り込む。

「早かったですね」

五分と言っていたのに、ずいぶんと早かった。思わずそう口にすると、瀬越は怪訝《けげん》そうな顔をした。

「待たせてごめんって、謝ろうと思ってたくらいなんだけど」

言われて、携帯で時間を見てみる。けれど、さっき時計を見た時に何時だったのか、もう忘れてしまった。まあいいや、と、どうでもよくなって曖昧にごまかす。

「先生、どうしたんですか、とつぜん」

何か用事があるのだろうと思って、聞いてみる。

「別に。特に、なんでもないけど。今日このあとの予定は？」

首を振る。すると、ハンドルを取って前を見たまま、瀬越は少し声を潜めて、笑った。

「あっちの方のお仕事も入ってないんだ？」

何を言われたのか、しばらく分からなかった。コンビニも休みです、と言おうとして、そうではないことに気付く。

鞄の内ポケットに隠したお金のことを、ふいに思い出した。みぞおちがきゅうっと内側に引っ張られるように痛んで、気付かれないようにそっと手で押さえる。

「先生が、いいお客さんになってくれたから」

出来るだけ明るく聞こえるように、笑ってみせる。瀬越は黙ったままだった。

しばらく、どちらも何も言わなかった。

日曜のせいか、道が混んでいる。赤信号で車が停止した時、それまで黙り込んでいた瀬越が、静かに口を開いた。

「じゃあ、今日も、頼むよ」

感情の滲まない、平坦な声だった。痛むところを押さえたまま、創は一度、ぎこちなく頷く。笑わなければ、と思ったけれど、瀬越はこちらを見ようともしなかった。

「その前に、どこか行こうか」

「どこか」

「うん。ちゃんと、つきあってくれたらその分は払うから。同伴ってやつ」

どうはん。言われたそれが何のことなのかは分からなかったが、聞き返したりはしなかった。

ふと、こんなことが前にもあったような気がした。

夜道をふらふら歩く創を拾って、寄り道しようか、と、優しく声をかけてくれた。行き場のない創を静かに見守るように、夜のドライブに連れて行ってくれた。

この人が行きたいと思うところなら、お金なんてもらわなくても、いくらでも付き合う。以前までは、そんな関係でいられたはずだったのに。いくら手で押さえても胸の痛みが楽にならなくて、創は奥歯を噛みしめる。

信号が変わって、車が静かに走り出す。

「デートしよう」

返事をするより先に、お金払うから、と付け加えられた。何も、言えなくなってしまった。


買い物と食事、と短くそれだけ言って、瀬越は駐車場に車を止める。創が日頃あまり用のない、若者向けの店舗が多く建ち並ぶ通りだった。おいで、と言われるまま少し離れてあとをついて歩く。

「いい加減、それじゃ寒いと思うよ」

創も名前ぐらいは聞いたことのあるショップに、瀬越のあとについて入る。店のなかは暖房がきいていたし、それ以上に、ニットやマフラーなど冬用の服や小物がたくさん並べられていて、見ているだけで身体があたたまる気がした。

店内には鏡がいたる場所に置かれている。そのうちのひとつに映る自分の姿を見て、なんてみすぼらしいんだろう、と、創は思わず小さく笑ってしまう。

夏の終わり頃に買ってからずっと着ているパーカーは、もう何度も洗濯を繰り返して、もともとの色がずいぶんくすんでしまっている。デニムだって膝のあたりが薄くなっていた。

おまけに、伸びっぱなしでみっともない髪と、がりがりでちっともいいところのない身体。

「どうしたの」

立ち止まった創を不思議がるように、瀬越が隣に並ぶ。一瞬だけ、ふたり並んだ姿を鏡で見てしまった。

きちんときれいな格好をした、誰が見てもいやな気持ちにならない姿かたちのこの人を隣にしてしまうと、創のみすぼらしさは何倍にも際だつ。恥ずかしくなって、鏡に映らない場所まで離れた。

あたたかそうなコートを見て、つい、手にとってしまう。フードに動物のふかふかした毛がついている。いいな、と思ったけれど、値札を見て元の場所に戻す。洋服の相場は分からないけれど、簡単にほしいと思えるような金額ではなかった。

「似合うと思うけど。着てみたら」

ふたたび隣に並んだ瀬越が、創が戻したコートを手にする。ほら、と渡されて、言われたとおり袖《そで》を通してみる。もう脱ぎたくなくなってしまうほど、着心地がよかった。軽いのに、何枚もたくさん重ねて着たようにあたたかい。やっぱり高いのはすごいな、と感心していると、そんな創を見て、瀬越が笑った。

「いいね。そのまま着ていく?」

軽く言われて、迷う。似合うかどうかは別として、一度この包まれたような温《ぬく》もりを知ってしまうと、もう忘れられない気がした。でも値段が、と悩んでいる創をそのままに、瀬越は店内の奥を指す。

「ついでだから、全身新しくしちゃおう。ほら、こっち」

手を引かれて、これとこれ、と、瀬越が選んだものをいくつか渡され、試着室に放り込まれる。鏡に映る自分を見ないようにしながら着替えて外に出ると、瀬越より先に、店員に声をかけられた。

ボトムのサイズが合っていないと言われ、こちらを、と差し出されたのは女性サイズのものだった。

確かに最近、ベルトがゆるんできたように思っていた。ベルトのせいじゃなかったのか、とぼんやり考えながら、また着替える。確かに、いまの創には、こちらのサイズのほうが合っていた。

服を脱いだり着たりしただけで、軽く息切れしかけていた。

「似合う似合う。ちゃんと冬らしくなったよ」

上から下まで全部新しい洋服になった創を、瀬越は目を細めて見ていた。楽しそうに笑うその顔が、よく病院の廊下で声をかけてくれた時のものと同じで、また胸の辺りが痛くなって、しばらくおさまらなかった。


もともと着ていた服を、丁寧に畳んで紙袋に入れて渡される。創が困惑していると、支払いがすでに終わっていることを店員に教えられた。

いつの間にか、瀬越が会計を終えてしまっていた。コートだけでもあんな値段だったのに、いったい全部でどれだけの金額になっただろう。

ごめんなさいと謝ることもおかしい気がして、どうしたらいいか分からないまま、頭を下げる。もしかしたら、これが創への「支払い」なのだろうかと、そんなことを考えてしまう。

店を出て、創ひとりでは絶対に足を踏み入れられないような、奥まった路地にあるカフェに入る。なんでも好きなものを、と言われたけれど、メニューを眺めても、文字が頭に入ってこない。ぼんやりしたまま、先生と同じもの、と口にするのでせいいっぱいだった。

注文したものが運ばれてきて、食欲がないまま、半ば無理矢理に全部つめこむ。おいしいです、と瀬越に笑いかける。ぜんぜん違うものであるはずなのに、あの日、寒い屋上で食べた冷たいおでんを飲み込んでいる気になった。石を飲んだように、冷たくて重くて、硬かった。

「あ」

向かい合いに座り、食事を続けながら、瀬越が硝子窓《ガラスまど》の外を指さす。その先に目をやると、制服を着た高校生らしいグループが歩いていた。

「あの制服。創ちゃんが通ってた学校だよね」

「……よく、覚えてますね」

創でさえ、言われるまで思い出さなかった。確かに、創が以前通っていた高校のブレザーだ。ネクタイのラインの色が学年によって違う。創の学年の色は確か、赤だったような気がする。あっという間に楽しげに喋《しゃべ》りながら通り過ぎてしまったから、ネクタイの色までは見えなかった。もしかしたら、同じクラスの誰かだったかもしれない。

「覚えてるよ。可哀想《かわいそう》だったから」

「かわいそう？」

「お父さんに連絡してくださいって看護師から言われて、できませんって首振ってた。俺の番号、着信拒否されてるからって」

創の母親が、救急車で病院に運ばれたときの話だ。その時、最初に診てくれた医者が瀬越だった。救急外来の、外科の当番医だったのだ。創は学校から帰って倒れた母を見つけ、救急車で一緒に病院に来た。だから制服を着たままだった。

「俺、よく、覚えてなくて」

だから瀬越のことも、後々、病院で清掃のバイトを始めるまで認識していなかった。そんな余計なことを言ってしまっていたのか、と自分にあきれる。

「けっこう、偏差値高い学校なんだって聞いたけど」

「たぶん。俺、無理して入ったから、ぜんぜんついていけなくて」

母親が、ぜひここに入ってほしい、と希望していた高校だった。創には特に行きたい学校もなかったから、せめてその期待にはこたえたくて、受験の時は毎日、必死になって勉強した。けれど、どうにか入学できても、そこからのペースに追いつけなかった。ちょうど入学直後に両親が離婚したこともあって、成績について、どちらの親からも何も言われなくなった。

気が付いたら、もう、どうにもできないくらい、落ちこぼれになってしまっていた。

「いつも、赤点ばっかりで……」

制服の集団が消えていった方を目で追う。自分があんな風に過ごしていたことがあったなんて、もう思い出せなかった。だからそれ以上なにも言えなかった。

「ごめん」

瀬越が小さく呟く。どうして謝られるのか、創にはその理由が分からなかった。

「創ちゃん、どこか行きたいところある？」

まるで気遣うように尋ねてくるその声が優しかった。言葉を交わすだけだった頃の、以前の瀬越のようだった。

目を開けているのに、一瞬、ふっと視界が真っ暗になる。ここはどこだろう、と、そんな不思議な感覚におそわれた。いま自分はどこにいて、何をしているのだろう。

そういえば、もうずっと、舟に乗ることを考えていない。あんなに毎晩、大切な儀式のように繰り返してきたことだったのに。それを忘れてしまったせいで、いま自分がどこにいるのかも、たどりつきたい場所のことも、見失ってしまったのだろうか。

そんなことを考えたせいで、無意識のうちに、言葉が口をついて出ていた。

「海」

そんな創を、瀬越が茶化すように笑う。

「完全にデートコースだね。海が見たいの？」

「……夜の」

一度、目を閉じる。瀬越に気付かれないよう、テーブルの下で拳を丸める。

「夜の、海がいい」

取り戻せるだろうか、と、心の深いところで、そう思った。

「よい人間」になりたくて、がんばればきっとそうなれると信じていた自分。まわりにいる誰のことも傷付けたくなくて、うまくやろうとしていた自分のことを、もう思い出せなくなってしまった。

いつも星を見上げながら思い浮かべていた夜の海に実際に行ってみたら、取り戻せるかもしれない。

そうすれば、好きな人を静かに思い続けているだけの創に戻れるだろうか。

瀬越は創の言葉に、どこか不審そうな顔をしたまま、頷いた。

三十一

海に来たのなんて、ずいぶん久しぶりだった。まだ小学校に上がる前の、ほんの小さい頃に来て以来だ。

瀬越は創の希望どおり、暗くなってから到着するように車を走らせてくれた。

海岸沿いに伸びる道は、時折、長距離トラックがすれ違うくらいで、走っている車の姿も少ない。

きっと昼間ならば、青い海がずっと窓の外に広がっていて、気持ちいいドライブのできる道なのだろう。

「ここでいい?」

聞かれ、どこでもよかったので、はい、と頷く。

他に一台も車の停まっていない駐車場は、ただ暗くて広いだけの空間で、怖いほどだった。

ひとりで行くつもりだったけれど、創に続いて瀬越も車を降りる。

「確か、あっちから砂浜に出られるよ」

創には何があるのかもまったく見えない向こうの方角を示される。どうやら、以前にもここに来たことがあるらしい。

さっき買ってもらったコートや服のおかげで、寒さは感じない。それでも風が強くて、長く伸びた髪がばさばさと乱された。ごうごうと鳴る風の音が、ここのところ続いている耳鳴りによく似ている気がした。

「あ……」

思わず、声を上げる。

駐車場のコンクリートが途切れて、そこから先は砂浜になっている。視界が一気に開けて、けれどなにも見えないような不思議な感覚にとらわれながら、ゆっくりと足を進めた。靴の裏が砂を踏む感触。細かくてやわらかい砂の粒に足が埋もれそうで、歩きにくかった。

どん、と大きな音がする。これはなんの音だろう、と耳を澄ます。何度も繰り返して、大きくなったり小さくなったりする。耳元で風が鳴る音に混じって、ざんざんと水が押し寄せては引く気配を、空気の流れで感じた。

「海だ」

あたりまえのことを、思わず、口に出してしまう。

呆然《ぼうぜん》と立ちつくして、創はぽかんと口を開けていた。目の前には、創の望んでいたとおり、夜の海が広がっている。

暗い中に少しずつ目が慣れてきて、砂浜のずっと向こうに、水平線を見つけた。強い風が煽《あお》っているように、時折高い波がたって、砂浜に押し上げられてくる。どん、という音は、防波堤に波がうちつける音だ。水面は大きく小さく波打って、いっときも穏やかではない。

（……海って、こうなんだ）

しばらく何も出来ず、創はひたすら目の前に広がる景色に打ちのめされていた。瀬越は少し離れたところにいるのか、気配を感じない。創の気のすむように、自由にさせてくれているのかもしれない。

目線を上げる。灰色の雲におおわれて、星はおろか、空もまったく見えない。

「ぜんぜん、だめだ」

呟くと、自然と笑いが込み上げてきた。おさえきれずに、声を上げて笑ってしまう。

「こんなんじゃ、ぜんぜん……」

自分はいったい、これまで、何を考えていたのだろう。

これが現実だ。冷たい海風と大きな波音が、そんなことを創に教えてくるようだった。

星も出ていない。こんな荒れた夜の海に、舟なんて浮かべたって。

そんなもの、すぐに沈んでしまうに決まっている。どこにも行けずに暗い海の底に沈んで、それでおしまいだ。

(ずっと、間違ってたんだ)

どこかに向かっているつもりだった。ひと晩舟に揺られて、夜が明けたら少しずつでも先に進めているのだと願い続けてきた。創のたったひとつの希望だった。

けれどそれ自体が、そもそも間違いだった。

創はとっくの昔に、沈んでいたのだ。自分でも気付かないまま、もうずっと、水の底にいた。

息を止めるだけ。ほんの少し、息が出来なくて苦しいだけ。ずっと、そう言いながら。

なんて馬鹿なんだろう、と、自分のことがおかしくてたまらなかった。

「……創ちゃん?」

瀬越がそっと呼びかけてくる。様子がおかしいと思ったのか、不安そうな声だった。その後にも何か言葉が続けられた気がしたけれど、耳鳴りが邪魔をして、聞き取れなかった。

「だいじょうぶです」

笑って答える。明るい声が出せた。

「ありがとうございました。寒いのに、ごめんなさい」

「もう、いいの」

「はい」

瀬越に話してみようか、と、そんなことを思う。

夜の航海のこと。そんな子どもじみた想像が、創にとってどんな意味を持っていたのかということ。それが、高野のことを思う気持ちに、とてもよく似ていたこと。

それら全部がみんな間違いだったのだと、いまになってようやく気付いた。打ち明けたら、この人も笑ってくれるだろうか。

話してみようかと思った。けれど瀬越は、明らかに怪訝そうな表情をしていた。開きかけていた口を閉じる。

「帰ろうか」

囁くような声でそう言われ、手を差し伸べられる。

ためらうことなく、その手を取った。

帰りの車の中では、ほとんど、口をきかなかった。

信号待ちの間などに、瀬越が時折、創の方に目を向けるのを感じたけれど、窓の外を見て気が付かないふりをした。

冷たい海風に当たったせいか、身体の節々が痛かった。また熱が出たのかもしれない。

「ごめん」

謝られたような気がして、瀬越の方を見る。そのすぐ後に、車が停まった。

不思議に思っていると、電話、と、もう一度謝られる。創はひとつ頷いて、車の外に出た。創には聞かれたくないだろうと思ったからだ。

瀬越が通話している声が、なんとなく聞こえてくる。少し車を離れ、暗い車道に出てみた。もうそれほど風は強くない。海から遠くなったからだろうか。

街灯の光から逃れ、車と距離を置いてガードレールにもたれて空を見上げる。やっぱり星は見えなかった。

(高野せんせい)

心の中で名前を呼ぶ。今、なにをしているだろう。またホットカーペットの上で冬眠しているのかな、とその姿を思い出すと、理由もなく哀しい気持ちになった。ちゃんと毛布を掛けて寝ているだろうか。風邪を引かないといいけれど。

「ごめん、創ちゃん」

電話が終わったのか、瀬越がこちらに駆け寄ってくる。暗くて顔がよく見えないけれど、かまわない、と伝えるつもりで笑った。

「どこか行っちゃったのかと思った」

創の姿を見て安心したように、瀬越が言う。そんな風に言われるのが、おかしかった。

「どこにも、行けませんよ」

いまは、そのことをよく知っている。

車に戻るよう、手を引かれる。束にしていたように、その腕に腕を絡めた。瀬越はそんな創に驚いたように、ほんのわずかに身をひき、それからすぐに、背中に手を回して引き寄せられた。

「帰ろう」

耳元で告げた声は低くかすれていて、それを聞いて背筋が震える。

瀬越は、まるでエスコートするように助手席のドアを開けてくれた。どこにも行けないのだと、その気遣いにすら、そんなことを思ってしまった。


翌日、創は病院の清掃の仕事を休んだ。

こちらのバイトを休むのは初めてだった。会社に電話をかけると、さすがに親切に、とまでは言えなかったけれど、わかりました、とすぐに返事があった。

かわりの人を見つけられないんですけど、と創が謝ると、人手はいくらでもあるからかまわないのだと言われた。

安心するべき言葉なのだろう。それでも、いまの創には、だからおまえなんて必要ないのだと言い切られてしまった気分だった。

自分がいなければ、とこれまで言い聞かせてきたのに。そんなこと、すべて意味がなかったのかもしれない。

「休むの？」

背後からかけられた声に、ゆっくりと振り向く。

創と同じように、どこかに携帯から電話をかけていた瀬越が、いつの間にか寝室に戻ってきていた。瀬越には、電話が多い。

「時給、安いから」

顔を見ないようにしながら、創は答える。床に散らばる服を拾いあげて、ひとつずつ身につける。

「なんか、だんだん、空《むな》しくなっちゃって」

全身がばらばらになりそうに痛い。昨晩もまた、眠るというよりはほぼ気絶するように意識を失って、気付いたら朝だった。

立っているのもしんどくて、着替えの途中で座る。こんな状態で一日、働ける気がしなかった。昨日までの自分だったら、まだ頑張れたかもしれないが。

創の言葉に、瀬越はどこか哀しそうな顔をした。

「俺に言われたくないと思うけど。……こんなことしてたら、普通に働いて稼ごうって思えなくなるよ」

説教するような言葉だった。けれどまるで、言っている瀬越のほうが叱られているような顔をしている。

「わかってます」

創も頷く。

自分にたいして値打ちがないことは、これまでさんざんナルミに言われてきた。もともと、あんなことでいつまでも稼げるとも思っていなかった。

東や、その他の男を相手に商売ができるとしても、せいぜいあと二、三年だろう。創になにか他人に売り渡せるようなものがあるとしたら、若くて健康な身体ぐらいだ。

「いましかできないことだって、わかってますから」

だから売れるうちに、売るのだ。そのつもりでいた。ひとりで生きていくために、お金はたくさんあったほうがいいから。

開き直ったような創の言葉に、瀬越は何も言わなかった。はい、と、一万円札を何枚か渡される。数えもせず、ありがとうございます、と笑顔で受け取る。

「……俺、出かけるから。鍵閉めるから、出るなら一緒に出てもらっていいかな」

目をそらして、早口でそう言われる。

この人はいつも、創にお金を渡す時、つらそうな目をする。ほんとうはこんなことをしたくないと、心が嫌がっているように見えた。優しい人だから、いくら対価を支払ったところで、完全に罪悪感を消すことはできないのかもしれない。

「また呼んでください。先生は、いま俺のいちばんいいお客さんだから」

だから気にしてほしくなくて、わざとそんな甘えた声を出してみる。これは壁です、いくら殴ってもいい汚れた壁です、と伝えたかった。

瀬越はどこか不快そうに眉《まゆ》をひそめた。うん、と、創の顔を見ないまま、曖昧に頷かれる。

「待ってますね」

意図しなくても、明るい笑い声が出た。


どこに行くのかは聞かれなかった。とりあえず、駅で降ろしてもらう。

瀬越は創の顔をもの言いたげな様子で見ていたけれど、結局なにも言わないままで行ってしまった。

いつものドラッグストアで、痛み止めの薬を何種類かとゼリー状の飲み物を買った。食欲がなくてなにも口に入れたくないけれど、これならどうにか飲めそうだ。

晴れていて、寒い。外のベンチに座って、買ったものを飲みながらぼんやりする。

これからどうしよう、と考えるけれど、なにも思いつかなかった。今日の夜のことも、明日のことも、どうしたらいいのか分からなかった。

ふと、思いつく。病院の掃除の仕事はもうやめよう。明日になっても、これまでと同じことはもうできない気がした。

思いつきのまま、会社に電話をする。突然困る、と言われたけれど、すみませんと謝って電話を切った。

続けて、コンビニの方にも電話して、バイトを辞めたいと伝える。店長はどこかほっとしたような声で、それでも厳しい口調で、なにか二言三言、もっと早く、とか、常識的に、とか言っていた。黙ってそれに耳を傾けて、言葉が途切れたところで、また謝って終わりにする。

これで、なにもなくなった。なんだか身体の中に穴があいて、そこから少しずつ空気が抜けていくような気分だった。このままだと自分の存在そのものが全部消えてなくなってしまいそうな、そんな心許《こころもと》なさを感じる。

高野の声が聞きたくなって、電話する。出てもらえず、留守電のメッセージが再生された。こんな時間だから当たり前だ。普通のちゃんとした人は、みんな、仕事をしたり学校に行ったりしている。

誰でもいい。誰か、と思って、携帯の連絡先を見ていく。瀬越もたぶん、誰かと会っているだろう。家族もいないし、友達もいない。誰もいない。

怖かった。誰でもいいから、話がしたかった。

それができる相手は、もう、ひとりしかいなかった。

「ひさしぶり」

その番号を呼び出す。番号がまだ通じるか分からなかったけれど、ちゃんと、繋がった。

相手は学生のはずなのに、平日のこんな時間でも普通に電話に出た。思わず、嬉《うれ》しくなってしまう。

『なんの用』

聞かれて、創はなにも考えずに口を開いた。いつもと一緒で、頭で考えるよりも先に、勝手に言葉が出てくる。

「誰か、紹介して」

創が頼むと、電話の向こうで相手はしばらく沈黙した。やがて、わかった、と頷く。

『……だから言っただろ、必ず戻ってくるって』

それが優しささえ感じられる声だったので、創は笑ってしまった。

「うん。誰でもいい。もう、何でもするよ」

みんな二度としないと去って行く。そして結局戻ってくるのだと、以前ナルミは言っていた。

ほんとうに、そのとおりだった。

待ち合わせの場所と時間を指定されて、覚えるようにそれを繰り返す。

『おかえり、創。ずっとおまえがそう言うのを待ってたよ』

「ナルミが？」

耳を疑うような優しい言葉だった。創が聞くと、相手は小さく鼻で笑った。

『馬鹿言うな。東だよ』

得意げなようにも、同情しているようにも聞こえる声だった。

三十二

用意しておくものを言われたので、不思議に思いながらも、その指示に従う。

ナカムラさんのマンションに行って、自分の使っていた部屋にこっそりと入り込む。もともとは自分の家だったところだ。鍵だってちゃんと持っているのに、空き巣に入っているような気分だった。

言われたとおりのものをクローゼットから探し出して、部屋を見回す。ずっと暮らしてきた場所のはずなのに、まるで、見知らぬ他人の家にいるようだった。何か必要なものがあったら取りにきてほしい、と言われていたことを思い出す。しばらく考えてみたけれど、なにも思いつかなかった。どれも、自分のものだったと思えなかった。

玄関を施錠して、郵便受けの中にそのまま鍵を投げ入れる。

だんだん持っているものが少なくなる。部屋にあるものを全部捨てていった、という人の気持ちが、少しだけ分かるような気がした。

待ち合わせ場所に先に来ていたナルミに、持ってきたものを見せる。上等、と笑って言われた。やめたいと言ったり、やっぱり戻ってきたりしたことにお叱りを受けるかと思ったけれど、それらしいことは何も言われなかった。

「いいコート着てんじゃん」

着ているものについて、どこか馬鹿にするように言われただけだった。創が自分で買ったのではないことなど、お見通しなのかもしれない。

待ち合わせは、いわゆるいかがわしいホテルではなくて、普通のビジネスホテルだった。その前でナルミと合流し、堂々と正面玄関から中に入る。

フロントには誰もいなかった。エレベーターで上の方の階に上がって、おさえてあったらしい部屋に入った。

「……これ、どうするの」

ふたつ並ぶベッドの上に、持ってきたものを広げる。

紺色のブレザーと、チェック柄のズボン。白いシャツとベルト。ネクタイに入っていたラインは、やはり赤い色だった。ナルミが創に持ってくるよう言ったのは、創が以前通っていた学校の制服だった。

「さ、着替え着替え」

「俺が？」

「他に誰がするんだよ。ほら、時間ないんだからさっさとしろって」

創にこれを着ろということらしかった。わざわざバスルームに行くのも面倒だったので、その場で着替える。ナルミはそんな創を横目に、持ってきた鞄の中から取りだしたものを広げて、何やら用意を始める。

毎朝、当たり前のように袖を通していた制服に、久しぶりに触れる。ネクタイを結びながら、創は聞いてみた。

「それ、何」

「撮影すんの」

撮影、と言われて改めて見てみる。確かにカメラやコードがある。けれど、何を撮ろうとしているのか分からなかった。

「なにを？」

正直に尋ねると、ナルミは信じられないものを見るように、創をあきれた顔で眺めてきた。

「おまえに決まってんだろ」

馬鹿じゃねぇの、と、言われていないけれど、そう言われた気になる。

創を撮る。意味が分からず、部屋の鏡に映る自分を見てみた。制服を着た自分。病院の掃除のとき、よく、手洗い場の鏡で自分の顔を見ていた。ぼんやりとした、何も考えていないような表情。いまそこに映る自分は、なにがおかしいのか、少し笑っていた。

「はい、座って。まずはインタビューから」

カメラを構えたナルミに指示される。言われたとおりベッドに座って、こちらに向けられたレンズを見上げる。

「名前は？」

仕事用の声で聞いてくるナルミに、創はうわの空のまま答える。

「創。つくるっていう意味の字」

「高校生？」

尋ねながら、頷くように仕草で示される。ほんとは違うけど、と思いながら、うんと頷く。

「好きなタイプは？」

「……あったかい人」

引き続きうわの空で答えながら、それでも、そこだけ、自然と笑みが浮かぶ。ナルミが、意外そうに、へぇ、と声を上げた。

インタビューはそこで終わりらしい。カメラを止めて、彼はまた何やら作業を始めた。

部屋のあちこちを見て、コードを引っ張ったり伸ばしたりしている。別に興味はなかったが、することがなかったので、立ち上がって、何をしているのか聞いてみた。

「カメラの設置」

短く答えられて、それ以上は何も言ってくれない。納得はしていないけれど、立っているとふらふらと身体が揺れるので、また大人しくベッドに座った。

「ナルミ」

着替えをして、意味のわからないインタビューとやらをしただけなのに、ひどく疲れた気がした。

創の呼びかけに反応しないまま、ナルミは作業を続けている。

「俺、何するの」

「これまでしてなかったこと」

「……最後までってこと？」

創の言葉に、ナルミはこちらを見ないまま答える。

「そのとおり」

なんとなく、そんな予感はしていた。

ちゃんとできるかな、とぼんやりしていると、作業が終わったのか、ナルミがすぐ近くから創の顔を覗き込んでいた。

「なに」

「別に。ひどい顔だなって思って」

面白がるような口調だった。ひどい顔、と言われて、ベッドに座ったまま壁の鏡を見る。この距離からでは、ナルミが何を言いたいのかは分からなかった。

「まぁ、東の奴はおまえがどんな面してようと構わないんだろうけど」

誰が来るのか、この瞬間までナルミは言わなかった。やはり東が来るのだ。言うまでもないと思っていたのかもしれない。

東と、「最後まで」するのだ。

「失敗したな、何か持ってくればよかった」

「何を?」

「化粧するやつ。おまえ、顔色悪すぎ。せっかくカメラ回すのに」

「東さんが来て、……それを撮るってこと?」

部屋に仕掛けられたカメラを探す。ぱっと見では気付かないよう、上手に隠されている。その小さなレンズがいずれも創のいるベッドの方を向いていることに気付く。

「一石二鳥だろ。東も満足できて、売り物になる映像も撮れる」

「そんなの、誰も買わないよ」

考えてみたらおかしくて、創は笑ってしまう。

以前、東が持ってきていた肌色まみれのパッケージのことを思い出す。あれには可愛《かわい》い女の子が出ていた。見て楽しむためのものなのだから、何より外見が大事なのではないだろうか。

それに創を使おうなんて、見当はずれもいいところだ。

創の言葉に、ナルミも笑う。

「他に誰も買わなくても、東は買うだろ」

「最低」

ナルミが言いたいことは、頭の悪い創にも理解できた。映像を撮って、それを元に、東を脅すつもりなのだろう。たぶん、会社に送りつけるとか、ネットにばらまくとか、そんなことを言って。

ネットにばらまかれたら、東だけでなく創も困ることになる。なるはずなのに、そのことを少しも大変だとは考えられなかった。そうなったところで、今の自分と何が違うのか分からなかった。

「なぁ」

部屋にふたつあるベッドの、もう片方にナルミも座る。ベッドの間隔が狭いから、向かい合って座ると足が触れそうに近い。長い足をもてあますように組んで、ナルミはどこか同情するような、慰めるような声で呼びかけてきた。

「おまえ、生きてたって何もいいことないだろ」

顔を上げて、そう言ってきた相手を見る。いつもの意地悪だと思っていた。けれど、見上げたその表情は、まるで哀れむような、見たことのない顔をしていた。

そんな目で見られたくなかった。

「そんなことない」

首を振る。勝手に決められたくなかった。他の誰にとって、何の価値もないとしても。

「……そんなこと、ない」

高野の顔を思い出そうとした。なのに、黒くて重たいものが胸の奥からあふれ出て来そうになる。ぎゅうぎゅうと手で押して閉じ込めようとするそのイメージは、あの荒れた夜の海に重なった。

暗い水。創ひとりの存在なんてなんの力もないのだと教えてくるような、強くて大きい波。きりきりと、引き絞られるようにみぞおちが痛んだ。

「あ、来た」

突然、ナルミが立ち上がる。着信があったらしい携帯を手に、入り口の方に行ってしまった。この部屋の番号を教えている声が聞こえる。

しっかりしなくちゃ、と創も立ち上がり、鞄から痛み止めの薬を出す。はやく効いて欲しくて、箱に書いてあった説明よりも多く飲んだ。

東は扉を開けるなり、ナルミを押しのけて部屋の中へ踏み込んできた。

「……創！」

大きな声で名前を呼ばれる。ぼんやりとベッドに座ったままだった創は、ゆっくりとそこから立ち上がった。

東はいつもと全く同じ、暗い色のコートを着ていた。きっとあの下も、いつもと同じスーツだ。

「おひさしぶりです」

東と会うのは、バイト先のコンビニに押し掛けられて以来だ。それを瀬越に見られて、この「仕事」のことを知られてしまった。

あの時、創がもう少しうまく立ち回っていれば、こんなことにならなかっただろうか。でもたぶん、時間の問題だっただろう。

「創、創……あ、会いたかったよ……」

東の声が震えている。見上げて、創は微笑《ほほえ》んでみせた。そんな風に言ってもらえて、ありがたいことだと思う。創のほうからはもう散々、失礼なことを言っているのに。

「制服姿、はじめて見る。……かわいいなぁ……」

「そうでしたっけ」

東に初めて会ったときには、もう学校に行かなくなっていたのかもしれない。だとしたらこれは、東に対する、ナルミのサービス精神なのだろうか。

そう考えかけて、高校生だということにしろ、と示していた仕草を思い出す。おそらく、映像的にそちらのほうが望ましいからだろう。ただの創を売り物にするより、高校生を売り物にしたほうがいいのだ。

「時間、どのくらい？」

少し離れたところに立っているナルミに聞く。しばらく考えるような顔をして、二時間、と指で答えられた。長いのか、短いのか、よく分からない。

「それじゃあ、ごゆっくり。はじめてなんで、優しくしてやってください」

わざとらしいほど優しい声音で言って、ナルミは創の肩を抱く。

「隣の部屋で見てる」

耳元で囁いて、彼は出ていった。あっさり、東とふたりきりにされる。

はじめてじゃないけど、と、ナルミの言葉に後ろめたさを感じる。はじめてじゃないふりをした演技の出来がどうだったか、いまだに分からない。今度は、はじめてのふりだ。どこまでも嘘つきだな、と、そんな自分のことを、遠いところから見ている気持ちになる。

創の小さな一挙一動を、東の視線が追いかけてくるのを感じた。

あの油が浮いたような目で、全身を上から下まで、舐め回されている。以前の創なら、それだけで、たまらない嫌悪感で逃げ出したくなっただろう。今は、見られているな、と思う程度だった。

「お茶を飲もうか」

何をどうしたらいいのか分からないのは、もしかしたら東も同じなのかもしれない。落ち着かない様子で、備え付けのポットでお茶をいれてくれた。

立場が逆では、と思いながら、ぼんやりとそれを見ていた。

「ありがとうございます」

カップを取った手が、乱暴に捕まえられる。

強い力で引っ張られて、中のお茶が少し零れてしまった。そのまま引き寄せられて、窓際の椅子《いす》に座った東の膝の上に乗せられる。

「ごめんなさい」

せっかくいれてくれたお茶を零してしまった。謝ったけれど、そんなものまるで耳に入らないように、両腕を回されて、強い力で抱きしめられる。

お茶がこれ以上零れないように、されるがままになりながら、とりあえず飲んでしまう。その様子を、東が血走った目で凝視していた。

「すこし、痩せたね。……かわいそうに、かわいそうに。こんなに苦労して」

首筋に顔を埋めて、うわごとのように東は繰り返す。東の中でどんな想像がふくらんでいるのだろう。実際の創は、バイトもやめて、もう何もしていないのに。

空になったカップを手にしたまま、東に頬ずりされる。瀬越とは違う匂い。きっと、高野とも違う。

「東さん、コート」

脱ぎましょう、と囁いた創の声は、平坦で少しも甘えたところがなかった。それでも、東は一度、大きく喉を鳴らして唾を飲み込む。かくかくと、人形のように強張った動作で何度か頷いて、そっと創を捕まえていた手を離した。

鈍く光る東の目に浮かんでいるのは、これから起こることへの期待と欲望だ。それを、創が受け止める。しかも一連の流れを映像に残される。

「……俺、お風呂入れてきます」

思わず、席を立っていた。

「ああ、うん。ありがとう」

引き留められるかと思ったけれど、東はどこかぼんやりとした様子で頷くだけだった。

バスルームに駆け込んで、扉を閉める。浴槽に栓をして、お湯を張る。もう用事がすんでしまったけれど、なかなか、そこを出られなかった。

ポケットに入れていた携帯が震える。取り出してみると、ナルミからメールが届いたところだった。

「ベッドに行け！」と怒っている。たぶん、カメラに映っていないからだろう。

了解、とメールではなく、声に出して呟いて返事する。携帯をしまう直前、不在着信の通知が出ていたことに気付いたけれど、見なかったことにした。見たらきっと、電話してしまう。瀬越でも、高野でも。どちらでも、誰でもいいから。

（……せんせい、たすけて）

そんな弱い言葉が浮かぶ。顔を上げて、また鏡を見た。映り込んだ創の顔は、相変わらず何も考えていないような顔をしている。嘘ばかりつきすぎて、もう、なにがほんとうの自分なのか、分からなくなってしまった。

「創」

バスルームの扉を叩かれて、名前を呼ばれる。

「はい」

返事して、外に出る。コートを脱いだ東が待っていた。やはりいつもの真面目そうなスーツ姿だ。ナルミに言われたとおり、ベッドに座る。東は隣に並び、息がかかりそうなほどの近い距離から、創をじっと見ていた。

何か言われるのを、そのまましばらく待っていた。東は身動きひとつしないでただ創を凝視していた。どれだけそうしていたか分からない。五分のようにも、三十分のようにも感じた。

こんな映像見ててもぜんぜん面白くないだろうな、と、隣の部屋で苛々しているだろうナルミをほんの少し気の毒に思う。

「……ほんとに、していいんだよね？」

やがて心を決めたように、そんな確認を取られる。触れてくる指は、細かく震えていた。

頷いて、その手に自分の手を重ねる。いいよ、と創が答えるより先に、思い切り身体を突き飛ばされて転がる。起きあがろうとしたけれど、上から体重をかけて東にのしかかられる。重い、と押し返そうとして、まるで痺れたように手が動かせないことに気付く。

「……な、に、」

何が起こったのか分からずに漏らした言葉も、口がうまく動かせなくて、中途半端になる。手や口だけではなくて、全身が痺れて、言うことをきかない。意識がぼんやりとしてきて、視界がかすむ。

「効いてきたね。大丈夫、少しぼんやりするだけだから……」

また、かわいいかわいいと頬ずりをされる。

「はじめてだから。創の大事なはじめてだから。ちゃんと、気持ちよくしてあげる」

ね、と早口にそうまくしたてられる。のしかかっていた東が身体を離しても、全身が重たくて指先ひとつ動かすこともできない。さっきまでまったく眠気なんてなかったはずだ。それなのに、どうしてこんなに目を閉じたくてたまらないのだろう。

強制的に、何かの力で無理矢理眠らされる。そうだ、これは。

(麻酔だ)

高野が麻酔科の医師であることを知ったとき、創は自分でいろいろ調べてみた。麻酔にかかるときは、どんな気分なのか。本を読んでもさっぱり分からなかったけれど、きっとこんな感じなのだろう。身体がベッドのマットレスよりもっと下に、深く沈みこんでいくような感覚。気持ちがいい、と、そう思った。

「……大丈夫、俺もいつも使ってるやつだから。天国にいるみたいになれるから……」

東が何か言っている。いつも持っている黒い鞄の中から、何かをあわただしく取りだして並べているのが、かすむ視界の中で見えた。真面目な勤め人にしか見えないこの人が手にするには、不釣り合いな器具。

目蓋の重さに耐えきれず、目を閉じる。東が手にしていたのは、小さな注射器だった。

三十三

夢を見ていた気がする。とても怖い、嫌な夢だった。

なにか、声が聞こえる気がした。目を開けようとする。重たくてなかなかうまくいかない。

聞こえる声が、どっと一斉に笑う。なにを話しているのか分からないけれど、ずいぶん楽しそうだ。楽しげなその輪の中に加われないことが、理由もなく分かる。相手は見も知らぬ人たちのはずなのに、寂しくなった。

「起きてんだろ。さっさと目開けろよ」

笑い声とは反対の方向から、声が降ってくる。聞き覚えのある声に目を開く。声の主はすぐそばで創を見下ろしていた。

目を閉じる前までは、確か、別の人がそこにいたはずだった。

「……東さんは？」

「逃げた」

思いも寄らない言葉だった。あんなに、これから起こることを楽しみにしていたはずなのに。そのために、あんな注射器まで出してきて。

「俺、なにが」

「盛られたんだよ。あんなにあっさりひっかかりやがって」

おまえ馬鹿だろ、と、あきれたようにそう言われる。

ナルミは創の寝ていたベッドに腰掛けて、また足を組んでいた。退屈だったのか、テレビが点《つ》いている。そこから、また、わっと笑い声が上がった。さっきの声はこれか、とその正体に気付く。

「おかげで口開けて寝てる間抜けと、興奮して小躍りする中年男しか撮れなかったじゃねぇか」

ぶつぶつと文句を言われる。盛られた、という言葉に、ようやく、自分がなにをされたのか理解する。東に渡されたお茶に、なにか薬が入っていたのだろう。

「麻酔?」

「はぁ?」

「眠くなったから。違うの?」

「おまえ、ほんっとうに馬鹿だな」

しみじみとナルミが言う。さっきよりも実感のこもった声だった。

時間をかけて、ゆっくりと起きあがる。ナルミは見覚えのある黒い鞄をごそごそと漁《あさ》っていた。中から白い袋を取り出す。それを創に放り投げてきた。

「眠剤だよ。こんなにたくさん持ち歩いて、あいつ、どうするつもりだったんだか」

「みんざい?」

「睡眠薬」

それなら、創にも分かる。投げられた白い袋には、創の知らない病院の名前が書かれている。中には錠剤のシートがたくさん入っていて、輪ゴムで束ねられていた。同じものがまた出てきたらしく、それも投げ渡される。

睡眠薬と麻酔は違うのだろうか。聞いてみたかったけれど、また怒られそうなのでやめておく。

ナルミは東の鞄を逆さにしてひっくり返し、中身をすべてベッドの上に転がした。その中に探していたものを見つけたのか、あった、と、小さな袋を手に取る。

「それは？」

「おまえが打たれそうになってた薬」

「……天国が、どうとか」

「そ。危ないところだったよ。俺が止めなきゃ、どうなってたか」

つまり、東が創に注射を打つ前に、隣の部屋でカメラの映像を見ていたナルミが止めてくれたのだろう。いったいどういう薬だったのか、聞きたい気持ちよりも、知りたくない気持ちのほうが強い。

「助けてくれたんだ」

「まあ、結果的に」

未成年に得体の知れないものを使われて、その結果、どうなるか分からない。面倒なことになった場合、最終的に迷惑を被ることになるのはナルミなのだそうだ。創のため、というよりは自分のためだったと聞いて、納得する。

時計を見る。そんなに長く経っている気はしないのに、もう夜遅い時間だった。

「東、おまえと死ぬつもりだったのかもな」

ふいに、独り言のようにナルミが口にする。時計を見ていた創は、ナルミに目を向けた。鞄の中から見つけだした小さな袋を手に、どこか物思いにふけるように続ける。

「おまえをこの仕事にスカウトするよう言ってきたの、あいつだよ」

「東さんが？」

「おまえは覚えてないだろうけど、バイトしてたコンビニの常連客だったんだぜ、あいつ」

意外なことを聞いて、小さく驚く。あの日コンビニに姿を現したのは、バイト先を調べ上げたわけではなかったのだ。

「あいつ、会社で経理の仕事してるらしいんだけど、評判があんまりよくないんだって」

見てりゃなんとなく分かるよな、と、創に同意を求める。創にとって東は、大人しくて真面目だけれど、実は結構ストレスが溜《た》まっていそう、という印象の人物だった。

「主任まではいけたけど、たぶん一生、そこ止まりなんだって自分でも言ってた。上の連中にも、若い奴らにも、馬鹿にされて見下されてる」

それは、東自身が語ったことだろうか。それともナルミの想像か、あるいは調べた結果知っていることなのか。

「実際に仕事が出来ないのもあるだろうし、それ以上に、そういう空気になってるんだろ。こいつは馬鹿にしてもいい奴、見下してもいい奴だって」

ナルミが話す内容には、同意出来るものがあった。確かにこの世界にはそんな部分がある。創だってたぶん、病院とコンビニのバイト先ではそういう存在だったのだと思う。

「だから、おまえのこといつも気になってたんだよ、あいつ」

「俺が、なんで」

「いつもコンビニで怒られてたから」

言われて、さまざまなことを思い出す。確かに、いつも怒られていた。店長や先輩だけではなく、気の短いお客さんからも。創は出来の悪い人間だからだ。

それをそんな風に見ている誰かがいたなんて、考えたこともなかった。

「『いつも怒られててかわいそうなんだ』って。ずっと気になってたって。で、そんなある日、おまえにレジで会計してもらったらしくて。思わず心の中で『俺たち、同じだね』って話しかけたらしい」

東が、コンビニにお客さんとして来ていたと言われても、まったく思い出せない。東に限らず、誰ひとり、顔を覚えている人なんていない。

ナルミはよほどその話がおかしいのか、ひとりで笑いながら続けた。

「そしたら『そうですね』って言って、にっこり笑ってくれたらしいよ」

「誰が?」

「おまえが」

「俺たぶん、そんなこと言ってないよ」

「だから、あいつの頭の中ではそうなってるって話だろ」

「はぁ……」

まったく身に覚えのない話だった。東があそこまで創を指名してきたのは、それが理由なのだろうか。誰でもよくて、たまたまその時に空いていた人間が創だった、というわけでは、なかったということなのだろうか。

　周囲の人間から、良い扱いをしてもらえていなかった。いつも見下されていた。そんな中で、創と会うことは、東にとってどんな意味があったのだろう。どれだけ支払っていたのかは知らないけれど、ナルミのことだからさんざん足元を見てきただろう。決して少ない出費ではなかったはずだ。それでも、東は何度も創と会おうとしていた。

　考えてしまうと、少しだけ悪いことをしてしまった気になった。創はいつも、東の話なんて聞こうともしなかった。

「そういう事情があったなら、優しくしてやれば良かったって思ってるだろ」

　ぼんやりしていたところを、ナルミに額を指で弾《はじ》かれる。

「甘いな、おまえ。あいつにクスリ打たれて、死んでたかもしれないんだぞ」

「そういうんじゃ、ないけど」

　そこまで危ないことだったのか、と違うところにひっかかる。

「というわけで、もう、やめときな」

　部屋のあちこちに設置したカメラやコードを回収しながら、ナルミは創にそんなことを言ってきた。手伝おうと思って立ち上がりかけたけれど、動くと頭がふらふらした。薬のせいだろうか。

　さっき投げられた薬の袋を見てみる。白い袋は全部で三つあって、全部同じ薬が入っているようだった。

「やめるって、なにを?」

「この仕事。向いてないよ、おまえ」

突き放すようなその言い方には、それでもどこか、やわらかい響きも混じっていた。

「今日、同じこと言われたばかり」

「へぇ。やめろって？」

「こんなことしてたら、まともに働けなくなるって」

瀬越が言っていた。それに、はじめてこの仕事のことを知られた日も、あの人は言っていた。もうやめなさい、と。

「こんな仕事、叱ってくれる人間がそばにいるやつがやるようなことじゃない。分かってんだろ、おまえにだって」

耳を疑うくらい、優しい言葉だった。しかし創は、それを鵜呑《うの》みにできるほどこの男のことを知らないわけではなかった。優しげな声で伝えようとしていることはつまり、おまえは使い物にならないのだということだろう。

「でも俺、ほかにできることないし」

「これだってできてたって言えねぇよ」

せっかく儲《もう》けるチャンスだったのにこのザマだ、と、笑いながらナルミはベッドの下に隠していたコードを引っ張り出す。確かに、その通りだった。

「東みたいに、おまえみたいなやつを好きな男はある程度いる。でもおまえはたぶん、そういう客との相性が良すぎるんだ。深入りさせて、取り返しのつかないところまで追い込んじまう。今回のことでよく分かった。俺は死人を出すのはご免だね」

手際よく隠し撮り用の一式を片付け、ナルミは立ち上がった。

「それ、やるよ。退職金代わりな」

それ、と、創が手にしている薬の袋を指さされる。

「ろくに寝てないだろ。なにもできないなら、せめて体調の管理ぐらいしとけ」

最後だから、こんなに親切なのだろうか。もしかしたら、ただ単に、始末が面倒で押しつけられているだけなのかもしれない。おそらく、そちらが本音だろう。

「どうせ寝る場所もないんだろうし。朝までここで寝ていけよ」

じゃあな、と言って、ナルミは鍵を残して部屋を出ていってしまった。

あとには、身も心も置いて行かれた気分でいっぱいの創がひとり残された。

つけっぱなしのテレビには、外国のきれいな風景が流れている。聞こえてくる音楽がわずらわしくて、電源を切る。途端に、しん、と静かになった。

ベッドに転がって、貰った白い袋を眺める。袋に書かれた、東の名前。就寝前に一錠、と書かれている。とにかく眠くて身体が動けなくなってしまった、あの感覚を思い出そうとする。麻酔ではないと、ナルミにも馬鹿にされたが。

(……きもちよかったな)

無理矢理、強い力で引っ張られるように睡魔に襲われた。まだその効き目が残っているのか、全身が怠い。創は医者ではないし、手術を受けたことがないから、全身麻酔にかけられるのがどんなものなのかは分からない。

それでも、きっと高野に麻酔をかけてもらったら、あんな風に眠れるのではないだろうか。そんな気がした。

薬の袋を胸に抱いて、身体を丸める。制服を着たままだということを思い出したけれど、起きあがるのも面倒で、また目を閉じる。

（……眠っている、あいだに）

その言葉を終わりまで呟くことも出来なかった。


チェックアウトは十一時だったので、その前にシャワーを浴びて、制服ではない普通の洋服に着替える。瀬越に買ってもらったものだ。

フロントで鍵を返す。支払い、と財布を出しかけたけれど、最初にもらっている、と言われてしまった。ナルミが払ったのだろう。

ホテルを出て、冷たい空気に肩を縮める。今日も寒い。

これからどうしようか、と、ぼうっと空を見る。ついに、ナルミの「仕事」までなくなってしまった。さいわい、これまであまり大きな出費が必要になったことはないので、それなりに貯金はある。それが、高野や瀬越が場所を与えてくれたおかげだということに、今となっては申し訳なさしか覚えない。

とりあえず、新しいバイトを探さなければならない。履歴書を書いて、それに使う写真も撮って、と考えているうちに、みぞおちがきりきり痛くなった。鎮痛剤を嚙み砕いて飲み込む。

「がんばらなきゃ」

しっかりしろ、と自分に言い聞かせる。突然、ナルミがまるで哀れむような目を向けて言ってきたことを思い出す。

——おまえ、生きてたって何もいいことないだろ。

どうしてそんなことを言われるのだろうと思った。他人の目からだと、創はそんな風に見えてしまうのだろうか。

もし、高野にもそう思われているのだとしたら。

「ちがう……」

ひとりで考えて、ひとりで首を振る。高野はそんな人ではない。ひとの生き方について、そんな風に、断言したりしない。だから好きになった。優しくて、公平な人だ。

そういえば、と、昨日から触っていなかった携帯のことを思い出す。誰かから、電話がかかってきていたはずだった。創に大事な用のある人はいないはずだから、急な用件ではなかったと思うが。

確認しようとして、それより先に、新しいメールが届いていることに気付く。ついさっき、創がホテルを出てから来たもののようだった。差出人は、瀬越だ。

話したいことがある、と、そう書かれていた。夜、部屋に来てほしい、とのことだった。

わかりました、とひと言だけ返信する。他のものを確認する気にならなくて、そのまま携帯をしまった。

（……行きたくないな）

正直、そう思った。今はもう、誰の顔も見たくなかった。

けれど、瀬越が来いというのなら、創はそれに従うしかない。なんの話をされるのだろう、と考えてみたけれど、なにも思いつかない。メールや電話ではすまない話なのだろうか。

たぶんあまり良い話ではないのだろうと、そんな気がした。

三十四

夜まですることがなかったので、また、いつものネットカフェに行った。他に行くところを思いつかなかった。

しばらくネットで求人情報を見たりしていたけれど、すぐに疲れてしまってやめた。

胃が痛い。なにも食べていないせいだ、と思い、来る途中で買ってきたメロンパンを少しずつかじる。水を飲もうとして伸ばした手が滑って、コップを落としてしまう。やわらかいニット素材の上に、どんどん水が染みてきた。

どうしよう、としばらくそのままぼんやりする。そうして、どうせ時間もあるし、と着ていたものを脱いでいく。ついでに全部洗おう。かわりに着る服を持っていなかったので、仕方なしに、また制服を着た。

いつものコインランドリーで洋服を洗う。乾燥まで全部終えると外が暗くなっていたので、制服のまま瀬越の部屋に向かった。

夜、と言われただけで、時間の指定はなかった。まだ十九時前だったせいか、瀬越の車は駐車場になかった。出直す気力もなくて、扉の前に座り込む。

寒かった。少しでも熱を逃がさないように、立てた膝の上に両手を重ねて、そこに顔を埋める。吐く息が白かった。服の布地を通して、コンクリートの冷気が肌に伝わる。他の住人に見られたら不審に思われるな、と考えて、同じことを少し前にも気にしていたことを思い出す。あの時、瀬越は、きれいな女の人を連れていた。

その記憶を再生するように、廊下の端にあるエレベーターが到着した音が聞こえた。硬い靴音に顔を上げる。足音に、なんとなくそうではないかと予想した通り、瀬越だった。

瀬越は部屋の前に創が座り込んでいるのを見つけて、驚いた顔をした。

「来てたなら、言ってくれればよかったのに」

責められたように感じてしまう。連絡を取ろうなんて、思いつきもしなかった。

「ごめんなさい」

謝られても困る、と言いたげな顔をして、瀬越は鍵を開けた。入って、と促され、頭を下げて中に入る。

「着替えてくるから。待ってて」

言われて、リビングのソファに座らせてもらう。エアコンが少しずつ室内の空気をあたためていく中で、寒さに固まった手のひらを擦り合わせる。

瀬越はどこに行っていたのだろう。待っている間、そんなことをぼんやり考えた。また誰かと約束をして、会っていたのかもしれない。さっき近づいた時、かすかに香水のような甘い匂いがした。

「鞄ぐらい下ろしたら」

ぼうっとしている間に、瀬越が戻ってくる。着替えてくる、とは言っていたけれど、たぶん、コートだけ脱いで、出かけた時のままの服装のようだった。

創は自分がコートも脱がず、鞄も肩に下げたままであることに気付いた。これでは、すぐに帰りたいと訴えているように見えただろうか。

「すみません」

「別に謝らなくてもいいけど。……どうしたの、その格好」

慌ててコートを脱ぐ。瀬越は創が着ていた制服に驚いた様子だった。

水を零して着替えに、と言おうとして、けれど、開いた口は勝手に違うことを言っていた。

「今日のお客さんが、制服がいいって言う人だったから」

意識しなくても、笑顔になる。瀬越はそんな創に、どこか信じられないものを見るような目を向けた。

ソファに座った創の正面に、目線を合わせるように膝をつく。

「俺が相手するから、他とはしないって言ってたよね」

「だって、常連さんだし。先生と知り合うより、ずっと前からの」

これは嘘ではない。創がナルミから声をかけられて、最初に東に会ったのがいつだったかは、よく覚えていないが。

「それ、創ちゃんが通ってたところの制服だろ」

瀬越はなぜか、妙に真剣な表情をしていた。そういえばこの人は、創が通っていた高校の制服のことを覚えていた。

それが一体、なんだというのだろう。どこか思い詰めたようなその表情の理由が分からなかった。

「本物ですよ。ちゃんと、自分の」

「そういうことじゃなくて」

創の反応に、瀬越は一度首を振って、小さく息を吐いた。じゃあどういうことなんだろう、と思ったけれど、聞いたところで、創には理解できない気がした。

それよりも、瀬越が言葉に迷って途方に暮れたように見えることのほうが、ずっと気がかりだった。また、創の「仕事」のことを気にさせてしまったのかもしれない。

「先生も、してみる？」

それを忘れて欲しくて、笑ってみせる。

「制服で。俺、ビデオも撮らないかって言われたんですよ。高く売れるって」

笑う自分を、頭の中で思い描いてみる。想像の中で、創の顔は、どろりと歪《ゆが》んで、そのまま黒く溶けて、床に零れていく。

まるで目の前の瀬越も同じものを目にしているように、不快そうに眉をひそめた。

「それ、本気で言ってるの？」

ひっそりとした、囁くような声だった。かすかに震えるその声に、この人の冷ややかな怒りが伝わってくる。

「遠慮しておくよ。どこの誰に触られたかも分からないのに」

「そうですか」

残念、と笑う自分のことを、ぼんやりと遠く感じる。瀬越はしばらく、そんな創をじっと見ていた。

目を合わせたくなくて、うつむく。

「……話したいことがあるって、言ったよね」

どちらも何も言わない。その沈黙に耐えかねたように、瀬越がそっと口を開いた。

「はい」

創も顔を上げる。瀬越は言葉を探すように視線をさまよわせて、やがて、意を決したように続ける。

「俺、仕事に復帰出来ることになったんだ。明後日から」

思いも寄らない言葉だった。

明後日。もう、すぐだ。

「よかったですね」

心からそう思って、素直に伝える。瀬越はそれを聞いて、少しだけ笑顔を見せた。

「うん。ありがとう」

瀬越は色々、大変な目に遭ってきた。休職に追いやられたときは、仕事について悩んだり、思うところもあったはずだ。けれど、安心したように笑う顔を見ていると、その重い気持ちも少しは軽くなったのではないかと、そんな気がした。

「病院の、周りの人たちのおかげだよ。みんな協力してくれて……ほんと、有難いね」

目元をやわらかく緩めて、瀬越が独り言のように呟く。

よかったですね、ともう一度同じ言葉を繰り返すことしかできなかった。いい話を聞いているのに、きりきりとみぞおちの辺りが痛みはじめる。

「それで、だから、これ」

笑みを引っ込めた、思い詰めたような表情の瀬越に何かを差し出され、それを受け取る。

分厚く膨らんだ封筒だった。封がされていないので、すぐに中身が見える。紙だ。たくさんの、紙の束。創がよく知っているもの。

「どういう、ことですか」

急に喉が干上がったように乾いて、声がうまく出せなかった。中身に驚いて、それを渡されたことに、瞬間、嫌悪感にも似た感情を抱く。反射的にその封筒を返そうとして、また手のひらに押しつけられた。

「これだけあれば、当分、あんなことする必要ないよね」

出してみなくても分かる。中に入っているのは、すべて一万円札だ。それも、創がこれまでに目にしたことがないほど、分厚い束になった。

瀬越が何を言いたいのかなんて、聞き返さなくてもよく分かった。

「だから、もうやめなよ。俺にこんなこと言う資格がないってこともよく分かってる。でも、約束してほしい。ほんとうに、もうやめるって」

言葉が出なかった。小さい頃、母親の実家にあった池で見た鯉《こい》たちのように、口をぱくぱく無駄に開けて閉じる。手のひらに乗っている封筒の厚みと重みに、じわりと嫌な汗が浮いてくるのを感じた。

「……で、でも、俺」

だからと言って、瀬越からこんなものを貰う理由はない。これまでのことにしたって、瀬越はその都度、多すぎるほどのお金を創に渡している。返さなければ、と突き返そうとする手が、また拒まれる。

「分かるだろ」

絶対に受け取れ、と伝えるように、手のひらを包まれ、指で封筒を摑まされる。

瀬越の声は、これまでに聞いたことがないほど、硬く張りつめていた。

「……分かるだろ、子どもじゃないんだから」

頼むよ、と、縋《すが》るような目で見られる。その目と、ぎりぎりと爪が食い込むほど強い力で封筒を握らされる手に、ようやく気付く。これは、創のためだけを思って渡すお金ではないのだ。

「誰にも、言うなってこと、ですか」

分かりたくなかった。けれども、分かってしまった。これは口止め料だ。

せっかく問題が解決して、もとの居場所に帰れることになったのだ。だからその間に起こったことを言いふらされたりしては困る。そういうことなのだろう。

そのためには、こんな風に札束で分厚く膨らんだ封筒を渡すのが一番いい。瀬越はそう判断したのだ。創は、そういう人間だから。

「変なの、先生」

いま瀬越の考えていることが、手に取るように分かった。不安そうにこちらを見てくる人が、どうしてそんなことに怯《おび》えるのかと、おかしくなる。

「俺がなにか言ったって、そんなの、先生がひと言『違う』って言えば、それですむ話なのに」

自分がしてきたことは、いったい、なんだったのだろう。無力感で、全身がいっぱいになる。

「俺の言うことなんて、誰も、信じてくれないよ」

瀬越は何も言わなかった。

大人しく封筒を受け取り、鞄にしまう。それを見届けたらしい瀬越が続けた言葉には、迷いがなかった。

「会うのは、今日で最後にしたい」

創はしばらく、何を言われたのか分からなかった。

「創ちゃんは、お金のためだからって割り切れるかもしれないけど。俺はそんな風に思えない」

口をぽかんと開けたまま、じっと相手を見てしまう。瀬越はその視線を振り払おうとするように、目をそらした。

「……つらいんだ、きみの顔を見ているのが」

創の方を見ないまま、瀬越は言った。

もう顔を見たくない、と言われ、最初に感じたのは驚きだった。お金のためだと割り切れる人間だと思わせることに、ここまで成功していたとは思っていなかった。

驚いて、それから、じわじわと傷口から血が染み出すように、哀しくなった。

瀬越を悪者にしたくなかった。そのために、すべてお金をもらうためにやっていることなのだと、下手《へた》な演技を続けてきた。それがうまくいっていたのだ。

これでよかったんだ、という思いと、違う、と否定したい思いのふたつの間で、心がはち切れそうだった。叫び出しそうになる気持ちを懸命に押しつぶして、笑う。

「大丈夫です。俺、もう、病院のバイトもやめたから」

この町を出たって、なんの問題もない。

「コンビニもやめた。家族も友達もいないから、ここにいる必要もないんです」

もう、いなくなる。だから、瀬越が創のことなんて気にする必要はない。たまたまそんな気分になった時に、近くに殴っても構わない壁があっただけだ。それと、同じことなのだから。

病院のバイトをやめた、という言葉を聞いて、瀬越が少し動揺したように見えた。この人のせいではないのに、悪いことをしてしまった気になる。

「どうするの、これから」

心配そうに尋ねられる。けれど、聞かれても答えられないことだったので、曖昧に笑ってごまかしておく。これからのことなんて、自分でも分からない。

「先生が、お金たくさんくれたから。どこか、仕事のありそうなところに行きます。それでもう、二度とここには戻ってきません」

ひとりで生きていけるようになりたかった。それだけを目指して、ずっと、がんばってきたはずだ。お金がある程度貯まれば、部屋が借りられる。そうすれば住所が出来るから、働くことができる。誰にも頼らずに、ひとりで、生きられる。

瀬越に貰ったお金があれば、十分すぎるほどだろう。目標が叶《かな》ったはずなのに、今は、そのことに震えるほどの寒気しか感じられなかった。

目の前の人にそんな思いでいることを気付かれたくなかった。言葉が途切れることのないよう、何も考えずに喋り続ける。

「俺がここにいないといけない必要なんて、ほんとはずっと前からなかった。住む場所もないし、お母さんのお墓だって、俺、どこにあるのかも知らないし。俺に会いたい人だって、もう誰もいない」

「高野がいるよ」

ふいに出されたその名前に、ぐっ、と、喉の奥が詰まる。思い出さないようにしていた。必死に、考えないようにしていたのに。なんの躊躇《ためら》いもなくその名前を出す瀬越に、憎らしささえ感じた。

「あの人は根っからの善人だ。きみが会わないって決めたら、自分の意志よりきみの意志を大事にする人間なんだよ。病院にも行かなくなって、この町から出て行ったら、きっともう二度と会えなくなる。それでもいいいんだ?」

どうして、こんなことを言うのだろう。意地悪で言われているのかと思い、瀬越の顔を見る。そんな悪意なんて微塵もないような、真面目そのものの目を向けられる。

ずるい、と、そう思った。瀬越が、創にいなくなってほしいと思っているのに。それなのに迷わせて、別の可能性があるような、そんな言い方をする。

創が高野に知られたくないことがたくさんあるのは、瀬越だってよく分かっているはずなのに。

「……だって、そうするしかない」

答える自分の声が震えていた。涙を流していないのに、まるで、声だけ泣いているようだった。

「俺、あの人にだけは、これ以上、嘘つきたくない」

最初から、しばらくの間のつもりでいた。いつかは出て行かなくてはいけないのだと、何度も自分に言い聞かせていた。ただ遠くから星を見上げるようなきれいな気持ちでいた時から、そう思っていたのだ。今はその想いがどろどろと濁って汚いものに変わってしまった。これ以上そばにはいられない。

創はたぶん、あの人がこれから手に入れる幸せを祝えない。きっと醜く嫉妬して、すべてのものを憎むようになる。誰も、なにも悪いことをしていないのに。

そんな自分が嫌だったし、なにより怖かった。そうなってしまったら、もう決して「よい人間」なんかにはなれない。だから離れなくてはいけない。怖い怪物になってしまう自分を、高野に見られたくなかった。

瀬越が何か言おうとしたけれど、言葉が思いつかなかった様子で黙り込んだ。創の顔を見ているのも限界なのか、立ち上がって、キッチンの方に行ってしまう。

「何か食べる？」

空気を変えようとするように、瀬越が聞いてきた。創に聞いているのだろうな、と理解出来たのに、いらないと首を振ることが出来なかった。ぼんやりと口を小さく開けて、固まったまま動けない。

「創ちゃん」

何も答えない創に、瀬越がそっと呼びかけてくる。また、みぞおちがきりきりと引き絞られるように痛みはじめる。なだめるように、痛むところに手のひらを添える。

「瀬越せんせい」

先に名前を呼んできたのは瀬越のはずなのに、呼び返されて、相手はひるんだような目をした。

なに、と、どこか構えたような声に、少し寂しくなった。

「最後に、一回だけ、会ってもいいですか」

誰に、と口にしなくても、嫌というほど伝わってしまうだろう。

「約束します。先生に都合の悪いことは、絶対に言わないから」

創は嘘ばかりついてきた。だから、そんな人間の約束なんて、あてにならないと思われても仕方ない。

「だから……」

瀬越がこちらを見ている視線を感じる。お願いします、と、創は頭を下げた。

「そんなこと、いちいち俺に許可取らなくてもいいのに」

戸惑った声だった。けれど、創がそのまま頭を上げなかったせいか、いいよ、と、呟くようにそう言ってくれた。

「ありがとうございます」

ほっとして、顔を上げる。安心して、思わず頬が緩んだ。

瀬越はそんな創の表情を、しばらく何も言わずに眺めていた。まるで、瀬越も創と同じように、どこか痛いところを抱えているような目だった。

瀬越の話は、おそらくこれで全部だろう。制服の上からコートを着込む。

「お世話になりました」

もう一度、頭を下げる。

「高野のところ、行くの」

ソファから立ち上がった創を見て、瀬越が聞いてくる。それに首を振った。もう遅い時間だし、今はまだ、心の準備ができていなかった。

「泊まっていけばいいのに」

優しいその申し出に、また首を振る。顔を見ているのがつらいとはっきり言われたのに、これ以上、甘えられない。

「創ちゃん」

振り返らずにそのまま部屋を出ようとした。けれど、腕を強く摑まれて、引き留められてしまう。抵抗する間もないまま、そのまま胸に引き寄せられる。強い力で抱きすくめられて、瞬間、息が詰まった。また、するのだろうか。もう、創にぶつけなくてはならない嫌なものから、瀬越は解放されたはずなのに。

「俺、汚いよ、先生」

さっき瀬越が言っていたことを、そのまま繰り返す。

「どこの誰にさわられたか、分からないんだから」

瀬越も、それが自分の言葉だということに、すぐに気付いたようだった。はじかれたように、強く捕まえていた手が緩む。するりとそこからすり抜けて、創は笑った。

「ばいばい、瀬越先生」

小さく手を振って、今度こそ、部屋を出る。瀬越はそれ以上何も言わなかったし、追ってこようともしなかった。

エレベーターで下まで降りて、マンションを離れる。目的もなく暗い道をひたすら真《ま》っ直《す》ぐ歩き続ける。

いつもより、鞄が重く感じた。あの分厚く膨らんだ封筒が入っているからだと、すぐにその理由に気付く。

立ち止まって、中から取り出してみた。ほんとうに、たくさん入っている。水に潜って息を止める、あの仕事の何回分になるのだろう。封筒をそのまま放り捨ててしまいたくなって、それを堪《こら》える。

泣こう、と、そう思った。

泣きたい気分だった。子どものように声を上げて、みっともなく泣いてしまえば、楽になれる気がした。ぐらりと身体がバランスを崩して、そのまま暗い道ばたにしゃがみ込む。目眩がして、頭を抱えた。ううう、と、うめき声だけが漏れる。泣いて、楽になりたいのに。

けれど、いくらがんばっても、涙は出てこなかった。

三十五

ずいぶん時間がたったような気がしたけれど、瀬越の部屋には、一時間もいなかった。

行くあてもなかったので、とりあえず、薬局に行って鎮痛剤と水を買った。店を出ようとして、無料配布の求人誌が置いてあるのに気付く。一冊もらって、自動ドアをくぐる。ありがとうございました、と背後からかけられる声に、なぜだかわけもなく、寂しい気持ちにさせられた。

寒くて暗い夜の道を、とぼとぼと歩く。立ち止まらずに歩き続けていれば、少しは寒さもまぎれた。

（今日の夜は、どうしよう。明日は。明日の夜は）

考えなくてはいけないことなのに、なにも考えられなかった。お金はたくさんある。だから、どこへでも行くことができる。

けれど、自分がどこに行きたいのか、創には分からなかった。

（明日が終わったら、また、その次の日は……）

そんなことを考えていると、何故だか、急に怖くなった。

住宅街の中の道路が、真っ直ぐ目の前に伸びている。ほんとうは道の両側に建物があるし、街灯も明かりをともしている。けれどそれが、まったく存在していないように、真っ暗で、どこに繋がっているのか分からない道にいるような気になった。

耳鳴りがして、目眩がする。頭まで痛くなってきた。足を止めて、道の端にうずくまる。何もしていない。ただ歩いていただけなのに、まるで思い切り走ったあとのように、息が上がっていた。

こんなところを誰かに見られたら、あやしまれる。補導されたり、不審な人物がいると警察に通報されてしまうかもしれない。どこかに行かなくては、と、どうにか立ち上がる。

コートのポケットに入れていた携帯が、急に震えだした。そんなささいなことにもひどく驚いて、心臓がどくどく音を立てる。何をそんなに怖がっているのだろう、と、自分で自分のことがもう分からなかった。

「……はい」

『いま、どこにいる』

相手も見ずに、電話に出た。なんとなくそんな気はしたが、相手は高野だった。さっき、もう何度も、不在着信があったのを見ていた。

どこ、と場所を聞かれても、自分がどこにいるのか分からなかった。答えられずにいると、電話の向こうで小さく笑った気配がする。

『帰ってこられるか』

まるで、小さな子どもに聞いているような言い方だった。その声を聞いている間だけは、不思議と、耳鳴りが静かになった。

「たぶん」

『じゃあ、待ってる。気をつけて帰ってこいよ』

それだけ言って、電話は切れてしまった。携帯をぎゅっと握り締める。まるで、行く場所がないことを見抜かれているように、帰ってこいと言われてしまった。時計を見る。もう、日付が変わるまで、二時間もない。

（あと一回しか、会えないのに）

それをいまから終わりにしてしまうのか、と思うと、行きたくない気持ちもある。もっとちゃんと、いい状態の自分になってから、明るくお別れの挨拶をしたいと思っていた。けれどそれがいつになったらできるのか、自信はない。

だったら、早く行ったほうがいいのかもしれない。瀬越もそのほうが、安心するだろう。

道が分からないので、来た方向を戻る。少しでも早く着けるように、できるだけ、足を早めた。


「おかえり」

インターホンを鳴らすと、まるで待ちかまえていたように、すぐに扉が開かれる。出迎えてくれる人の顔が見られなかった。顔を少しうつむけたまま、小さく、お邪魔します、とどうにか口にする。

食事は、と聞かれたので、顔を見ないまま、済ませてきたと答える。どこで、何を、と詳しいことは聞かれなかった。じゃあ、と風呂場に押し込まれる。風呂に入れということだろう。

コートを脱がずに済んだことに、少し、ほっとする。まだ制服を着たままだった。もうこれを着ることはないだろうな、と、そんなことを考えながら、脱いで、手持ちの紙袋の奥にしまった。明日、捨ててしまおう。ついでに、長いこと着ていたあのパーカーも、膝の薄くなったデニムも、全部。

風呂から出ると、脱衣場には着替えが用意されていた。やさしいな、と嬉しくなって、こんな風にやさしくしてもらえるのも今日が最後なのだと思うと、寂しくなった。

もうこの先、こんなに丁寧に接してくれる人とは二度と出会えないだろう。もともと、高野が特別な存在だったのだ。

熱いお湯であたたまって、少し、気分も落ち着いた。お礼を言うために、明かりのついたリビングへ向かう。高野は水槽の前に立っていた。

「ほら」

手招きされて、近づく。見てくれ、というように示されて、創は水槽を覗き込んだ。以前、一緒に買いにいった、あの小さくてかわいい魚が泳いでいる。元気そうだった。

「増えてる」

三匹しかいなかったはずの熱帯魚は、いまはその倍以上の数になっていた。様子を見て数を増やす、と、そういえば、そんなことを言っていた。順調に、水槽の中の環境が出来上がっているということだろう。

店の水槽にもたくさん泳いでいた魚で、その色とりどりの様がとてもきれいで印象的だった。あれよりはまだ数が少ないけれど、三匹だったころよりずっと華やかで、見ていても退屈しそうになかった。

「次は、違う種類のやつを入れたいんだ。迷ってるから、おまえにも選んでもらおうと思って」

「……俺、長生きするやつがいい」

創がここからいなくなっても、元気でいてくれるような魚がいい。水槽を空にしないで、高野が生きている間ずっと元気に泳ぎ続けてくれるような。

「五十年くらい生きてくれるやつがいいな」

「シーラカンスぐらいしか思いつかないな。これじゃ無理だから、別の水槽にしないと」

創の言葉に、高野は笑った。このきれいな群れの中には入れてもらえないのか、と、魚の話なのに、まるで自分のことを言われたような気になった。

ドライヤーを手渡されたので、大人しく座って髪を乾かす。床に敷かれたホットカーペットのおかげで、裸足《はだし》の足もあたたかかった。

温風が髪と首筋をくすぐる。あたたかいものは、どうしてこんなに気持ちがいいのだろうと思う。高野が貸してくれたパジャマも、裏地がふわふわとした生地で、肌に触れている部分がやわらかくて心地よい。見たことのないものだから、きっとこれも、新しく買ったのだろう。

高野は創の近くに座り、雑誌をめくっている。創が何も言わない限りは、何も言わないし、何も聞こうとしなかった。その距離の取り方が、有難いとも思うし、寂しいとも思う。

髪が乾いたので、ドライヤーを片づける。

「よし。寝るか」

高野が雑誌を閉じた。行くぞ、と創に声をかけて寝室の方に向かう背中を、創はぼんやりと目で追いかけた。声をかけてもらえたのに、創はしばらく立ち上がれないまま動けなかった。寝て朝がきたら、ここを出て行って、そうしたらお別れだ。

できたら、きちんと話がしたかった。今までたくさん親切にしてもらったことへのお礼を言いたかったし、もう会わなくなることにも、何か納得してもらえるような理由をつけたかった。そんなことを考えてから、なんて言い訳だろう、と自分でおかしくなる。自分がただ、あの人ともっと過ごす時間がほしいだけだ。

のろのろと立ち上がる。部屋の電気を消して、そっと高野のあとを追った。

寝室も暖房がつけられていて、寒くなかった。

「お邪魔します」

小さく頭を下げる。敷かれていた布団を、ベッドから少し離す。高野はベッドで寝る体勢になって、携帯を触っていた。それを見て、自分の携帯のことを思い出す。断って、隅にあるコンセントで充電させてもらう。

「電気、消しますよ」

「ああ」

暗くなった部屋の中、かちゃり、とかすかに金属の触れる音が聞こえる。高野が眼鏡を外して、枕元に置いた音だ。

布団にくるまる。ここでこうやって眠るのは、ずいぶん久しぶりな気がした。

「やめたんだな」

暗い天井をじっと見つめていると、ふいに、声がかけられる。首だけベッドの方に向けて、高野を見ようとした。

「病院の、掃除の仕事」

「……うん」

「オペ室の看護師たちが話してた。あの可愛い男の子がいなくなったって」

そんなことを言われて、思わず笑ってしまう。社交辞令だろう。けれど、自分がいなくなったことに気付いてくれる人がいたことが、創には少し嬉しかった。

「急に、どうしたんだ」

「別に、たいした理由はないです。ずっとやめようと思ってたから」

もともと、入院した母親のそばにいるために始めたバイトだった。もう続ける理由がないと言えば、高野も納得してくれるだろう。

「なにか、言われたのか」

「なにを？」

「病理の野々山《ののやま》先生から」

その名前が誰のことを指すのか、しばらく考えなければ思い出せなかった。あの、膨らんだ財布を落とした医者だ。創が、一枚くらい、とお金を盗もうとした。

泥棒、と創のことを怒鳴ったあの人は、創の会社にこのことを言っておく、と言っていた。高野はそれを覚えていたのだろう。

泣きたくなった。けれど、どうせ自分が泣けないことを、創は知っていた。暗闇の中、小さく笑って首を振る。

「ちがいますよ。たぶん、あの先生、なにも言ってないと思う」

もし清掃会社がそんな報告を受けていたら、創はもっと早くにあのバイトをクビになっていただろう。

そうか、と、高野は短く呟いた。

「先生、ちょっとだけ、話しませんか」

暗くて、声だけが届く環境であることが、少し創を勇気づける。迷惑をかけるつもりがないことを伝えたくて、ちょっとだけ、と繰り返す。

「いいよ」

応じる高野の声は、軽く笑っていた。

「なにを話す？」

「先生の話。どうして麻酔科の医者になったのか」

「俺の？」

創の言葉が意外だったのか、声に驚きがあった。

「瀬越先生が言ってたから。すごくいい話が聞けるからって……」

あいつめ、と暗闇の中で高野は笑う。そうして、思い出したように、瀬越のことだけど、と続けられる。

「あいつ、また元どおりに仕事に来られるようになったよ。おまえがもう病院にいないのを知ったら、きっとがっかりするだろうな」

優しい声に胸が詰まってしまい、数秒間のあいだ返事が出来なかった。

「よかったですね」

どうにか返す。まるで絞り出したような不自然な声になってしまった。

「瀬越は、休んでた間も、こっそり病院には来てたらしい。病棟の看護師に、藤田《ふじた》先生とはちあわせにならないように協力してもらって、患者さんの様子とか、よく見に来てたって」

「……そうなんですか」

「見てる人間は、ちゃんと見てる。だから、大丈夫だよ」

なにが大丈夫なのかは、聞かなくても理解できた。あの日、手を真っ赤にしていた時のことだ。瀬越の責任ではないことを一方的に押しつけられはしないと、たぶん、そう言おうとしてくれているのだろう。

安心するような気持ちだったけれど、それ以上に、苦いものが胸にじわりと満ちていく。

瀬越は創と一緒にいる時も、よく電話をしていた。誰かと会うような時間を約束していたり、優しくお礼を言ったりしていた。創はそれを何度も目にしていて、女の人と会うのだ、と、それ以上のことを考えてもみなかった。

あの電話や、急いだように部屋を出ていくのも、おそらく、すべて病院に関係することだったのだ。

何ができるの、と、瀬越に言われたことを、ふいに思い出す。

震える手ですがりつかれて、その手を振り払わないことが、あの人を少しでも救うことになればと、創はそんな風に思い続けてきた。

けれど、違う。瀬越にとって必要なのは、あんなことではなかった。あの人がほんとうに望んでいたことをしてあげられたのは、創ではなくて病院の人たちだった。だから、瀬越も言っていたではないか。有難いと、目元をやさしく緩めて。

「……俺、なんにも、できなかった」

声が震えそうになるのを、必死で押し殺す。

「瀬越先生のために、なにも……」

それどころか、あんなことはするべきではなかったと思わせて、救うどころか苦しめてしまった。払う必要のないお金まで、さんざんむしりとって。

「そんなこと、考えなくてもいい」

創の声が情けなかったせいか、慰めるように高野が言ってくれる。それが、余計につらかった。みぞおちがきりきりと痛みはじめて、気を緩めるとみっともなく呻《うめ》いてしまいそうだった。

高野に不自然に思われないように、そっと布団を出た。トイレ、と小さく呟いて、荷物を置いた居間に戻る。鞄を探って、買ったばかりの鎮痛薬と水を取り出そうとする。それより先に、別の袋が出てきた。ナルミからもらった、退職金。

（あの薬）

深く、沈むように眠れる薬だ。たくさん束になっているそれを、一錠だけ取り出してみる。小さく震える手で、痛み止めの薬と一緒に、一気に口に入れた。水を含んで、喉に送り込む。

いったん洗面所に行ってから、寝室に戻る。

「大丈夫か」

創の様子になにか感じるものがあったのか、暗闇の中から高野に聞かれた。

「……せんせい」

最後だ。もう、今日が最後だから。

床に敷いていた布団に戻りかけて、そこから、枕だけ抱き上げる。

「高野先生」

上手に言わないといけないと思っているのに、言葉が出なかった。枕をぎゅっと胸に抱きしめたまま、ベッドの上の人に、ただ呼びかける。

「ほら」

まだ目が暗さに慣れなくて、少し離れたところにいる高野の顔は見えない。それでも、布団をめくって、頷くような仕草を見せてくれた。枕を抱えたまま、そこに潜り込む。自分ではない誰かのぬくもりが驚くほどあたたかかった。冷え切っていた身体を、じんわりと熱が包む。

「狭いな」

布団に潜ってきた創に、高野はそう言って笑った。声が、さっきよりずっと近い。ふたつ並べられるように、高野が枕をずらしてくれる。ベッドはひとり用だけれど、毛布や掛け布団は少し大きめのものなのか、ふたり入ってもはみ出してしまうことはなかった。

「ごめんなさい」

こんな状況で落ち着いていられる自分のことが意外だった。最後だと思うからだろうか。

「……看護師って、いいな」

創が看護師だったら、高野にも瀬越にも、してあげられることがたくさんあったかもしれない。自分がなにもできない子どもなことが、ひどく疎ましかった。それでも、自分は自分以外のなにものにもなれないことを創は知っていた。今も、そして、これからも。

「俺、次に生まれ変わったら、看護師になりたいな」

それが、創の正直な思いだった。すぐ近くで、高野が吹き出す。

「三十過ぎてから医者や看護師目指すやつだって少なくないのに、なんでいきなり来世の話なんだよ。まだまだ人生これからだろ」

「そうかな」

創のこれから先の人生にも、そんな可能性があるだろうか。ここに来る前、真っ暗な道で先が分からずに立ちつくしていた、あの恐怖がまた蘇ってくる。先が、見えない。

「そうかな……」

ぞくりと鳥肌が立つ。あたたかい布団の中で、どうしてこんなに寒いのだろう。身体を縮める。それに気付いたのか、戸惑いがちに高野の手が伸びてきて、創の肩にそっと触れた。

せんせい、と思わず顔を上げる。ごく近い距離で、目が合う。まなざしで撫でるような、優しい目だった。暗いけれど、あの笑い皺までよく見える。

先生、と呟く声が震えていた。見ていられなくて、目を伏せる。肩を引き寄せられて、頭が、胸に抱き込まれるかたちになる。パジャマの布地を通して、高野の体温と、呼吸が伝わる。

「……あったかい」

たぶん創の身体はすごく喜んでいる。きっと心臓が破裂しそうなほど速く動いていて、顔だって緊張と嬉しさで真っ赤になっている。それでも、なぜか心は静かなままだった。そんな自分がどこかにいることだけを知っているような、遠くから懐かしい景色を見ているような、不思議に穏やかな気持ちだった。

ここにいればもう大丈夫。ここは世界のどこよりも安心のできる場所だと、わけもなくそんなことを思った。涙が出そうなほど深く満たされた気持ちになる。さっき痛み止めと一緒に飲んだ薬のせいかもしれない。指先が痺れて、重たくなりはじめていた。

「先生、さっきの話」

「さっき？」

「麻酔科の……」

高野が麻酔科を選んだ理由を、まだ聞けていない。意識が、少しずつ霞《かすみ》がかって白くぼやけていく。目蓋が下りないよう抗っても、自然と目が閉じてしまう。

「眠いんだろ。続きはまた今度な」

創が眠気に負けそうになっているのがよく分かるのか、子どもをあやすように、高野は笑う。ゆるく抱きしめられた手で、背中を優しく叩かれる。

また今度、はもうない。今日でなければ、もう二度と、続きは聞けないのに。

「おねがい、が」

眠くてとぎれがちになる言葉で、どうにか伝えようともがく。いましかないと、そう思った。最後なのだから、いましかない。

「なんだ」

「……麻酔、を」

俺に、麻酔をかけてください。

唇も痺れて、ほとんど言葉にならなかった。あの言葉を囁いてほしかった。眠っている間に、すべて終わりますからね。痛いことも、つらいことも全部、目が覚めたら終わっていますからね……。この人の声で、そう言ってもらいたかった。

ああ、と、高野が頷く気配だけは分かった。もう目が開けていられなくて、目蓋を閉じてしまう。だから、次の瞬間なにが起こったのか、ほんとうのところは分からなかった。

ほんの数秒、短い間、額に触れられた気がした。指や手のひらではなくて、もしかしたら、唇で。

「おやすみ」

耳元で、そう囁かれる。

創の求めた麻酔ではなかった。けれど、これもすごく気持ちがよかった。

完全に眠りに落ちる直前、それまで優しく力を込めずに包んでくれていた腕が、少し強くなった気がした。

三十六

また、嫌な夢をみた。

はっきりと覚えているわけではない。ただ、そんな感触だけが残っていた。

目覚めてすぐに隣を見ると、すでに誰もいなかった。指を伸ばして、そこにいたはずの人の温もりを探ろうとする。冷たかった。

頭が重たくて、少し動かしただけでずきずき疼くように痛む。しばらく目を閉じてこらえて、ゆっくりベッドから降りた。充電するために床に置きっぱなしだった携帯で、時間を見る。もう、昼過ぎだった。

高野は仕事に行ったのだろう。ふらふらと居間に向かうと、テーブルの上にメモが置いてあった。

「『夜は早めに帰ります』」

無意識のうちに、声に出して読み上げていた。

「『寿司《すし》か焼肉か、どっちがいいか決めておくこと』」

夕食は外に食べに行くから、どちらがいいか選べ、ということだろうか。寿司も焼肉も、最後に食べたのがいつだったかも思い出せない。

昨夜の高野を思い出す。きっと創を元気づけようとして、食べに連れて行ってくれるつもりなのだ。メモを小さく折りたたんで、ポケットにしまった。

鞄から、パンを買うときに一緒に買っておいた履歴書とボールペンを取り出す。履歴書を裏返して、そこに「高野先生へ」と、出来るだけきれいな字で、ゆっくりと時間をかけて書いていく。

（「お父さんのうちに行くことになりました。そこでいっしょに住みます。」）

どう書けばいちばん信用してもらえるか考える。喧嘩《けんか》をして一時的な家出をしている、と創はずっと言ってきた。高野だって、まわりの大人をもっとあてにすればいい、と言っていた。だから、いちばん身近な大人であるはずの父親のところに行く、と言うのなら、きっとなんの問題もないと思われるだろう。よかったよかった、と安心して、それで納得してもらえるはずだ。

（「長いあいだ、お世話になりました。」）

ほんとうは、まだ書きたいことがたくさんある。紙だってまだまだ余白がある。

（「俺は、先生が」）

そこまで書いて、以前、教えてもらったことを思い出す。「俺は」の部分に線を引いて消して、その下に「僕は」と直す。直したあとで、結局、その一文すべてに何本も線を引いて消した。

（「ありがとうございました。」）

言うべきことは、そのひと言に尽きる。最後に、創、と自分の名前を書いて終わりにした。

服を着替える。高野に借りたパジャマを洗濯機にかけて、その間に部屋を出来るだけきれいになるよう掃除した。乾燥まで終わったパジャマを丁寧に畳む。

最後に、荷物の整理だ。学校の制服。ぺらぺらのパーカーと、色の褪《あ》せたデニム。何度も洗って生地が薄くなったTシャツや下着。それらをみんな、紙袋に詰めていく。創が高野の部屋に置かせて貰っていた歯ブラシも、一緒に詰めた。

「できた」

これで、全部、用事が済んだ。

部屋を出ようとして、最後に、熱帯魚の水槽の前に立つ。

きれいな色の魚たちは、今日も水槽の中をあちこち元気に泳ぎ回っている。これからここに、もっといろんな魚が仲間入りしていくのだろう。

熱帯魚の店に連れて行ってくれたことを、創はきっと一生忘れない。高野も、この魚たちを見て、創のことを時々は思い出してくれるだろうか。

そうだといいな、と思って、水槽の前を離れる。

時間をかけて、一度、部屋の中をぐるりと見回す。はじめてここを訪れた時には、ほんとうに必要最低限の家具しか置かれていなかった。

高野は、まるで巣を作るように、このソファ周りに必要なものを集めてそこだけで生きていた。今その場所には、見ているだけでもあたたかい気持ちになるホットカーペットや、熱帯魚の泳ぐ水槽や、その他にもいろいろなものが増えている。高野だって、もうソファで窮屈そうに眠ったりしない。

立ちつくしたまま、動けないでいる自分に気付く。

いつか出て行かなくてはいけないことなんて、はじめから、分かっていたはずなのに。未練がましい自分を少し笑って、創は高野の部屋を出た。

財布から合鍵を取り出して、じっと見つめる。銀色にぴかぴか光る、まだ新しいきれいな鍵。鍵を閉めて、郵便受けの中に落とす。かしゃん、と音が鳴った。

マンションのゴミ捨て場の隅に、いっぱいに詰め込んだ紙袋をそっと置いておく。ほんとうはゴミ袋に入れなくてはいけないことは分かっていたけれど、もう、こんないらないものを持って歩くのも嫌になってしまった。ごめんなさい、と心の中で謝る。

（どこ、行こう）

あまりのんびりしていると、高野が仕事から帰ってくる。出来るだけ細い、車の通らない道を選んで、創はマンションを後にした。

掃除や洗濯をしていたので、もう夕方だ。沈むのが早い冬の陽が、ほとんど落ちかけている。雲はない。これなら、星がよく見えるだろう。

（夜まで、どこにいよう）

どこで夜を過ごして、それから、明日は。

考えるのが面倒だった。なにも決めないまま、とりあえず高野のマンションから離れる。

とぼとぼと歩く。持ちものをほとんど捨てたはずなのに、肩にかけた鞄が、やけに重たく感じられた。

どうしてだろうと不思議に思い、足を止める。まだ、創が持っているべきでないものが鞄に残っている気がした。中を探る。

（……これ）

鞄の中に、分厚く膨らんだ封筒が入っていた。

手のひらにそれが触れているだけで冷や汗が浮かんできそうだった。口が開いたままの封筒から、中が見える。一万円札が、たくさん。

(これ、なんだっけ……)

見ていると、悲しい気持ちになった。時給の低いアルバイトをしていた創にとって、信じられないほどの大金だ。けれど今、出所の思い出せないそれを見つけたことで、喜びは感じなかった。それどころか、正反対の、不安で嫌な気持ちになる。

泥棒、と呼ばれた声がふと耳に蘇った。意味がないと分かっていても、思わず耳を塞ぐ。具体的な記憶もないのに、自分が誰かから盗み取ったお金のように思えて、それが頭から振り払えなかった。

創は泥棒だ。だからきっと、盗んでしまったに違いない。それも、誰か、大切な人から。そんな気がしてならなかった。だからこんなに、悲しくなるのだ。

(どうしよう)

持っているのが怖くなる。いっそどこかに捨ててしまおうかと思ったけれど、それも怖くて出来ない。

他にも何かないかと鞄を探る。すると内ポケットから、畳まれた一万円札がたくさん出てきた。こんなに、と、ぞっとする。自分はなんてことをしたのだろう。血の気が引いて足が震えた。

(返さないと。……返さないと、瀬越先生に)

ふと、思い出す。これはすべて、瀬越のものだ。瀬越から、創が奪った。

一万円札を一枚一枚、ぶるぶる震える指で広げ直す。それを、膨らんだ封筒の中に一緒に入れる。

(返さないと)

使命感にも似た思いを抱き、足を進める。ふつうの速度で歩いているだけなのに、時折、立ち止まって休憩しなくてはならなかった。心臓がどくどく鳴って、息切れがする。

歩いて、しばらく休んでを数回繰り返して、目的の場所にどうにか着く。

駐車場に車がなかったことに安堵《あんど》して、こっそり部屋の前まで近づく。きっとまた、病院に行っているのだ。来なくていいと言われても、患者のことが心配で、行かずにはいられなかった。

医者をやめたらどうする、という話をしていた時のつらそうな様子を思い出す。創は、もちろんそれぐらいで嫌いになったりはしないと、あの時は笑ったけれど。

もう、あの人は大丈夫だ。自分のやるべきことを知っていて、それができる、ちゃんとした大人だ。力になってくれる人も、周りにたくさんいる。

高野の合鍵を返した時と同じように、お金でいっぱいの封筒をドアの郵便受けに入れる。鍵を入れた時より、重たい音がした。

鞄がずいぶん軽くなった。同じだけ、肩も軽くなった気がした。指先の震えだけが、寒さのせいかなかなかおさまらなかった。

結局どこに行ったらいいのか決めかねて、どこかも分からない道を歩いているうちに、小さな公園に行き着いた。もう辺りは暗くなりはじめていて、遊んでいる子どもの姿もない。

街灯の近くに木でできたベンチがあったので、そこに座る。たくさん歩いて、疲れてしまった。

（……どうしよ）

もう、この言葉しか浮かんでこない。あたたかいコートを着ているのに、風が冷たくて寒かった。夜になるにつれて、しんしんと空気が冷え始めている。冬はいやだな、と、そんなことを思った。

鞄に入れっぱなしにしていた求人誌を広げる。街灯の明かりの中、アルバイト情報を時間をかけて読んでいく。

高卒以上は駄目、運転免許が必要なものも駄目、年齢が十八歳以上のものも駄目だ。創が働かせてもらえそうな条件のものは、コンビニと清掃の仕事くらいしか見つからなかった。

それでも、ほんとうに、人生はまだまだこれから、なのだろうか。

（寮完備。即日働けます、未経験者歓迎）

すごくいい条件の求人を見つける。やきとり工場で、やきとりの肉に串を刺す仕事だった。寮、というのが、なにより魅力的に思えた。仕事と住む場所が、同時に貰えるなんて。

（資格、十八歳以上……）

けれどそれも、年齢にひっかかってしまう。創は春生まれだから、もうあと半年もすれば十八歳になる。あと半年待てば、この求人のように、選択の幅も広がるのだろうか。

（でも、じゃあ、それまでは？）

強い風が吹いて、創の前髪と求人誌のページを乱す。冊子を小さく折り畳んで、近くにあったゴミ箱に捨てた。

ほんとうに冬はいやだと、また思う。こんなに寒くなければ、野宿だって平気なのに。冬が終わって春になれば、創だって、もう少しできることが増えるはずなのに。

風を避けたくて、公園の遊具に潜り込む。滑り台の下が、入り込んで遊べるようになっていた。

以前、似たようなことをしようとして、先に入り込んでいた家のない人に石を投げられたことがあった。今日は先客もいない。

中は狭かったけれど、膝を抱えていれば全身そこにおさめられる。やっぱり寒いことには変わりはなくても、風が当たらないだけでも有難かった。

(早く、春になったらいいのに)

鞄を肩から下ろして、枕がわりに頬を乗せる。かさり、と中に入っているものが触れる音に、ふと思いつく。

そういえば、あれを、ずいぶんたくさん持っている。

東の名前が書かれた白い袋を出す。手に取ってじっと見た。

たった一粒飲んだだけで、あんなに、深く長く眠れた。それなら、もしこれを全部飲んだら、いったいどれだけ眠れるのだろう。袋は全部で三つある。これを、全部、飲んだら。

(冬眠)

春まで、ずっと、眠っていられるだろうか。

(そうだ、冬眠しよう)

きっとできる。だってあんなに気持ちよく、深く眠れたのだから。

すごくいい思いつきだと思った。春になれば新しい仕事も見つけやすくなるし、どこに行っても寒い冬はもう終わっている。

水のペットボトルを出して、シートから薬をひとつずつ出しては口に入れる。ひと袋分を空にして、もうひとつの袋の中に入っているものも、全部飲んでしまう。それが終わったら、最後の袋も。

だんだん、何をしているのかよく分からなくなってくる。薬のせいか、胃がひどく痛みはじめてきたので、痛み止めの箱を開ける。それも、景気よくひと箱分、全部噛み砕いて飲み込んだ。これだけたくさん飲めば、痛いのもきっと寝ているうちに治るだろう。

(……冬眠……)

熊のように、ホットカーペットの上で寝ていた人のことを思い出す。薬が効き始めたのか、頭が重たくなってきた。身体を折り曲げて、きゅうくつな体勢で横になる。

上を見る。ここでは星が見えなかった。それだけは失敗したな、と残念に思う。けれどすぐに、もう創の舟はとっくの昔に沈んでしまったから、別に構わないのだと思い直す。

(高野せんせい)

寒気がして、一度、全身を震わせる。

昨日の夜、同じ布団に入って優しく触れてもらったあたたかさが、じわじわと蘇ってくる。すごく満たされた時間だった。思い出そうとして、目を閉じる。

あの麻酔が、今もまだ身体に残っているような気がした。震えるほど寒いけれど、額だけがほんのりとあたたかい。

（……せんせい……）

眠っている間に、今度こそ全部終わる。だって今度は、すごく長く眠るから。冬が終わるまで、ずっと眠るから。

目が覚めたら、ちゃんと仕事をして、人生をがんばる。起きたら、また、がんばるから。

いまは、ちょっとだけ、疲れてしまった。身体が重たくて、何も考えられなくなってきた。

（……あ）

誰か、来た。外を歩く足音が聞こえる。横になって目を閉じたまま、それを聞いていた。

もしかして、ここを寝場所にしている人だろうか。だったら、春まで貸してもらってもいいだろうか。財布に少しだけ、お金が入っている。それを渡して、どうかここを譲ってくださいと、お願いしなければ。

そう思って鞄に手を伸ばそうとするけれど、指先が痺れて重たくて、思うように動かせなかった。

「創」

声が聞こえた気がした。

もうずっと会っていなかったような、懐かしい人の声に聞こえる。顔を上げようとしたけれど、うまくいかなかった。

「おまえのお父さん、ずいぶん変わったところに住んでるな」

どこかあきれたような、それでも、優しく笑う声が降ってくる。

どうして高野がここにいるのだろう。もしかして、夢だろうか。あまりに、創が心の中で名前を呼んだから。

夢かどうか分からない中で、その人の声が囁くように言う。

「帰ろう」

起きあがれないから、横になったままどうにか首を振る。

高野は地面に膝をついて、創のいる遊具の中に顔をのぞかせる。様子をうかがうように、静かに見下ろされた。

「……とうみん」

「冬眠？」

「冬眠、するから」

「こんなところで？」

見下ろしてくる高野と、目が合う。

ああ、と、その目を見て、これが夢ではないことに気付く。

最後に会えた。嬉しくなって、思わず笑う。

「こんな寒いところで寝たら風邪引くし、おまえはムーミンじゃないから冬眠はできない。諦めろ」

淡々と言われる。身体が重いけれど、相手が高野だからか、口だけは動かすことが出来た。

「薬、のんだ、から」

だから、創にだって冬眠はできる。ほうっておいて、と言いたくて、差し伸べられた手に首を振る。

薬、と創が口にした言葉に、高野はまるで気分を害したように、口を固く結んだ。寝ている創を乗り越えて、かたわらに散らばっていた薬の袋を拾い上げる。中がすっかり空になっているのを確認して、また創に目を向ける。

「全部、飲んだのか」

怖い顔で聞かれ、答えるかわりに笑う。

高野の眉間《みけん》に皺が刻まれている。そんな顔を見るのは初めてだった。なんだかものすごく怒っているようにも見える。だんだんぼやけはじめた意識の中、怒った顔も好きだな、と、そんなことを思った。

「……行くぞ。ほら、ちょっとだけ辛抱しろ」

声をかけられ、身体を起こされる。全然力が入らなくて、起こされても身体を支えられない。そんな創を、高野は外に引きずり出して、背中に背負った。

重たいだろうに、そのまま、どこかに運ばれていく。

「せんせい、どうして」

どうして、ここが分かったのか。

創だって何も考えずに、ここがどこなのか分からないままたどり着いたのに。子どものようなおぼつかない創の問いに、高野は前を向いたまま、静かに答えてくれる。

「携帯の、GPS。今日の朝、勝手に設定しておいた」

ごめんな、と謝られる。

それに、どう反応したらいいのか分からなかった。つまり、創の携帯を操作して、居場所が分かる

ようにしておいた、ということだろうか。どうしてそんなことをしたのだろうと不思議に思って聞きたかったけれど、もう、どうでもいいような気もした。

触れる背中が、コートの布地越しなのに、すごくあたたかかった。

「……せんせい、俺、ちゃんとがんばるから」

甘えるように頬を擦りつけて、深い息をついた。意識がだんだん遠のいていく中、かすれる声で、どうにか伝える。

「起きたら、ちゃんとまた、がんばるから……」

「もういい」

背中に耳を付けて、その声が響くのを聞く。

「もう、頑張らなくていい」

まるで怒っているような、ぶっきらぼうな言い方だった。けれどその声は、少しだけ、震えていた。

高野が歩く度、ふわふわと身体が揺れる。まるで寝かしつけるためにあやされているような、そんな心地よさに胸がいっぱいになる。

このまま目が覚めなくてもいい。もう朝が来なければ、何も考えなくてもいい。そうなればいいのに、と心の底から思いながら、創は目を閉じた。

三十七

そのあとのことは、まったく記憶に残っていない。

あれだけたくさん薬を飲んだのに、創は結局、翌日あっさりと目が覚めてしまった。しかも、息が苦しくて全身のいろんなところが痛くて、普段よりずっとつらい目覚めだった。

腕には針が刺さっていて、そこから点滴の管が繋がっている。

「起きたのか」

ベッドの中で顔だけを動かして点滴を見上げていると、反対の方から声がした。

せんせい、と相手を呼ぼうとしたけれど、声が出ない。喉がからからに渇いていたし、唇もうまく動かせなかった。乗り物に酔ったときのように、胸が気持ち悪い。

「動かないほうがいい、つらいだろ」

時間をかけて、ゆっくり高野の方を向く。

明かりのついた部屋の中、白衣を羽織ったその姿を見つける。創の寝ているベッドのすぐ近くで、椅子に座ってこちらを見ていた。その手が伸ばされて、撫でるようにそっと頬に触れられる。

なにがあって、どうなったのだろう。聞きたかったけれど口が動かせず、声が出ない。けれど、創の表情から伝わったのか、高野はひとつひとつゆっくりと教えてくれた。

高野が創を運んだのは、マンションではなく病院だった。つい最近まで、創が掃除のアルバイトをしていた勤め先。そして、高野と瀬越が働いている場所だ。救急外来に運ばれてそのまま入院になったのだと、高野は言った。

たくさん飲んだ薬については、発見が早かったこともあって、それほど影響はなかった。本来ならば、そのまま帰らされる程度のことだったらしい。それについては、良かったのだが。

「ただ、血液検査をしたら、貧血がひどくて。それで、詳しく調べた。おまえ、痛み止めを飲んでただろ」

昨日だけじゃなくて、もう少し前から。

高野は静かに、淡々と言葉を続ける。声は出せなかったので、ひとつ頷いてそれに返事する。

「あれは、胃が痛かったんじゃないのか。ずっと」

まるで怒っているような顔と声だったので、創は頷くのをためらう。それが視線にでもあらわれたのか、高野は安心させるように、かすかに表情を緩めた。

「消化器内科の先生が言ってたよ。よく我慢してましたね、こんな状態になって、痛くてたまらないはずなのにって」

胃潰瘍《いかいよう》、と、高野は創でも聞いたことのある病名を口にした。胃が荒れて、ひどいものになるとそこから血が出るらしい。だからそのせいで、創も貧血になっていたのだという。

「もう少し放っておいたら、胃に穴が開いてたって」

穴が開くとどうなるのかは知らないが、きっと、もっと痛くなるのだろう。さいわい創はその段階までは進んでいなかったので、点滴だけで治療出来るらしい。そのかわり、しばらく絶食で、入院しなくてはいけないとのことだった。

入院、というその単語に不安になる。寝転がったまま視線を部屋のあちこちに向ける。創の知っている、ひとつの部屋をカーテンで隔ててベッドをいくつか並べている病室とは違う。たぶん個室だ。

個室は料金が高いから、と、母が入院する時に大人たちが話していたのを聞いた覚えがある。それに、しばらく、というのはどのくらいの期間のことなのだろう。病院だってボランティアではないのだから、いればいるだけその分お金が必要なはずだ。

「……俺」

「なにも心配しなくていい」

「でも」

「心配するなら自分の身体のことにしてくれ、頼むから。他のことはしばらく忘れて、ゆっくり寝て、休むんだ」

頼む、と、もう一度、念押しのように言われる。

高野にこれ以上迷惑はかけたくない。わかりました、と伝えるために、また頷く。お金のことは、元気になってから考えよう。

それよりも、創には気になって仕方のないことがあった。

「せんせい」

「どうした」

高野は身を屈《かが》めて、顔を近づけてくれる。創があまり声を出せないせいだ。

「俺が、ここに、いること」

誰にも、言わないで。

最後まで、声にできなかった。それでも高野は、わかった、と答えた。

「言わないよ。かわりに、俺が付きそうことになるけど、それで構わないか」

「ごめんなさい……」

「謝るな」

優しく叱られる。

高野が誰にも言わない、と請け負ってくれた中には、家族だけでなく、瀬越も含まれているだろうか。

そのことを思うと、荒れているといわれた胃が、強く突き刺されたように痛み始めた。

血が出ているときいたせいだろうか。これまでは我慢できていたはずなのに、痛くて、思わずぎゅっと目を閉じてしまった。

「痛むか」

静かに声をかけられる。目を閉じたまま、小さく頷く。

「もうしばらくしたら、薬が効きはじめる。ずっと我慢してきたのに、これ以上我慢しろなんて言いたくないけど」

言いながら、そっと髪を撫でてくれる。目を開けて、すぐ近くで創を見ている人を見上げた。

「俺もできるだけ、顔を出すようにする。何かあったら、ナースに言ってPHSを鳴らしてもらえばいい。麻酔の導入中とか抜管中はちょっと難しいけど、オペ室にいてもちゃんと繋がるようにしとくから」

そんなに気にかけてもらって、高野の負担になるのではないか、と申し訳ない気持ちになる。それが顔に出ていたのか、高野は笑って、軽く創の頬をつねる真似《まね》をした。

「必要なもの、いろいろ買ってくるよ。なにか欲しいものはないか」

聞かれたけれど、なにもないので首を振る。

「俺の、かばんは」

「鞄？」

「財布が」

「ああ、それならここの引き出しに入れてある。携帯も。鍵が閉められるから、ほら、これな」

そう言って、点滴をしているのとは反対の手首をとられる。そこに、ゴムで出来た腕輪のようなものがあった。貴重品入れの鍵がそこに付いているらしい。買い物をしてきてくれる、という高野に、その分のお金を渡さなくてはいけないと思って、創は身体を起こそうとした。それでも、腕にぜんぜん力が入らなくて、頭を枕から上げることすら出来なかった。

「こら、起きるな」

また叱られる。

「おまえ、分かってないかもしれないけど、下手したら死ぬところだったんだぞ」

死ぬ、という言葉に驚く。そんなこと、考えてもみなかった。

「そんな、つもり、じゃ」

あの時、創の中には、まったくそんな考えはなかった。ただ冬眠したい、長く眠りたいという気持ちしかなかった。

「いまの睡眠薬っていうのは、大量に飲んでもそう簡単に死んだりしない。ただ、昨日みたいにあんな寒い中に何時間も寝転がってたら、確実に低体温になってた」

そうなったら凍死だ、と、淡々と怖いことを言われた。

「俺、ほんとに、そんなつもりじゃ……」

声が震える。今さら、自分が大変なことをしたのだと思い知る。

死のうとしたのだと、この人にそんな風に思われるのだけは嫌だった。

「分かってる。分かってるよ、冬眠だろ。ごめんな、いま言うようなことじゃなかった」

頭を二度、力を入れずに叩かれる。よしよし、となだめられた犬のような気分になった。

「ここもなかなか快適だぞ。まあちょっと、眺めはよくないけど」

高野はそう言って、座っていた椅子から立つ。窓にかかっていたカーテンを、少しだけ開けて見せてくれる。外はもう暗くなりはじめていた。創はほぼ一日、意識がなかったのだ。

眺めがよくない、といわれた窓の外には、病院の立体駐車場らしき建物が見えた。見える景色が高い。創がいつも掃除をしていたフロアよりも、ずっと上だろう。

「ひとまずは寝て、身体を治そう。……と、悪い」

高野の羽織っている白衣のポケットから、軽い電子音が鳴る。小さく謝ってから、それに出る。じゃあ戻ります、と、短く答えて、すぐに切ってしまった。何時なのか時間を見ようとしたけれど、時計がなかった。

高野は白衣の下に水色の術衣を着ている。まだ仕事の途中なのだろう。合間を縫って、ここに来てくれているのだ。

「ちょっと行ってくる。もうすぐ終わるから、それから買い物行って、また戻るよ」

「俺の、ことは」

気にしないでください、とそう伝えたかった。忙しいこの人の負担になりたくない。

創がこんな風になったのは、すべて、自分自身のせいだ。勝手に身体を壊して、その挙げ句、いちばん迷惑をかけたくない人に迷惑をかけることになってしまった。

自分のことは、自分で面倒をみなければいけない。創はひとりで生きていかなくてはならないのだから。

そんな気持ちで、部屋を離れる高野を見送ろうとした。すると高野は、何か言いたげな表情で、ベッド近くに戻ってくる。

「ほんとなら、四人部屋も空いてたんだ。でも俺が、個室に入れてくれって頼んだ」

突然、そんなことを言われる。たぶん、創の寝ているこの病室のことなのだろう。

「どうしてですか」

創が自分で選んだなら、絶対に個室にしたりしない。病院の関係者しか分からない事情があるのだろうか。枕の上から、白衣の人を見上げる。

創の視線をとらえて、高野は目を和らげた。あの優しい笑い皺が浮かび上がる。

「俺が、そばにいたかったから」

四人部屋じゃ他の患者さんの目もあるしな、と付け加えられる。そっと伸ばされた手で、頬に触れられる。

大きくて、あたたかい手。やさしく目を細めたその表情が、少し、なにかをこらえているような陰りを帯びる。

「間に合ってよかった」

静かな声だった。それでも、聞いている創は、何故か胸をつかれたように、泣きたい気持ちになってしまった。

さっきまで痛かったところが、いまはそれほど痛くないことに気付く。薬が効いてきたのかもしれない。

「心配かけて、ごめんなさい」

心から、そう謝る。

創と目を合わせたまま、高野は頷いた。

「またあとで」

もう一度頭を軽く叩いて、今度こそ、部屋を出て行く。

（……ちゃんと、治そう）

ひとりになった病室で、白い天井を見上げる。今、創にできることはそれしかない。

身体が怠い。熱があるのか、自分の吐く息が熱い。気分も悪くて、頭もぼんやりとしている。

(寝て、起きたら、少しは、治ってるかな……)

それでも、明日が来ることを怖いと思う気持ちは、ずいぶん薄れていた。今はとりあえず、この身体を元に戻さなければならない。


目覚めた翌日、ベッド上安静の指示は解除された。さらにその次の日には、院内の売店までなら行ってもいいとお許しが出た。

大人しくベッドから離れず安静にしていたおかげか、胃の痛みはずいぶん軽くなった。まだ点滴は取れないけれど、このぶんなら、週明けにでも退院出来るかもしれない、と、今朝の検査の時、そう言われた。

高野は創に、色々なものを持ってきてくれた。テレビを見るために必要なカード、雑誌や本。着替えや下着は、新しいものを買ってきてくれた。

身体を起こすことが出来るようになってから、創はベッドの上で「きれいな文字が書ける練習帳」をやっていた。これも高野が持ってきてくれたのだ。ボールペンでお手本の文字をなぞって書いていくと、創のひどい字も少しはましになった気がした。

(売店、行かなきゃ)

今日は、ようやく入浴の許可がもらえた。必要なものを買いに行かなければならない。

点滴スタンドを引いて、エレベーターに乗る。緑色の患者着で点滴をしている、どこから見ても入院患者である創に、周りの人はみんな優しかった。ドアが閉まらないように開けていてくれるし、降りる時も、なにも言わなくても場所をあけて、道を譲ってもらえた。

創の入院している病棟は八階だった。売店のある一階までは、結構遠い。痛みは薬のおかげでだいぶん楽になったけれど、まだ貧血は治っていないのか、歩くとすぐに息切れする。

胃潰瘍になった原因はストレスと、あとは薬の飲み過ぎだと言われていた。そのせいで、弱った胃が更に荒れることになってしまったのだという。おまけに、ちゃんと食事をしていなかっただろうと、主治医である内科の先生にお説教されてしまった。栄養がぜんぜん足りていなかったそうだ。もっと肥えろ、と、高野にも以前言われたことを思い出す。

病院の売店に行くのは久しぶりだった。掃除のバイトに来ていた時でも、よほどのことがない限り利用しなかった。患者や、ほかの病院スタッフの中に入り込むのに気後れしたからだ。

あの頃は、こうして患者として来るようになるなんて、考えたこともなかった。

食事時を過ぎているせいか、思ったより混んでいない。入浴用に、石鹸やタオルを買う。せっかく来たのだから、と、ついでに店の中をゆっくり見て歩くことにする。

(先生の食べてたプリンだ)

ヨーグルトやデザートが並ぶ一角で立ち止まる。そこに並んでいたもののひとつを、昨日の夜に高野が食べていた。美味《おい》しそうだな、と思ったのでよく覚えている。創はまだ食べていいものが限られているので、パンも甘いものもしばらくお預けだ。

高野は毎朝、病院にくるとすぐに病室に顔を出してくれる。そこで買ってきたパンを食べて仕事に行き、昼休みにまた会いに来てくれた。日中は忙しいのでなかなかゆっくりはできないが、仕事が終わると創の隣で夕食を食べて、それからはずっと消灯の時間まで一緒にいてくれた。

(喜んでくれるかな)

高野には入院してから何もかも頼みっぱなしだ。何かお返しをしたかった。プリンを買っていこう、と決める。

いくつか種類がある中から、高野が食べていなかったものを選ぶ。みっつぐらい、と思って欲張ったせいで、手に抱えていたほかの物を、ばらばらと床に落としてしまった。

「……っ、いた」

慌てて拾おうと、点滴をしていることを忘れて腕を出してしまった。勢いで針が動いたのか、鋭い痛みが走って、思わず声を上げてしまう。

「大丈夫ですか」

その様子に気付いたのか、少し離れたところにいた白衣の人が声をかけてくれた。落ちているものを拾い上げて、そのまま持っていてくれる。看護師ではなく、医者のようだった。

「……ご親切に、どうも……」

お礼を言いながら、ぎゅっ、と胸の辺りを思わず押さえる。治りはじめた胃が、また強く痛んだ。

「もうお会計ですか。レジまで、一緒に……どうしました?」

創が黙り込んだせいか、もう一度、大丈夫ですか、と尋ねられる。心配そうな、優しい声だ。

この声をよく知っている。

迷惑を承知で、高野に頼むべきだった。痛みはじめた胃をおさえて、ゆっくりと、伏せていた顔を上げる。

優しいその人は、こちらを見て明らかに顔色を変えた。

「……創ちゃん……？」

呆然と呟かれたその呼び方が、やけに懐かしかった。親切に手助けをしてくれたのは、瀬越だった。

三十八

瀬越はしばらく、何も言えない創を黙って見ていた。やがて、創が買おうとしていたものをすべて持って、ひとりでレジに行ってしまう。そのまま、会計を済ませてしまった。

はい、と白い袋を創に渡そうと差し出しかけて、やっぱり手を引っ込めてしまう。

「持つよ。病室どこ」

言われて、戸惑う。どうしてそんなことを言うのか分からなかった。顔も見たくないと思っているはずなのに、患者だから、優しくしてくれているのだろうか。

「大丈夫です。……すみません、これ」

財布からお金を出して、瀬越の白衣のポケットに勝手に入れる。創が手を出すと、それ以上は何も言わず、袋を渡してくれた。

「こっち来て」

袋を渡されたその手で、手首を摑まれる。とっさのことで振り払えず、点滴スタンドごと引っ張られた。売店を出て、関係者以外立ち入り禁止の表示が貼られたドアの向こうまで手を引かれる。

途中、すれ違った看護師や事務員が、そんなふたりの姿を不思議そうに見ていた。

「先生、変に、思われますよ」

その声に、瀬越は廊下の途中で足を止めた。

「大丈夫？」

聞かれたのは、創の声が息切れしていたからだろう。頷いて、息を整える。

肩が強ばっている自分に気付く。緊張していた。

この廊下が病院のどこに位置しているのか、創には分からなかった。創がこれまで通ったことのない場所だった。もともと利用する人が少ない通路なのか、暖房も入っていないし、しんと静まりかえっている。病棟や病室のあたたかい空気に慣れてしまっているのか、ひどく寒く感じた。

「なんで、そんなことになってるの」

創の格好と点滴を指して、瀬越が押し殺したような声で聞いてくる。答えられなくて、創は黙り込む。

「俺には言えない？」

近い距離で、囁くような声で問われる。創はどうしたらいいのか分からなくて、ただ小さく首を振るしかなかった。

言えない、のではない。言うべきではないと、そう思った。もう会わないと約束したはずの人に、こんな姿を見られたくなかった。

「もう、良くなったから。もうすぐ退院なんです」

「だから、何でそうなったかって聞いてるんだけど」

さっき摑まれていた手を、また取られる。患者着の袖を払われて、手首にはめられたリストバンドを見られた。入院患者用のバンドには、創の名前と、患者ＩＤだという番号が書かれている。

「何も言わなくても、カルテを見たら全部分かっちゃうよ」

平坦な声に、伏せていた顔を上げる。瀬越の表情は、創の視線を受けて、どこか戸惑っているように見えた。

カルテにどんなことが書かれているのか、創は知らない。主治医の先生が言ったようなことが書いてあるのだろうか。ちゃんと規則正しく三食食べなさい、と、人間として基本的なことをお説教された。

「……見ないでください」

そんなことを知られたくなかった。それに、高野も言っていた。あの人が来てくれたから良かったものの、そうでなければ、創はあのまま命を落としていた可能性もあったのだ。そういったことが、カルテには書かれているかもしれない。

それだけは、この人に知られたくなかった。

創の言葉を、瀬越がどうとらえたのかは分からない。それでも、怒ったり、腹を立てているような様子ではなかった。納得がいかない、という表情ではあったが。

瀬越の顔を、そっとうかがい見る。仕事を休んでいた間の疲れた雰囲気が、今はまったく残っていない。顔色も悪くない。きっと、色々なことがうまくいったのだろう。

「先生は、元気ですか」

話しかけても大丈夫だろうか。返事をしてくれるだろうか、と思いながら、創は聞いてみる。うん、と、頷かれた。

「相変わらずだよ。長いこと休んでたから、その分、前より忙しくなったかも」

「……よかったです」

忙しい、という言葉に、よかったという反応はおかしかったかもしれない。それでも、そう言った瀬越がどこか安心しているように見えたので、思わずそう言ってしまった。

ほっとしながらも、胸が痛んだ。みぞおちにそっと手のひらを当てる。胃が痛いのか心が痛いのか、どちらなのか自分でも分からない。

瀬越はそんな創の仕草を見ていた。まるで、どこが悪いのかを読みとろうとしているような目だった。

「俺、約束、守ってるから」

「約束？」

「先生のこと。誰にも、何も、言ってないから。だから」

そのことを心配しているのかもしれないと思った。瀬越にとって、創は周囲に知られたくない秘密を抱えた存在だ。そんな創が病院にいるのを知って、不安になったのかもしれない。だから、安心してもらおうと思って言ったことだった。

「……なんだよ、それ」

けれど創の言葉を聞いて、瀬越は明らかに気を悪くしたようだった。吐き捨てるような低い声だった。

「こんな真っ白な顔して、点滴下げて歩いてるような相手に、何より先にそんなことを気にするような奴だって、……きみは俺のこと、そんな風に思ってるんだ？」

両肩を摑まれる。創の薄い肩に、強く瀬越の指が食い込んだ。

「きみにとって俺は、そういう人間なんだ」

「ちがい、ます」

否定したくて首を振る。

うまく言葉が出てこない。適当な軽い嘘ならいくらでも出てくるのに、どうして、ほんとうの気持ちを伝えるのはこんなに難しいのだろう。

「じゃあ、なんでこの病院にいるんだよ。もう出て行く、ここにいる必要なんてないって、あんなに言ってたのに。どこが悪いのか知らないけど、どうして、よりによって、そんな俺に会うかもしれないここにいるの？」

「それは、高野先生が」

「……ああ、大好きな高野先生がいるから、俺のことも我慢出来るって？」

瀬越が創のことをどんな状態だと思っているのかは分からなかった。それでも、創が自分でここに来ることを選んだのだと思っているのは伝わってくる。

確かに、創はほんの数日前まで普通に生活していた。こうやって自分で歩き回っているから、怪我《けが》をしているようにも思われないだろう。意識を失くしてその間に運び込まれたのだ、と言っても、言い訳になる気がした。それにそんなことを話したら、どうしてそんな事態になったのか説明しなくてはならなくなる。

冬眠。貧血。ストレスと薬の飲み過ぎ。そのことを、この人に知られるのが嫌だった。せっかく元どおり働けるようになったのだから、もう創のことで煩わせたくなかった。

できるだけわざとらしくならないように、笑顔を作る。

「瀬越先生には、関係ない」

さっき瀬越は、創のことを心配してくれたのだ。患者着で点滴までしている姿を見て驚いて、どこが悪いのかと、理由を聞いただけだったのに。

それを、口止めの念押しをしているのだと、創が勝手に考え違いをしてしまった。この人をそんな人間だと思っているのだと、そう告げたも同然だった。

「あと二、三日で、俺、ちゃんとここからいなくなるから。だから、安心して、ください」

でも、たぶんそのほうがいい。あいつは嫌なやつだったと、そう思ってもらうのが一番いい。ひとの心が分からないやつだと、あきれられたかった。どこの誰に触られたかも分からない身体だけじゃなくて、心も汚い人間だったと、そう思ってくれてかまわない。そうすれば瀬越ひとりが悪者になってしまうこともない。

「創ちゃんは」

瀬越はしばらく黙っていた。やがて、静かに口を開く。

「俺のこと、嫌い？」

そう言われて、言葉が出なかった。瀬越に心から軽蔑されようと思うなら、嫌いだと言い切ったほうがいいはずだ。嘘なんて、いくらでもついてきたのに。

けれどそんな短い嘘をつくことが、どうしても出来なかった。

「……あんなことしておいて、嫌うなってほうが無理か」

肩を強く摑まれたまま、創は小さく首を振る。どうしたらいいのか分からなかった。絞り出すような声で、懸命に伝えようとする。

「先生は……優しい、です」

「嘘だろ」

それだけは、創の本心だ。嘘じゃない、と答えようとしたけれど、声にならなかった。

「俺が優しいわけないのに。ほんとに、嘘つきだね」

知ってたけど、と呟いて、その時初めて、瀬越は自分が創の肩を摑んだままでいることに気付いたようだった。ごめん、と、かろうじて聞こえる程度の声で言って、その手を離す。

「創ちゃん、言ってたよね。高野にだけは嘘つきたくないって」

手が離れても、詰められた距離は近いまま変わらない。すぐ近くで、のぞき込むように見下ろされる。

「でも、俺には、嘘ついてもいいいんだ？」

哀しそうな目だった。また、ずきんと痛みが胸を刺す。奥歯を強く嚙んで、それをこらえた。

すい、と静かに身を引かれる。

「カルテ、見ないから」

瀬越はあきれたようにも、なにかを諦めたようにも見える笑みを浮かべた。

「だいたい、自分に関係のない患者のカルテを閲覧するなんて、禁止されてるし」

関係のない患者。その言葉が痛かった。そんなことを言わせたのも創なのに、まるで突き放されたような気分になってしまう。自分の勝手さが嫌になった。

「ごめんなさい」

思わず、謝る。謝ってから、この人にもしもう一度会えたら、謝りたいと思っていたことに気付く。大変な時になにもできなかったこと。それどころか、今もこうして、創のせいで嫌な思いをさせてしまっていること。

創の謝罪の言葉に、瀬越は無言のままだった。また余計なことを言ってしまった気になって、それ以上は何も言えなかった。

「お大事に」

それだけ言って、瀬越は背を向けて、もと来た方向とは反対の方へ行ってしまった。

静かな廊下に響く靴の音が、しばらくして消えてしまっても、創はそのまま、長い間そこから動けなかった。

点滴スタンドと一緒に、自分の病棟まで帰る。

ナースステーションから、おかえりなさい、と、看護師が創の顔を見て笑ってくれた。それにぎこちなく笑い返して、のろのろと病室に戻った。高野が創のために用意してくれた個室は、病棟でも奥の方にある。

動いたせいか、ひどく疲れてしまった。夕食の頃にはまた高野が来てくれるから、それまでに元気にならなければ、と思いながらベッドに戻る。

せっかくテレビを見られるカードを買ってきてもらったので、使わなければと思ってテレビを点けた。夕方のニュースにはまだ時間が早く、どのチャンネルを回しても、ドラマか賑《にぎ》やかなバラエティしかやっていなかった。しばらくぼんやりと画面を眺めていたけれど、内容がちっとも頭に入ってこなかったので電源を切る。

ベッドの上に半身を起こし、テーブルを引き寄せて「きれいな文字が書ける練習帳」を広げる。することがなくて毎日黙々とやっていたので、もうあと少しで終わってしまう。

最初はお手本の上からなぞっていく形式だったので、創の字も少しきれいになったように錯覚できた。けれどあとのほうになるとお手本を見ながら書いていくやり方になって、そうなるとやはり創の字は汚かった。お手本の字がきれいなだけに、拙さが引き立つ。

それでも、何かしていないといろいろなことを考えてしまう。何か、と思って、高野が持ってきてくれた本や雑誌の入った紙袋を探る。

「……クマ」

中から、熊の写真集が出てきた。

熊のように床に転がって眠る人が、こんな写真集を持ってきてくれたことがおかしくて、創は思わず小さく笑ってしまう。ぱらぱらとめくって見ていった。

いろんな熊がたくさんだ。小さい熊、大きい熊、親子の熊。川で鮭《さけ》をとっていたり、水の中から、顔の半分だけを出してこっちを見ていたり。文章も書いてあったけれど、熊の生態などの詳しいことは書かれていなくて、かわりに、写真を撮った人の、熊についての気持ちがまるで詩のように書いてある。ほんとうに熊が好きな人なんだな、と思わせる文章だった。優しくて、深いまなざし。

何故だか、高野のことを思い出す。まるであの人の書いたものみたいだ、と、そう思って胸がきゅっとなった。

(どうしたらいいんだろう……)

ふと、そんな言葉が胸にわく。高野のことを考えると、哀しそうな目をした瀬越のことも思い浮かぶ。優しいふたり。高野には甘えて世話になってばかりだし、瀬越は、また今日も傷付けて、しないでもいい思いをさせてしまった。

どうしたらいいのか、頭がうまく働かない。考えれば考えるほど冷や汗が出てきて、追いつめられた気持ちになってしまう。みぞおちが痛くなりはじめて、そこで、やめよう、と頭を振る。今はとにかく身体を治して、ここから出て行かなくてはならない。

熊の写真を広げたまま、練習帳の余白にらくがきをしていく。絵なんてほとんど描いたことがないが、何かしていないと、頭がぐるぐるといろんなことを考えてしまう。本を見ながら、熊を描いてみた。決して上手ではないが、字よりはまだ絵のほうがましかもしれない。

余白はたくさんあるので、いくつか描くうちにだんだん端折《はしょ》って、デフォルメしてみる。二本足で立たせて、眼鏡を描いてみた。ついでに白衣も着せて、「ますいかのせんせい」と書き加える。似ているような気もした。

そんなことをしているうちに、夕食の時間になる。高野はまだ仕事が終わらないようで、姿を現さなかった。ひとりでお粥《かゆ》を食べて、看護師に手伝ってもらいながら入浴をする。久しぶりにきれいになれた気がして、ほっとしながら病室に戻った。

すると部屋には高野が待っていた。やっと夕飯なのか、買ってきたらしい弁当を食べている。

「おつかれさまです」

頭を下げる。机のうえに、落書きをした練習帳と熊の本が置きっぱなしだった。さりげなくそれを高野から遠ざけて、創は冷蔵庫からプリンを出して並べた。

「食べられるようになったのか」

「ううん、俺じゃなくて、先生に」

創が差し出すと、高野は笑って、ひとつ選んでくれた。弁当を食べる高野に、売店に行ったことと、入浴のことを話す。できるだけ明るく楽しい話ができるようにと気をつけながら、担当の女性看護師に、創の穿《は》いていたズボンのウエストサイズが自分のものより細かった、と言われたことなどを話す。

高野は笑ってくれた。

「あ……」

そういえば、と、今になって思い出す。瀬越は、創の顔を見て、驚いた顔をしていた。あれはたぶん、創がこんなところにいるなんて、まったく予想していなかった、という表情なのだろう。創が頼んだから、高野は誰にも言わずに黙っていてくれたのだ。

そのことにお礼を言おうかと思ったけれど、そうなると瀬越のことも話さなくてはいけなくなる。

結局、何か言いかけて黙る、という、不自然なことをしてしまった。

「元気ないな」

咎めるような口調ではなかった。食べ終わった弁当とプリンの容器を片づけながら、高野は創を見る。この人は、創が自分から話そうとしないことを聞き出す人ではない。ただ、聞く準備が出来ていると伝えるように、目を細めて一度、頷かれた。

「そんなこと、ないです」

隠そうと思ってはいても、やっぱりうまくいかない。どうせ話さないつもりでいるのに、そんなそぶりを見せてしまう自分が情けなかった。

高野は何も言わなかった。創も黙ってしまう。テレビをつけておけばよかった、と後悔する。このまま沈黙が続いてこの人に静かに見つめられ続けたら、言ってはいけないことも話してしまいそうだった。

「散歩でも行くか」

ふいに、高野が伸びをしながらそんなことを言ってくる。

「散歩？」

「寝る前に、ちょっと歩くのもいいかなと思って。大丈夫か」

創の体調を聞かれたので、平気だと頷く。高野は、よし、と立ち上がり、ハンガーに掛けてあった創のコートを取って、肩から着せ掛けてくれる。

「この時間だと、暖房が切れてるところもあるから」

どこに行くのだろう、と思いながら、創もベッドから降りる。高野が点滴の様子を見て、何かを確認していた。問題ないらしい。

背中に手を添えられて、病室を出る。ナースステーションに顔を出し、夜勤の看護師に高野が声をかけた。

「ちょっと、散歩に行ってきます。病院の中を案内してやろうと思って」

いってらっしゃい、と、笑顔で送り出される。高野は創のことをどう言っているのだろう。家族ではない。友達というのも、おかしい。いったい何なんだろう。自分たちのことが、創にも分からなかった。

エレベーターに乗る。高野は六階のボタンを押した。確かに暖房が切れているようで、空気が冷たい。創はコートを羽織っているが、高野はいつも通り、半袖の術衣の上に白衣を着ているだけだ。

「先生、寒くないですか」

心配になって聞く。すると高野は、創を横目で見て、なぜか得意そうに答えた。

「俺は、毛皮着てるから」

だから平気、と笑われる。しばらくなんのことか分からなくて、やがて、気付く。

「ますいかのせんせい」だ。創の描いたあのらくがきを見られていたのだ。

恥ずかしくなって、何も言わずにうつむくしかなかった。そんな創を見て、高野は珍しく声を立てて笑った。楽しそうに笑っていても、不思議と静かな人だった。

ぽん、と音がして、エレベーターが目的の階に到着したことを知らせる。

開、のボタンを押したまま、反対の手でそっと手を取られる。

「降りよう」

創の手を引いて、高野は言った。

「連れて行きたいところがある」

三十九

六階も、創が入院している階と同じ入院用の病棟のはずだった。用事がないので、これまで足を踏み入れたことはなかった。

まだ消灯時間にはしばらく間がある。見舞いに来る人がいてもおかしくないのに、廊下にはひとの姿がない。ナースステーションも、奥には誰かいるのだろうが、見える範囲では無人だった。受付にぬいぐるみや花が置いてあったりして、創のいる病室とは少し、雰囲気が違う。

「こっち」

どこに行こうとしているのだろうか。高野は創を促して、廊下を進んでいく。

病室があるのとは、逆の方向のようだった。しんと静かな廊下に、ふたりの足音と、創の点滴スタンドがからから走る音が響く。創の体調のことを考慮してか、ゆっくり歩いてくれる。

「え……」

廊下の先で高野が足を止めたのは、まったく予想もしていなかった場所だった。

壁の半分以上が硝子になっていて、向こうの部屋の様子が見える。そこには、小さなベッドがいくつも並べられていた。

ベッドだけではない。小さくて、やわらかそうな丸くて赤い頬。ちょっと大きかったり、差は少しずつあるけれど、みんな、ほんとうに、小さい。

「赤ちゃん」

硝子の向こうは、たぶん、ほとんど生まれたての赤ん坊のための部屋だ。小さいベッドの上で、小さい手足をぐうっと伸ばして寝ている子や、なにか楽しいものが見えているかのように、指を動かしながら目を細めている子もいる。

ここはおそらく、家族や面会に来た人たちが、赤ちゃんに会うための場所だ。

「……みんな、小さい」

硝子に指をつけて、創は中を覗き込む。ひとり、端のほうで顔を真っ赤にして泣いている子がいた。おなかが空《す》いたのか、それとも、どこか痛かったりするのだろうか。硝子を通して、ふにゃあと猫のような泣き声が聞こえる。

創がじっと見ていると、部屋の中から、帽子とマスクを着用した看護師らしき人が現れた。泣いている子をベッドから抱き上げて、また奥に戻っていく。高野と創に気付いて、頭を下げてくれた。創も、同じように会釈する。高野が隣にいるからか、不審に思われることもなかったようだ。

「ごはんの時間なんだな」

それを見ていた高野も、ぽつりと呟く。小さいひと用のベッドには、名前と、生まれた日が書かれている。どの子もみんな、まだ生まれて、ほんとうに間もない。

「なんか、すごいですね」

あんなに、小さいのに。創は思わず、感じたことをそのまま口に出してしまう。

「誰に教えてもらわなくても、おなかが空いたとか、そういうの……生きてくために必要なこと、分かってるんだ」

創の言葉に、ああ、と、高野も頷く。

硝子の向こうの赤ん坊たちには、創の姿がどんな風に見えているのだろう。

ひとり、とても機嫌が良さそうに、ふにゃふにゃと笑うような顔をしている子がいた。見ていると、創も思わず、口元を緩めてしまう。すると、まるでそれに反応するように、赤ん坊も小さな手を振り回した。

「先生、なんで、ここに？」

連れて行きたいところがある、と言われて、ここに来た。高野はどうして、創にこの光景を見せようと思ったのだろうか。確かに赤ん坊たちはみんな可愛くて、見ているだけで、なんだかやわらかい気持ちになる。慰めてくれるためなのだろうかと思って、隣の高野に聞いた。

「この子」

すると、高野はそっと、ひとりの赤ん坊を指した。さっきからご機嫌の、にこにこしている子だ。指されたベッドにつけられている名札を見る。男の子だ。まだ名前が決まっていないのか、そこには「米原《よねはら》ベビー」と書かれていた。米原。

なじみのある名前だった。創は、いまの相澤《あいざわ》の何倍もの時間、その名字だった。

「男の子は母親に似るって言うけど、おまえもこの子も父親似なのかもな。ちょっと似てるような気がする。目元とか」

言われて、改めて、硝子の向こうをじっと見る。似ているといわれた目元を見たけれど、そもそも自分がどんな目をしていたのか思い出せなかった。小さいひとは、なにが嬉しいのか、紅葉《もみじ》のような手をぱたぱたと動かしていた。

この子は、創の弟だ。母親は違うけれど、父が新しく築いた家庭で、新しく生まれた家族。

「なんか、変な感じ」

硝子に触れていた指先が、細かく震える。それに気付かれたくなくて、そっと指を下ろす。

「この子のお母さんも、元気だよ。お父さんも、毎日顔を見に来てるらしい」

「……同じ病院だったんですね」

そのことに、ぞっとする。知っていたら、呑気に入院していたりなどしなかった。もし高野からこんな風に知らされるのではなく、何かの偶然で自分で気付くことになっていたら、その時点で脱走していたかもしれない。

どうして、この病院を選んだのだろう。ここは創の母が亡くなって、その後は、ずっと創が働いている場所だったのに。そんなことも、もう、どうでもよくなってしまったのだろうか。

「前から診てもらってた医者が、ここに移ってきたからだって聞いた」

「そうなんですか」

創はもう一度、硝子の向こうを見る。ついさっきまでひとりで笑っていた赤ん坊は、いまは目を閉じていた。まるで何かを話そうとしているように、小さな口がもぐもぐ動いている。

つやつやとした頬。腕も足も、むちむちしている。抱き上げたら、きっと見た目以上に重たくて、けれど、あまりに軽くて小さくて、びっくりするだろう。

「元気そう」

「ああ」

もっと見ていたいような気もしたし、早く、ここから逃げてしまいたいとも思った。この子の前からだけではなく、高野の前からも。誰もいないところに行きたかった。顔をうつむかせる。鼻の奥が、じわりと熱くなった。

「……よかった」

声が震える。口元を押さえようとしたけれど、その手も、細かく震えていた。

「ほんとに、よかった……」

無事に、生まれてくれた。

点滴スタンドを摑み、金属の棒をきつく握り締める。創の手を、高野の手がそっと覆った。あたたかい、大きな手。

創はそれ以上、なにも言えなくなってしまった。高野もなにも言わず、見守るように静かにただそばにいてくれる。気を抜くと、胸の中にあふれてきたさまざまなものが、一気に外に出てしまいそうだった。

廊下の向こうから、ひとの声が聞こえてくる。賑やかな、何人かの声と足音。高野と創の姿なんてまるで目に入らないように、その人たちは硝子の向こうを見て声を上げる。かわいいかわいい、と、嬉しそうに何度も繰り返していた。

「……ありがとうございます」

創は高野に、震える声でどうにか伝える。これ以上ここにいると、生まれた赤ちゃんを見に来た人たちに水を差してしまいそうだった。高野は、ああ、と頷いて、創の肩を抱くように、また来た廊下を戻る。

「俺は、おまえに謝らないといけないことがある」

歩きながら、高野は言ってきた。

「おまえが最初にうちに来た次の日、勝手に、おまえのお父さんに、連絡を取ってた」

創は何も言わずに、黙ったまま高野の話を聞いた。

母のことがあったので、創の父親の連絡先はカルテに載っていた。本来ならば私的に使ってはいけないことだと分かってはいたけれど、きっと心配しているに違いないと思って、電話をした。

息子《むすこ》さんはいま、うちに泊まっています。元気なので、心配しないでください。どうやら意地になっているようなので、よければ、しばらくうちで預からせてください……そういったことを話したのだと、高野はぽつぽつと打ち明けた。

驚いたけれど、それを、謝ってもらわなくてはならないようなことだとは思わなかった。

以前の創ならば、なんとかごまかそうと焦って支離滅裂な嘘をついていたかもしれない。あのふにゃふにゃと笑う赤ん坊を見たあとでは、そうなんですか、と、空気の抜けたような反応しか出てこなかった。

「だけど、思ってもみなかった反応がかえってきて。息子、って言葉に、まるで詐欺の電話なのか疑われてるみたいだった」

「詐欺？」

「『息子はまだ、生まれていませんが』って」

その言葉に、思わず笑ってしまう。父親らしいな、と、そう思った。

高野は創が笑ったせいか、しばらく、口をつぐんでしまった。

「びっくりした。いくら離婚して、再婚したからって。もうすぐまた子どもが生まれるからって、そんなことがあるのかって」

やがて、こんなことを言っていいのか分からない、とでも迷っているように続ける。

「前の奥様の、って俺が言ってはじめて、ああ、って、誰のことか分かったみたいだった。そんな話、ないだろ」

創に話しかけていることなのだろうけれど、最後の辺りは、ほとんど独り言のように聞こえた。

「……この人の中に、創っていう息子の存在がほとんど残っていないんだって、思った」

高野にとっても、楽しい話ではないだろう。父親は小さな会社を経営しているくらいだから、ひとあたりは良いし、外に向ける顔は、ちゃんとしている。だから高野にも、失礼なことを言ったりはしなかったとは思うが。

そんな個人的なことに巻き込んで、申し訳ない気持ちになった。

「なんか、すいません」

「俺のほうこそ、悪かった。勝手に決めつけた。喧嘩して家出なんて、たいしたことないだろうと思ってた。きっと少し話し合えばうまく元に戻るはずで、おまえにとってはいちばんそれがいいんだって……」

　悪かった、と、高野はもう一度そう言って頭を下げる。いえ、と、どうにかそれに首を振って、高野に顔を上げてもらう。

　だからこの人は、ずっと優しくしてくれたのかな、と、その理由が分かったような気がした。ずっと優しかった。そして、今も。

「先生、俺、ちょっとだけ、外に行きたい」

　このまま病棟に戻りたくなかった。高野は創を病室に帰すつもりだったのだろう、エレベーターの「8」のボタンを押そうとしていた手を止める。どうした、と眼差《まなざ》しで聞くように見つめられる。

「どこに行きたいんだ」

「どこにも行かなくていい。ちょっと、星を見たいだけ」

　出来るのなら、この建物の屋上に行ってみたい。けれど、屋上にはヘリポートがあって、そう簡単に出入りできないことを創は知っていた。

　高いところでなくてもいい。ただ外に出て、暗い場所で冷たい空気に身体をさらして、星を見上げたかった。

「風邪引くぞ」

「コート着てるから。これ、瀬越先生が買ってくれたんです。すごいあったかい」

　自分でも、何を言おうとしているのか分からなかった。早くこの人から離れなければ、と思う。声がまだ震えていた。

高野とここで別れて、ひとりになろうと思った。けれど、この人がそれで納得しないだろうことも、なんとなく予測できた。

「少しだけな」

そう言って、高野は「2」のボタンを押した。一階ではないのか、と創が不思議に思っている間に、エレベーターは目的の階に到着する。二階は、一階と同じ外来診療用のフロアだ。当然、この時間にはどこも電気が消えて、非常灯しかついていない。

そんな中に、煌々《こうこう》と明るい自動販売機があった。

高野はあたたかい飲み物をふたつ買う。創にはお茶を手渡した。自分には、コーヒー。直に手のひらで持っていると、やけどしてしまいそうに熱い。

二階には、立体駐車場に出られる連絡通路がある。そこを通って、駐車場に出る。屋外なので、さすがに風が冷たかった。創はかまわないが、高野が心配になる。

駐車場のエレベーターに乗って、最上階に向かう。降りた先には、車が一台も停まっていなかった。それどころか、そこは駐車場でもない。

「こんな場所があったんですね」

点滴スタンドを引きずりながら、創は暗いコンクリートの上を歩く。立体駐車場の屋上には、花壇らしきものがあって、ベンチもあちこちに置かれている。さすがにこの季節では花壇には何も咲いていなかったけれど、天気のいい昼間に来れば、きっと風が気持ちいいだろう。

「病院の人間でも結構知らない、穴場なんだ」

ほとんど喫煙所みたいに使われてるけど、と高野は苦笑する。あたたかい缶をぎゅっと手のひらで握り締めて、創は空を見上げた。

夜間の出入りは想定されていないのか、屋上には明かりがほとんどない。その分、星がよく見えた。雲がない夜空には、冷え冷えと白い星が見渡す限り光っている。

こんな風に星を見上げるのは、ずいぶん久しぶりな気がした。黙って空を見上げる創の隣で、高野も同じように星を見ていた。

「俺、夜になると、いつも星を見てたんです。高いところで寝るのが好きで、マンションの屋上とかで寝転がって」

父の家も、母と暮らしていた部屋にも、どちらにいることも嫌だった。自分という存在を彼らの前から消して、ないものにしたかった。だから、寝袋を買って野宿をしていた。それをつらいとか嫌だとか思いたくなくて、毎日、子どものような想像をした。

「寝袋って、ちょうどひとりぶんの舟みたいだから。だから、舟に乗ってるんだ、って、そんなことを考えてました。夜の海で、ひとりで舟に乗って、星を見てるんだって。流されて、明日はもう少しだけ、遠くに行けるって」

舟のことも、海のことも、よく知らないくせに。瀬越が連れて行ってくれた、あの暗く波立つ夜の海を思い出す。創は想像ひとつ、上手にできなかったのだ。

「明日になれば、きっともう少しだけ、いろんなことがよくなるはずだって……」

星を見たまま、創はひとりで続ける。高野に話しかけているというより、そんなことを考えていた自分に向けて言っているような気分になった。どこにも行けやしないのだと、そう教えてやりたかった。

「星を見て、先生のことを考えて、それで、明日もがんばろうって思って」

そこから先は、言葉が喉に詰まって出てこなかった。あのふにゃふにゃとしてやわらかそうな、小さいひとのことを思い出す。無事に生まれて良かった。

「よく頑張ったな」

声が言葉にならずに、顔も上げられない。そんな創を包み込むように、後ろから腕を回された。コートの上から、そっと抱き寄せられる。高野はずいぶん薄着のはずなのに、そうして身体を寄せられると、手のひらの缶とほとんど変わらないくらい、温もりがあたたかかった。

「あの子が生まれたって連絡してきたのは、おまえのお父さんだよ。もしまだ俺のところにいるようなら、知らせてくださいって」

意外な言葉に、うつむかせていた顔を上げる。首を少しだけ後ろに向けると、すぐ近くに、高野のやさしい目があった。創と目が合って、微笑まれる。暗いところでもよく見える笑い皺に、きゅっと胸が鳴った。

「ひどい態度を取ってしまったって、そう言ってた。新しい家族を守るのに必死で、余裕がなかったからって」

「俺の存在も覚えてなかったのに？」

「いまは、そうじゃないかもしれない。おまえのこと、気にしてたように思う」

いる。

「……俺が嘘つきなの、きっと遺伝だ」

創は笑った。そんなの、嘘に決まっている。だって、父親が創に向けた顔と言葉を、今でも覚えている。

呑気にあの人たちの家を訪れた時に、新しい奥さんは戸惑った顔をしていた。それに気付いていながら、行く場所がなくて何度か世話になった。きっと優しい人なのだろう。拒絶感を覚えながらも、創には出来る限りのことをしてくれたのだと思う。そのせいで、無理をさせてしまった。ほんとうは嫌なのに。嫌な思いをさせられた相手のことを思い出して、つらい気持ちになっていたはずなのに。我慢をさせて、体調を崩させてしまった。創の顔を見ていると、気持ちが悪くなる、と言って、苦しそうに泣いていた。

それを聞いた父親は、創を思い切り睨《にら》み付けた。それまで、創が同じ家にいても、まるで見えていないような振りをして、なにもかも全部奥さんに任せきりにしていたくせに。

大事な時なのに。おまえがここにいるのが悪いのだと、今さらのように怒鳴られた。

泣いていた奥さんは病院に連れて行かれて、そのまま入院してしまった。身体に負担がかかって、そのせいで流産してしまうかもしれないと言われた。

「もし、そんなことになったら、俺のせいだって」

怖かった。自分のせいでひとが傷ついて、もしかしたら生まれるはずの子どもも死んでしまうかもしれないと言われた。そのことを考えると、身体が震えて止まらなかった。

「だって、お母さんも」

創の母親が倒れた時も、もう少し早ければ、と、たくさんの人が言っていた。もっと創がちゃんとしていれば、助かったかもしれないのに。

「俺のせいで、また……」

だから、顔を見せないようにした。父親にも、その新しい奥さんにも、そこに連絡を取っているかもしれないナカムラさんの前からも、創という人間を消そうとした。存在を忘れているようだった、と思われたのなら、それは、創自身が望んだことだ。彼らの前から、いなくならなくてはならない。だって、そうしないと。

そうしないと、また、怖いことが起こってしまうかもしれないから。

「おまえのせいじゃない」

高野の声が、耳だけでなく、触れている身体全部に響く。回されている腕の力が強くなって、痛いほどだった。

「誰がなんと言おうと、それは、おまえのせいじゃない。頑張ったな。ほんとうに、よく頑張った。もう大丈夫だ」

あの子は元気だし、産んだおかあさんも元気だ、と、高野は続ける。じわりと視界が滲む。唇が震えて、押さえて隠したいと思うのに、捕まえられた腕の力が強くて、それも出来ない。こらえきれずに、目からぽろりと涙の粒が零れて頬を伝った。ひとつ零れると、次から次へと、あふれて止まらなくなる。自分の身体が言うことをきかなくて、嫌になった。泣きたい時には、ちっとも泣けなかったくせに。

「先生、お、俺、そんな人間じゃない」

創は、がんばった、なんて、優しく言ってもらえるような「よい人間」ではないのだ。涙を抑えようと、呻くような声で必死に伝える。褒めてくれる言葉が、余計につらかった。

「俺、いろんな人に、ずっと嘘ついてる。先生にも、瀬越先生にも。そのせいで」

瀬越の哀しそうな顔を思い出す。あんな目をさせておいて、高野にそんなことを言ってもらう資格はない。

高野は創を抱いていた腕をほどいた。肩を引き寄せられて、正面から、胸に抱かれる。

「話してほしい」

低い声が、耳に響く。点滴の管があるせいで、抱き寄せられても完全に身体を寄せ合うことは出来ない。

「おまえがひとりで抱えてるもの、俺にも持たせてくれないか」

子どものように泣きながら、それに首を振ろうとする。けれど、そうするより先に、頭が勝手に頷いていた。ぐすぐすと鼻をすすりあげて、何度も、頷く。

高野はそんな創を見て、よしよし、と抱いている背中を軽く叩いた。子どもにするような仕草だと思ったが、実際、創がこんな様子なので、それも仕方がないのかもしれない。

涙をぬぐうように、頬に触れられる。

「冷たくなってる。戻ろう」

話はそれからな、と、静かに言われる。身体が離される気配に、創は思わず、高野の白衣を摑んでしまった。

創の話を全部聞いてくれるといった。そうするべきだと、自分自身でもそう思う。こんなに創のことを考えてくれている人に、これ以上、嘘をつきとおすことはできないし、してはならない。けれど、ほんとうのことをすべて話してしまったら。

「どうした」

「話したら先生、きっと、俺のこと嫌いになります」

だからそれまで、ほんの少しでもいいから、こうしていて欲しかった。創の言葉に、高野は困ったような、それでもどこか楽しんでいるような顔を見せた。創が白衣を摑んだ指を、上から手を重ねて外す。

「ならないよ」

「なる」

まだ涙声で強情に首を振る創に、高野は笑った。

「じゃあ、約束しておく」

笑みを含んだ声で耳元で囁かれ、肩をぐっと引き寄せられる。高野らしくない、少し、強引な動作だった。

何を、と思っている間に、見上げた高野の顔がふいに近づく。そのまま、唇にやわらかな接触があった。最後に一緒に眠った夜に、額に授けてくれたものと、たぶん同じだ。

びっくりして、涙が止まってしまった。涙だけではなく、数秒間、呼吸もまばたきも止まった。

触れていたのはほんの少しの間だった。顔を離して、固まっている創の表情を見て、高野はまた笑う。それはどこか、照れたような笑い方だった。

戻ろう、ともう一度言われて、素直に頷く。病院に戻るためのエレベーターが到着するまでの間、今度はもう少しだけ、長いキスをした。

四十

創はこれまでのことを、高野にあらいざらい、すべて話した。

こんな風に、誰かに長い話をするのは初めてだった。言葉をひとつひとつ選ぶ余裕もないまま、内にあるものをすべて吐きだしている気分だった。

高野は時折、どうしても創の話が分かりづらかったのだろう時だけ、確認するように短く言葉を挟んできた。あとはひたすら、黙って聞いてくれた。

ナルミとしていた「仕事」のこと、東のこと、高野が庇《かば》ってくれたあの時、創はほんとうは、お金を盗もうとしていたこと。

寒い屋上でさんざん泣いたおかげか、話していても、泣きたい気持ちにはならなかった。今は、すべて受け止めようとしてくれるこの人に応えたい一心だった。

それでもやはり、瀬越のことを話すときは、胸が冷えて喉が固まった。言葉と言葉の間に、なにも言えない重たい沈黙を何度も挟んでしまう。最低限のことだけ、話した。

東と言い争いになっている場面を見られて、創の「仕事」のことを知られてしまったこと。高野には黙っていてほしいと頼んだこと。

病院で大変なことが起こってしまって、心配になって顔を見に行った時のこと。それからそのあとも、瀬越を悪者にしたくなくて、いくつも嘘をついた。そのせいで身動きのできない状態になってしまったことも、全部話した。

「自業自得だって、自分でも思う。俺があんなことしてたのが悪いんです」

そのあたりになるともう、高野の顔を見られなかった。だから、それを聞いた時、高野がどんな表情をしていたかは創には分からなかった。

「……先生、つらそうだった」

今日の午後、売店で顔を合わせてしまった時のことを話す。創の顔を見ているとつらくなる、と、瀬越はそう言っていた。だから、もう会いたくないと分厚い封筒を渡してきた。

創はそれを全部返したけれど、もしかしたらその行為も、瀬越の気持ちを傷付けたことになるのだろうか。これだけあれば、もうあんなことする必要がないよね、と言って渡してくれたのに。

「俺、なにかできるのならって思って。俺でいいのならって……」

瀬越を救っているつもりになっていた。あれは決して、無理矢理、強引に押し切られたことではなかった。創はこれでも一応、男だ。だから、ほんとうなら、いくらでも抵抗できたはずだ。

「でも、ちがった。あんなこと」

拒むなよ、と、震える手でしがみつかれて、それを振り払うことが、どうしてもできなかった。そうしないことが、優しさだと勘違いしていた。

「あんなの、優しさでもなんでもなかった……」

自分を大切にしないといけない、と瀬越が言ってくれたことを、いまになって思い出す。東と一緒にいるところを見られた後のことだ。その時の創には、具体的にどうすれば自分を大事にできるのか、よく分かっていなかった。いまも、分かっているとは言いがたい。

けれど、これだけは分かった。優しくするつもりで間違ったことをして、結局、傷付けてしまった。

創は、瀬越のことを大切にしなかったのだ。

どうしたらいいのか分からなかった。身体を起こしているのがつらくなってきて、体重を支えていた手が痺れはじめる。無意識のうちに、呼吸が浅くなっていた。

これ以上、創に話すことは残っていなかった。目を閉じる。身体はひどく重たく感じるのに、胸の中はずいぶんと軽い。ずっと奥のほうに溜め込み続けてきた黒くて重たいものを、全部出してしまった。

高野の目にはどんな風に見えてしまうだろうと怯えて、それを必死に隠し続けてきた。知られたら、きっと嫌われて遠ざけられると思い続けてきた。ほかの色々なことと同じように、創がひとりで、勝手に。

「おわりか」

あっけないような反応だった。思わず、伏せていた顔を上げてしまう。

高野は創を静かに見ていた。その表情は、これまでと何一つ変わらないもののような気がした。静かで、声も淡々としている。いつもどおりだ。

「嫌いになりましたか」

あまりに平然としているので、創も戸惑ってしまう。どう言ったらいいか分からないまま、聞かないほうがいいようなことを聞いてしまった。

「……ならなかったな」

高野はそれにも、平然と答えた。答えるまで、しばらく間があった。反射的に言い返したのではなく、ちゃんと、考えてから言ってくれた。

その言葉が嘘でないことを証明しようとするように、手を取られる。あたためるように大きな手のひらに包まれた。

「俺が以前に結婚していた相手は、普通、って言うのが口癖だった」

そのまま、ぽつぽつと話をはじめる。

「普通はそんなこと言わない、普通はこんなもの欲しがらない、普通はこうする……。俺はどうしても自分のペースでしか物を考えられないところがあるから、そんな風に言ってくれる人と一緒にいれば、バランスが取れると思ってた」

高野は穏やかに言葉を続ける。その話は、かつて創がこの人にした質問に対する、答えの続きのような気がした。どうして、奥さんと別れてしまったのか。

「大事にしようと思った。普通にしあわせになりたい、っていうその望みを叶えてやろうと思ってた。自分でも、それがどんなものなのか、分からなかったくせにな」

そう言って笑う顔は穏やかだった。けれどその顔を見て、創は寂しい気持ちになってしまう。

「うまくやれてるはずだった。だけど、俺とでは子どもがつくれないって分かった時に、それが、俺には不可能なんだって気付いた」

「こどもが」

「検査をした。俺は、そういう体質らしい」

「ごめんなさい」

創は思わず、謝っていた。何も考えず、失礼なことを言ったことがある。奥さんの子どもというのは、高野との間に生まれた子なのかと考えて、勝手にその想像に落ち込んだ。残念ながら、と笑っていたこの人の気持ちを深く考えもせず、自分ひとりの感情に全身いっぱいになるだけで。

何に対しての謝罪なのか、高野にはぴんと来なかったかもしれない。それでも、気にするな、と告げるように小さく笑う。

「それが分かってからは、なにもかも、噛み合わなくなってしまった。普通はこうじゃない、普通ならもっと、普通ならちゃんと……ふたりでいても、そんな話にしかならなかった。人が足りなくて、俺の仕事が忙しくなった時期だったことも重なって、うちにいる時間も、少しずつ短くなった」

創の両親がよく喧嘩をしていたことを話した時、高野はそのほうがまだ良いのだと言っていた。自分の気持ちを相手に伝えようとするから、分かってほしいから喧嘩になる。それすらしようとしなかったと、悔やむように。

「普通にしあわせになりたいだけなのに、どうしてそんなこともできないのって泣かれると、もう謝って黙るしかなかった。それ以外、何をすることもできなかった。……何も、しなかったんだ」

「だって、仕方ないじゃないですか」

そんなの、どうすることも出来ない。自分がほしいと思うものが、必ずすべて手に入るわけではない。そのくらいのことは、創にだって分かっていた。ましてや、自分ひとりではどうしようもできないことなら、なおさら。

けれど、頭で分かっていたって、心が分かりたくないこともある。創がひとりで何もかも抱えてうまくやろうと思っていたのも、それと同じだ。やれるはずもないことを、どうにかできると考えていた。無理だなんて認めたくなくて、ただ必死だった。

それからあとのことは、前に教えてもらった。高野が出張から帰ってきたら、家の中は全部からっぽになっていたのだ。家具も、集めた本も、可愛がっていた熱帯魚も、みんな捨てられてしまった。

奥さんは実家に帰って、郵送で離婚届が送られてきた。それで、おしまい。

「この話をした時、おまえが、俺の子どもだったらよかったのに、って言ったの覚えてるか」

聞かれて、頷く。確かにそう言った。もし創がこの人の子どもだったら、きっと奥さんは部屋をからっぽにしたりしなかった。他にいろいろと問題を抱えさせて、余計に悩ませることになるのかもしれないが。

「さっきの話を全部聞いて、いちばん最初に、それを思い出したよ。おまえが、俺とあの人の子どもじゃなくてよかったって」

「どうしてですか」

「もしおまえだったら、普通になろう、普通の子どもになろう、って、頑張るんだろうなって思った。自分をすり減らして……潰れるまで、必死で」

高野は穏やかに笑った。

「だからそうじゃなくてよかった。いまここにいるおまえでよかったよ」

きっとこんな風に笑えるようになるまで、いろんな思いを乗り越えてきたのだろう。それが透けて見えるようだった。だからこの人は、笑っていてもいつもどこか寂しそうに見えてしまうのかもしれない。

いまここにいる創でよかった。抱えてきた秘密をすべて打ち明けてなお、そんな風に言ってくれることに胸が詰まった。自分にほんとうにそう言ってもらえるだけの価値はあるだろうか。創には分からなかった。

ためらいながら、聞く。高野の気持ちを教えてほしかった。

「気持ち悪くないですか」

「何が？」

「……俺のこと。だって、瀬越先生だけじゃない。他の、どこの誰かも分からないような人と」

「俺だってバツイチだ」

「ぜんぜん、話が違うじゃないですか」

たとえうまくいかなかったからといって、誰からも認められ、祝福されたはずの結婚と、創のしてきたことを同じにできるはずがない。分かっているけれど、高野が平然と言うその顔がどこか得意気ですらあって、思わず笑ってしまう。

笑ったはずなのに、ぽつんと、瞬きした目から水滴がこぼれ落ちる。さっき散々泣いたはずなのに、まだこんなに水分が残っているのかと驚くくらいに、次から次へとぽろぽろとあふれてしまい、止められなかった。

「気持ち悪いなんて思わない。気付いてやれなくて、ごめんな」

「そ、そんなの」

そんなことは、高野が謝るようなことではない。何も言わずに、伝えようともせずに見て分かってほしいなんて、創は望んだこともない。むしろ、その逆だ。知られたくない、気付かれたくないと、ずっとそう思い続けていたのだから。

「ひとりで、どうにかしようって思ってたんだろ。頑張って」

いい加減涸《か》れてもいいはずなのに、目の縁からあふれ続ける涙が止められない。高野の手からすり抜けた手のひらで、顔を隠す。奥の歯を強く噛みしめて、これ以上みっともないところを見られないために、声を押し殺す。

隣に座っていた高野が、腰を上げる気配がした。離れていってしまう、という不安に駆られて、顔を覆っていた手を外した。

立ち上がった高野は、創の真正面にいた。座ったままの創と目線が近くなるように、床に膝をついて身を低くしてくれる。目を合わせたまま、創の手を両手のひらで包む。

「ずっと、ひとりで守ってたんだな。あの子やお父さんたち家族だけじゃなくて、瀬越のことも」

いつもと変わらない、静かで穏やかな声で言われる。それに頷くことも首を振ることも出来ないまま、創は高野の方に崩れ落ちていた。大きな手が受け止めてくれる。全身を包み込まれるように、胸の中に抱き込まれた。

病室の中は空調がきいているから、決して寒くないはずだった。それでも、受け止めてくれた胸のあたたかさに、創は自分の身体の冷たさを思い知っていた。白衣の布越しでも、触れている皮膚が溶けてしまいそうだった。表面の皮膚だけではなくて、内側の、心まで全部なにもかも。どろどろと溶け落ちても、もうそれは、黒くなかった。

「ごめんなさい、ごめんなさい、先生……」

子どものように泣きながら謝る。言葉がそれ以上出てこなかった。同じ言葉をひたすら繰り返す創に、高野はひとつひとつ、うん、うん、と頷いてくれた。

創はそのまま、泣き疲れて眠るまで、高野にそうやってしがみついていた。白衣の麻酔科の先生は、いつまでもずっと、あやすように背中を撫で続けてくれた。

たくさん歩いたあとで、たくさん話して、たくさん泣いた。そのせいか、創は高熱が出てしまった。

高野が呼んだのか、夜中に看護師や主治医の医師が部屋に出たり入ったりして、検査のために血を抜かれたり、低い声で話し合ったりしていた。

最初にここに運び込まれて目を覚ました時のように、全身が重たかった。身体の節々が熱を持って、患者着の布地が触れるだけでひりひりと皮膚が痛んだ。治している途中の胃も、存在を主張するように時折きりきりと締め付けてくる。

深い呼吸が出来なくて、息苦しくて何度も目を覚ました。その度に、ベッドのすぐそばに高野の姿を見つけて安心して、また眠った。ずっと、手を握っていてくれた。

「……熱があるって」

うとうととまどろんでいると、ひとの話す声が聞こえた。抑えた、ささやくような声だった。高野と、もうひとり、誰か。

「さっきは三十八度あったけど、いまはどうかな……。炎症反応もないし、とりあえずは安静にして様子見てもらってる」

「もともとの疾患が原因じゃないんですか」

「消化性潰瘍なんだから、出たっていいとこ微熱だろ。カルテ見てないのか」

「さっき、ひととおり。……ODで搬送されたって」

「ああ。俺の手搬送だけどな」

重たい目蓋を、どうにか薄く開く。部屋の中は薄暗くて、ベッド脇の読書灯が付けられている。朝が近いのか、カーテンの向こうがもう明るくなっていた。

高野の姿を、さっきと同じ場所に見つける。椅子をベッドに寄せて、創の顔がすぐ近くに見えるところに座っている。創が目を開いたことに気付いたのか、大丈夫か、と、目で問いかけるように覗き込まれた。

「……せんせい」

喉が痛くて、声がかすれてしまう。かすかな声の呼びかけに、部屋にいたふたりの医師が創を見た。すぐそばにいる高野と、こちらを見ているのに、壁際に立ち尽くしているもうひとり。まるでベッドに近づくのを拒んでいるように、少し離れたところから動かない。

「瀬越先生」

その人の名前を呼ぶ。しばらくためらったように間を挟んで、ふらふらと近づくその足取りが、どこか不安定で危なげだった。

「創ちゃん」

瀬越は高野とは反対側から、創のベッドを見ている。読書灯の明かりで、その不安げな表情がよく見えた。

目が合っても、今はそらされなかった。身を低くして、じっと顔を見られる。何かを言いかけた唇が、細かく震えているのが分かった。

「……俺、あれからずっと帰ってなくて。自分の部屋にいるのが嫌で、ずっと帰ってなかったんだ。病院に寝泊まりしたり、近くに住んでる人に泊めてもらったりして……」

呆然としたような、途方に暮れたような言い方だった。どうしたんだろう、と、その様子に不安に似たものを覚える。震える人に触れようと思って、うまく言うことをきかない重い身体で、手を伸ばす。

瀬越は一瞬、驚いたように創の顔を見た。眉根を寄せたその表情は、これまで創が見たことのないような戸惑いに満ちていた。

「あの部屋にいるのが嫌になって。きみのことを思い出すから、それが嫌で、ずっと帰ってなかった。そんなわけないのに、また、玄関の前に座り込んで、俺のこと待ってるかもしれないって、そんなこと考えて……」

ためらいがちに、ゆっくりと手を重ねられる。冷たい手だった。

「だけど、きみがここにいるって分かったから。だから、もうそんな想像しなくてもよくなった。勝手に期待して、勝手にがっかりしなくてもよくなったから、今日、ひさしぶりに帰ったんだ」

高い熱のせいでぼうっとする頭で、瀬越の話を聞く。ずっと自分の部屋に帰っていなかったけれど、今日、ひさしぶりに帰った。それがどういう意味なのか、創にはよく分からなかった。

高野は黙ったまま、何も言わない。そちらを見なくても、静かにこの遣《や》り取りを見守ってくれているのが分かる。

「……どうして、返してきたんだよ。あんなに、欲しがってたのに」

しかもこれまでの分全部、と、言葉を吐き出すように瀬越が言って、はじめて何を言おうとしているのか気付く。あのお金のことだ。公園で冬眠をこころみる前、瀬越の部屋のポストに、封筒ごと投げ入れてきた。それを今日、部屋に帰って見つけたのだろう。

どうしてと聞かれても、理由はない。強いていうなら、いらなかったからだ。持っているのが怖くなったから、持ち主に返した。それだけの話だ。

「どうして……」

手を強く握り込まれる。何を言っても、傷つけてしまう気がした。だから何も言えなかった。

瀬越は私服の上に、コートのように白衣を羽織っている。せっかく帰ったのに、また、気になる患者でもいて、すぐに仕事に戻ってきたのだろうか。それなのに、どうしてここにいるのだろう。熱があると知って、心配になって顔を見に来てくれたのだろうか。……そういえば、さっき、高野とそんな話をしていた。

「せんせい、俺の、カルテ」

創は関係のない患者だから見ない、と言っていた。知られたくないことが、きっとそこにはたくさん書いてある。この人には見てほしくなかったのに。

創の言葉を聞いて、瀬越は伏せていた顔を上げた。弱々しい、どこかに痛みを抱えている人のような目をしていた。

「ごめん。……ごめん、見せてもらった」

「おこられ、ますよ」

茶化すように、笑ってみせる。息が苦しくて、あまり上手に笑えなかった。

「……うん。怒って」

頼むから、と懇願するように、瀬越はまた顔を伏せてうなだれてしまう。重ねている手にぎゅっと力が加わって、痛いほどだった。その手も、声も言葉も、全部が震えていた。頼むから、お願いだから、どうか。

「俺のこと、怒ってよ、創ちゃん……」

四十一

創の熱は、翌日には少しずつ下がって、その次の日には平熱まで下がった。どこか悪いところがあったわけではなくて、たぶん気が緩んだんだろう、と高野は言っていた。朝の検査が終わる。熱も下がったし、胃のほうも経過が良いらしい。予定どおり、明日退院してよしとのお達しを主治医から貰って、点滴も抜かれた。

創が熱を出した日、高野はひと晩中そばについていてくれた。朝昼夕方と創の隣で食事を取って、時間がくるとまたふらりと仕事に戻っていった。いろいろなことを全部話したはずなのに、あれはもしかしたら熱のせいで見た夢だったのだろうか。そう思ってしまうほど、これまでと何も変わらなかった。

点滴が外れた解放感に嬉しくなって、病院の中を歩いて回った。午前中のまだ早い時間なのに、一階の外来フロアは診察を受けに来た患者や付き添いらしい人でいっぱいだった。

入院の費用のために、隅の方にあったＡＴＭで貯金の残高を確認する。いくら必要なのかは退院の時まで分からない。もし足りなかったら分割払いにしてもらうことは出来るだろうか、と考えつつ、後ろで待っていた人に順番を譲る。

いろんな診療科の外来窓口を見て回る。麻酔科にも、外来があった。中でどんなことをしているのだろう。隣の皮膚科と比べると、順番待ちする人がほとんどいない。

ひときわ混み合った一画をのぞいてみる。外科だった。受付の横の壁に、「本日の担当医師」と表示が出ている。三人名前が並んでいる中に、瀬越の名前があった。

大勢の患者が診察を受けるために待っている。この中にも、瀬越に診てもらいたくて待っている人がたくさんいるのだろう。

あの夜、創は熱のせいで意識がもうろうとしていた。それでも瀬越が来てくれたことや、話していた内容は記憶に残っている。触れられた手が震えていたことも、お願いだから、と、何度も繰り返された言葉も。

けれど朝目覚めたら、病室には高野しかいなかった。瀬越と高野はどんな話をしただろう。創は高野に、瀬越のことも話してしまった。

きっと高野なら、あんな弱々しい顔をした人をさらに追いつめるようなことはしなかっただろう。根拠はなくても、心からそう思えた。

混み合う外来を抜けて、病棟に戻ることにする。エレベーターも混んでいた。

病室のある八階に着く前に、誰か降りる人がいたらしく、六階に停まる。しばらく迷ったあと、創もそこで降りてみた。記憶を頼りに、あの場所に向かう。

(……いた)

赤ん坊たちは、相変わらず、寝ていたり泣いていたりだった。

まだ名前のついていない創の弟は、いまは小さな目蓋をしっかりと閉じて眠っている。硝子に顔をつけて、その様子をしばらく眺める。きっともう、この子に会う機会はないだろう。

（俺が、死んだりしたら）

あやうく凍死をするところだった、と高野が言っていたことを思い出す。もし、そうなっていたら。今後、そうなるようなことがあったとしたら。

（葬式ぐらいは、来てくれるかな……）

そんなことを考えて、そもそもいま創が死んだら誰が葬式を出してくれるのだろう、と気付く。誰もいない。そういう人はどうなるのかな、と考えて、少しだけ寂しくなった。新聞の「おくやみ」の欄に、誰か名前ぐらいは載せてくれるだろうか。

創が見ているのではない別の子が、突然、声を上げて泣き出す。それに、はっと我に返る。赤ん坊の前で考えるようなことではない。うしろめたい気持ちになって、創は逃げるように、その場を離れた。


「よお」

病室に戻ると、そこには意外な人物の姿があった。

一瞬、部屋を間違えたのかと思った。驚いた創の顔が面白かったのか、相手は声を上げて笑う。ここにいるはずのない人間が、窓際の椅子に座って、入り口に立ち尽くした創を見ていた。

「なんて顔してんだよ、せっかく見舞いに来てやったのに」

「……なんで、知ってるんだ」

「それはまあ、いろいろあるから」

適当にはぐらかして、ナルミは創を手招きした。患者着を着ている創を、珍しいものでも見るように眺めている。

「胃だって？」

しかも、どこが悪いのかまで知られている。医者でさえ、関係のない患者のカルテは見てはいけないと、瀬越が言っていたのに。

「なにしに来たんだ」

この男に何を言っても意味がないことを創はよく知っていた。だから情報の出所だとか、そういったことを教えてもらうことはもう諦めて、大人しくベッドに戻る。端に寄せてあったテーブルの上に「きれいな文字が書ける練習帳」が置いてあるのを発見され、指をさして笑われた。

「見舞いって言っただろ。胃なら食べる物はよしたほうがいいかと思って、ほらこれ」

言いながら、足元に置いてあった紙袋から、花束を出してきて渡される。創の顔がちょうど隠れるくらいの大きさの束だった。

とりあえず、素直に受け取る。創は花の名前なんてチューリップと薔薇《ばら》ぐらいしか知らない。そのどれとも違うらしい。花なんて、もらったのは初めてだった。

「それからこれ」

花束だけではないらしい。続いて袋から出されたものが、テーブルの上に置かれる。花束を置いて、それを手に取った。新聞だった。日付は今日のものだ。

「これは？」

「二十七面の左下」

言われて、該当の頁をめくる。

「あ……」

二十七面はテレビ欄の裏側の、全国ニュースでやらないような、地元の事故や事件が掲載されているページだった。そこに、見たことのある顔が載っていた。堅実なサラリーマン、といった印象の、生真面目な表情。知っている人が新聞に載っていることに驚き、そして続けて、その顔写真の付いた記事の見出しに驚く。

「『おうりょう』」

「読めるよ、これぐらい」

創が漢字を読めないと思ったのか、ナルミが親切に助け船を出してくる。横領というその文字くらいなら、創でも読めた。意味も知っている。会社のお金を、個人的に使い込んでしまうことだ。

「東さん……」

横領の罪で逮捕、と見出しの出ている記事には、東の名前と年齢が書かれていた。思っていたよりも、少しだけ若い。東が、警察に捕まった。

「異様に金払いがいいなとは思ってたけど、案の定だな。クスリも相当やってたみたいだし」

あいつの安月給じゃそうでもしなきゃ無理だろう、と、他人事《ひとごと》のようにナルミが言う。自分がそうやって調達されたお金を受け取っていた側であることなど、まったく気にしていない様子だった。

「なんで、俺に」

「見舞いついでに、教えてやろうと思っただけだよ。おまえが怯えてたら可哀想だから」

少しもそう思っていないだろう口調で、ナルミが言う。創にとっては思いもしない言葉だった。いろいろあって、東のことまで気が回らなかった。

創が疑わしい顔をしていたからだろう。ナルミは笑って、携帯の番号らしきものを書いたメモを渡してきた。

「金。貸してやろうと思って、営業に」

やっぱりそんなところか、と、あきれるような納得するような思いしかない。入院していることを知って、創がその費用を工面出来ないと思われたのだろう。

「もうすぐ退院なんだろ。必要だったら、連絡くれよ」

「いらないよ」

「いまを逃すと二度とご利用できませんが？」

「いいって」

悪いやつが親切そうに笑っている。きっと一度借りてしまうと、大変なことになるのだと、創にもそれぐらいは予想出来た。

あっそ、とにやにやと創の顔を見て、ナルミは病室を出て行った。

手元に残されたメモをじっと見る。以前から使っていた番号とは違うのだろうか。きっと仕事の内容によって使い分けていて、これは金貸し用の別の番号なのだ。

しばらく迷って、けれど、思い切ってそのメモをびりびりと破って、ゴミ箱に捨てる。

花束と新聞をどうしたらいいのか分からず、テレビ台の上に置いておく。急に疲れを感じた。身体を横に向けて、テレビを付けてみた。ニュースが見たかった。東のことが取り上げられているかもしれない。けれど、どのチャンネルを見ても、通販番組かドラマしかやっていなかった。しばらくそのまま、通販番組を見ていた。よく切れる包丁の説明を聞いているうちに、いつの間にか、うとうとと眠り込んでしまったようだった。

扉が開く音で、目を覚ます。気が付けば通販番組はもう終わって、お昼の情報番組に変わっていた。

「ごめん。起こしたね」

申し訳なさそうな声に、顔をそちらの方に向ける。瀬越が、遠慮がちに創を見ていた。手に、いくつか袋を持っている。昼食だろうか。

「外来、終わったんですか」

時間はちょうどお昼だ。まるで目覚めるのを待っていたように、創の昼食も運ばれてくる。どろどろのお粥だった食事も、今はふつうのご飯が食べられるようになった。配膳をしてくれた看護助手が、病室にいた瀬越を見て驚いたような顔をしたけれど、何も言わずに頭を下げて去っていった。

「まだ患者さん残ってるけど、俺は昼から手術に入らないといけないから」

だから交代して来たのだと言う。一緒に食べてもいい、と聞かれ、どうぞと頷く。高野は、今日も来るだろうか。少し、瀬越とふたりで話してみたかった。

いただきます、と箸を取る。退院は明日の午前中だから、これが病院で食べる最後の昼ご飯だ。

「明日、退院です」

創が伝えると、瀬越はパンの袋を開けかけていた手を止めた。何か言いたげな顔をしたけれど、しばらくして、よかった、と小さく呟くだけだった。

食事をしながら、そっと瀬越をうかがう。黙々とパンを食べているけれど、深い考えに支配されて、目の前に創がいることも忘れてしまったように見えた。

「先生」

不安になって、思わず呼びかけてしまう。はじかれたように、瀬越は顔を上げた。

「ごめん、ぼんやりしてた」

「大丈夫ですか」

「大丈夫じゃないのは俺じゃなくて、創ちゃんのほうだよ」

「俺は、もう退院だし。熱も下がったし、健康です」

創の言葉に、瀬越はまた黙ってしまった。どうしたらいいか分からなくて、創もとりあえず食事を続ける。つけっぱなしのテレビが、お昼のニュース番組に変わる。

「あ」

横領で会社員の男を逮捕、というニュースに、思わず声を上げてしまう。じっとテレビを見る。見覚えのある人が、警察官らしい人に取り囲まれてどこかに連れて行かれていた。深く項垂《うなだ》れていて表情は見えないけれど、よく知っている人。

「この人、俺の、常連さんだった人」

ニュースに身を乗り出す創を瀬越が不思議そうに見ていたので、理由を教える。さすがに驚いたらしく、瀬越もテレビに目を向けた。けれど、それほど大きな事件だと扱われていないのか、すぐ別の話題に変わってしまう。

ナルミが置いていった新聞のことを思い出し、箸を置いてそれを広げる。東のことが載ったページを、瀬越に見せた。

「創ちゃん、知ってたの、このこと」

聞かれて、首を振る。

「あんまり、話はしたことないから。でも、この人、俺と一緒に死ぬつもりだったかもしれないって聞いた」

物騒な言葉に、瀬越は眉根を寄せる。

創は事情を説明した。最後に会った時、制服を着てビデオ撮影をしようとしたこと。薬を飲まされて眠ってしまい、あやうく、危ない注射を打たれそうになったこと。その時に残された荷物から出てきた、たくさんの睡眠薬をもらったこと。

東はなんのために、会社のお金を使い込んだのだろう。みんなに良い扱いをされていない、とナルミが言っていた。だったらそれは、見下されて馬鹿にされ続けることへの、東の復讐だったのだろうか。そのお金で、創を買ったり、薬を買っていたのかもしれない。

「……そんなことに巻き込まれなくて、よかった」

瀬越がぽつりと呟く。創には分からなかった。東にとっては、どうなることが幸せだったのだろう。

「先生、もし俺が死んでたら、葬式に来てくれましたか」

先ほど小さな赤ん坊たちを前に考えていたことを、思わず聞いてしまう。考えてみたけれど、来てくれそうな人がいるとしたら、瀬越と高野ぐらいしか思いつかなかった。家族もいないし、友達もいない。コンビニの店長も、ナルミも来ないだろう。

「俺は……」

答えかけて、瀬越は黙ってしまう。急に何を聞くのか、と戸惑っているように見えた。

「もしそうなったら、この人なら、来て、泣いてくれたかもと思って」

捕まった人のことを考えて、少し感傷的になってしまっただけなのだと笑い飛ばそうとする。考えてみれば、東が創と一緒に死ぬつもりだというのなら、創の葬式に来られるはずがないのだが。変なことを聞いて、困らせてしまった。新聞を畳んでゴミ箱に捨てる。

「高野は泣くよ」

はっきりと、瀬越は言い切った。

「先生は？」

「……俺は、一緒にいく、かな」

冗談なのかと思ったが、瀬越は至極真面目な目をしている。どこか青ざめた顔で、食べかけのまま手を付けられていないパンを、見たくないとでも言いたげに袋に戻す。どうしたらいいのか分からない創にじっと目を向けて、真面目な表情のまま、続ける。

「そんなことになったら……たぶん、あとを追ってたと思う」

「駄目ですよ、そんなの」

思い詰めたような言葉に、ぞっとする。そんなことにならなくてよかった、と、心から思った。自分の生死よりも、そちらのほうがずっと大事なことに思えた。待ち合いのソファに座りきれないほど、診察を待つ患者がひしめいていた外来の窓口を思い出す。この人のことを必要としている人が、あんなにたくさんいる。それを、奪ってしまうところだった。

「俺、死ななくてよかった」

しみじみとそう感じて、笑う。作り笑いではなくて、ほんとうに笑いたくて笑った。

瀬越は創の笑う顔を、何も言わずにじっと見ていた。口が、まるで叱られた子どものようにぐっと結ばれている。そんな顔をしないでください、と、言いたかったけれど、言えなかった。

どちらも、言葉が出なかった。黙ったまま、食事を再開する。明日は今年いちばんの冷え込み、と、テレビの天気予報が伝えていた。

瀬越はパンをひとつ食べただけで終わりのようだった。食べている姿も、心ここにあらずといった様子で、見ていると不安になった。

創が箸を置いたのとほとんど同じタイミングで、高野が扉を開けて、病室に入ってきた。おう、と、瀬越を見て、小さく頷く。

「俺、行かなきゃ。またあとで顔出すね」

高野に頭を下げて、瀬越は椅子を立つ。

「別に、慌てなくてもいいだろ。昼休みぐらいゆっくりして行けよ」

高野がのんびりと言う。瀬越は首を振った。

「手術か」

「はい。昼からのRFに、助手で」

「寺本《てらもと》先生の二件目だろ。あの人まだ、朝からの胆摘やってるぞ」

「いつもどおり、一件目の目処が付いた時点で導入お願いすると思います。だから用意してないと」

それじゃ、と病室を出ようとした瀬越が、何かを思い出した様子ですぐに引き返してくる。

「忘れてた。お見舞い持ってきたんだった」

元気のない、どこかぼうっとした無表情のまま、瀬越はそう言って、手にしていた袋を差し出してきた。

「俺、もう明日には退院ですよ」

袋は三つもある。やけにたくさん荷物があるな、と部屋に入ってきた時から気になってはいたが。

瀬越は、うん、と曖昧に頷いて、袋をテーブルの上に置いて出て行ってしまった。

「ありがとうございます」

お礼を言った創の言葉も、聞こえたかどうか分からない。

高野がいつもどおり窓際の椅子に座って、弁当を広げる。創は、お見舞いだという袋を開けてみた。

淡い色でまとめられた、ピンク色のリボンがかかった花。創が知っている薔薇の花もある。そのまま飾れるようになっている、フラワーアレンジメントといわれるものだ。ふたつめの袋には、きれいな箱に入った、かわいらしいお菓子の詰め合わせ。それから最後は、大きな熊のぬいぐるみだった。これにもリボンが巻かれている。かわいい。かわいいけれど。

「……あいつ、だいぶ混乱してるな」

気の毒そうに、高野が呟いた。

熊のつぶらな瞳を見下ろしたまま、創も頷く。かわいい花に、かわいいお菓子に、かわいいぬいぐるみ。これらはどれも、女の子へのお見舞いに相応《ふさわ》しいような品々だった。

熊の黒い瞳が、じっと創を見上げる。なんだか今にも泣き出しそうな、哀しそうな顔をしているように見えた。

四十二

退院の日、高野は休みを取って、朝から付き添ってくれた。

創が身構えていた入院の費用についても、払っといたから、と言われてしまう。明細をくださいと頑張ったものの、元気になったらな、とはぐらかされてしまった。

行けるようにする、と瀬越も言っていたけれど、緊急で手術に入らなくてはいけなくなったとメールが届いていた。気にしないでください、と返事をした。

手首にしていたリストバンドを切ってもらい、患者着を脱いで着替える。もともとの創の持ち物は少ないので、鞄ひとつに全部おさまる。あとは高野が貸してくれた本や、瀬越がくれたお見舞いの品々だ。荷物をまとめたらぬいぐるみの熊が袋に入らなくなってしまったので、それだけ手で抱えていくことにした。ナルミの花束は、看護師に頼んでナースステーションに飾ってもらうことにした。

「忘れ物ないな」

高野は確認するように言って、そのあとすぐに、あっても俺が取りにくればいいか、と付け加える。

病室を出て主治医の先生と看護師たちに挨拶し、薬を受け取る。退院は出来るけれど、これからもしばらく薬を飲まなくてはいけないらしい。食事についてもあれこれ注意される。油っぽいものは出来るだけ控えるように、とのことだった。

「高野先生、俺」

あまりに自然にいろいろしてもらっていて、肝心のことを話すのを忘れていた。病院から駐車場に出て、高野の車に乗せてもらってから、はじめてそのことに気付く。

「どうした」

「俺、このまま、先生のお世話になっても、大丈夫なんですか」

大事なことを確認していなかった。高野は創のこれまでしてきたことも全部聞いてくれて、その上で、変わらず接してくれている。なにも考えずに、そのまま高野の部屋に連れて帰ってもらうつもりでいた自分に気付いて、創は少し恥ずかしくなる。入院している間に、甘え癖がついてしまった気がした。

「他に行きたいところがあるなら連れていくけど。俺としては、うちに来てくれるといちばん安心だな」

だからうちに来てくれないか、とお願いされてしまう。本来なら、頼むのは創のほうなのに。

「春まで、うちで冬眠するといい。それから先のことは、まぁぼちぼち、ゆっくり考えていこう」

車のエンジンをかけながら、穏やかな声で言われる。創は言葉が出なかった。

何度かぎこちなく頷いたあと、どうにか、お願いします、と、絞り出すような声でいうのでせいいっぱいだった。

荷物をほとんど高野が持ってくれたので、創は自分の鞄と、瀬越にもらった熊だけを抱える。

玄関の戸を開ける。高野が先に中に入ったので、創もあとに続こうとした。するとそれを、足元に荷物を置いた高野が、微笑んで見ていた。

「おかえり」

静かな声だった。穏やかで、いつも優しい。

今になって、気付く。これまでも、創がこの部屋を訪れる度、高野はそう言って出迎えてくれていた。あれはいつからだったただろう。きっと父親たちとの関係を知った上で、他に行く場所を持たない創のことを受け入れてくれていたのだ。その言葉に対して、創はいつも、お邪魔します、と頭を下げていた。

いまは、違う言葉で答えたかった。

「……ただいま」

一体、いつから口にしていない挨拶だろう。久しぶりに使ったその言葉は、何より創自身にとって大きな意味のあるもののように思えた。

ああ、と高野は笑う。創は後ろ手で玄関の扉を閉めた。

「寒いだろ。とりあえず、入ろう」

言われて、創は頷く。荷物を持って、高野は先に奥へ行った。それを追おうと、靴を脱ぐ。ふと、玄関の隅に見覚えのあるものを見つけた。ぼろぼろで、今にも破れてしまいそうな紙袋。中には洋服や歯ブラシなどが入っている。創が、このマンションのゴミ捨て場に置いてきたはずの袋だった。

気付いて、拾い上げてくれていたのだ。創にしてくれたのと、同じように。

無意識のうちに、熊のぬいぐるみを抱えていた腕を、ぎゅっと強くしていた。手の中に抱えた熊が、創にとって、苦しそうな顔をしていた瀬越そのもののように思えた。創にひどいことをしてしまったと言って、それを悔やんでいる人。

大丈夫だよ、と、いつか瀬越に告げた言葉を、胸の中で呟く。熊は、黒い目でじっと創を見上げていた。

大丈夫だよ、と、もう一度、心の中で語りかける。大丈夫、あの人がいるから。


高野は創のために、うどんを作ってくれた。

「病人は寝ていなさい」

「もう退院したから病人じゃないです」

「じゃあ座ってろ」

何か手伝おうと思って台所に立ったが、にべもなく断られてしまった。大人しく、座って待つ。

部屋の中は暖房とホットカーペットがあたたかいだけでなく、いつの間にか、新しい空気清浄機が置かれていた。この人きっと家電が好きなんだな、と、それを見ながら思う。そういえば、貸してくれた雑誌の中にも、そんな感じのものが混じっていた。

元気に泳ぐ熱帯魚を見ながら、ふたりで食事をした。胃を痛めた創のために、やわらかく煮込んでくれたのだろう。あたたかくて、優しい味のするうどんだった。口に入れると、ほろほろと涙が零れて来そうになった。

「先生、料理、上手ですね」

病人のために、いきなりこんなものが作れるのだ。仕事が忙しいから、普段は滅多に台所には立たないのだと以前は言っていた。創が来るまでは、ほとんど毎食、外食かコンビニの弁当だと聞いた覚えがあるし、実際、創の病室では、高野はいつも売店で買ってきた弁当を食べていた。けれど、やらないだけでほんとうは出来る人だったのだ。

「俺の得意料理は、バーベキューだ」

向かい合いでうどんを食べながら、高野は言う。湯気で曇るからだろう。また眼鏡をサングラスのように上にあげている。

「バーベキューって、何するんですか」

あまり料理という感じではない。肉や野菜を切ったり串に刺したりするのが得意なのだろうか。

「炭火をおこすのが上手だって、大学時代は重宝された」

それを聞いて、納得する。さすが探検部だ。

うどんを食べながら、色々な話をした。創の話をしてばかりだったので、高野のことを話してもらうように頼む。

「俺のことって、何を」

「何でもいい。先生のこと、全部」

少し困った顔をされる。ずっと年上の人なのに、その顔を、かわいいと思ってしまった。

「……俺が生まれたところは」

すると、生い立ちから話がはじまった。全部、と言ったからだろうか。やっぱりこの人面白いな、と、創はひとりで嬉しくなった。

高野が生まれ育ったのは寒いところで、過疎化が進んで今はほとんどひとが住んでいないらしい。小さい頃から、同じ年代の子どもが他にいなくて、周囲には自分よりずっと年上の人間ばかりだった、と話してくれた。

幼い頃からそんな環境にいたせいか、高野は昔から、年上の人とのほうが、話も気も合った。その中でも、少し離れたところに住んでいた母方の祖父にとてもよく懐いていたのだという。

学校に通うときには、電車に乗って遠くまで行かなくてはならなかった。はじめて同世代の人間たちの世界に入っていくことになって、そこにいつまでもなじめず、溶け込めずにいた。

よく小学校を脱走して祖父の家に行っていた、という話をする時、高野はとても優しい表情をしていた。その人への記憶が、そんな顔をさせるのだろう。

「お祖父《じい》さんのこと、好きだったんですね」

「ああ。魚が好きなのは、たぶん、あの人の影響だと思う。金魚屋をしてたんだ」

金魚屋、と聞いて、創は以前連れて行ってもらった熱帯魚の店のことを思い浮かべた。けれどあんな感じのところではなくて、金魚を養殖していたのだと言われた。金魚をたくさん育てて、それを業者や店に売っていたのだ。

周りの子どもたちとの関係がうまく築けず、じっと金魚が泳ぐ姿に目を凝らしている幼い姿を想像する。創も小さい頃、母親の実家にあった池で泳ぐ鯉を見るのが好きだった。魚の泳ぐ池の中は、人間の生きる世界とはまったく別の時間が流れているような気がしていた。

「優しくて、静かな人だった。祖母にも俺にも、誰に対してでも穏やかで……声を上げて怒ってるところなんて、見たことがなかった。俺も大人になったら、あんな風になって金魚屋を継ごうと思ってた」

高野が話す祖父の姿は、そのまま、目の前のこの人に重なる。

「どうして継がなかったんですか」

「俺が中学に上がった頃、祖父は病気になって入院した。まだまだそんな年じゃなかったはずだけど、一気に病状が悪化して……帯状疱疹《たいじょうほうしん》って分かるか」

分からなかったので、首を振る。とにかく痛いんだ、と説明してくれる。身体が弱り免疫力が低下することで発症する病気なのだという。

「病院に入ってからはずっと寝たきり状態だったから、もしかしたら少し、認知症の症状も出ていたのかもしれない。痛くてたまらなかったんだろうな。あの穏やかな人が、まるでひとが変わったみたいに、誰彼かまわず怒鳴りつけて、俺や祖母のこともまるで分からないみたいに、痛い、なんとかしろって暴れて……」

その様子に、高野は大きな衝撃を受けた。あんなに静かで、優しい人だったのに。きっとこんな姿、本人がいちばん、つらくて耐えられないものだろうに。

「結局、祖父はそのまま退院できなかったから、金魚屋も、やがて畳んでしまった。……どうして麻酔科を選んだのかって聞かれてたな。それが理由だよ」

「金魚屋になれなかったから？」

創の問いかけに、高野は笑った。うどんを食べ終わって、あげていた眼鏡を戻す。

「それもあるけど。俺は、麻酔だけじゃなくて、疼痛緩和《とうつうかんわ》をやりたかったから」

「とうつう……」

「ペインクリニックって聞いたことないか。うちの病院でも、緩和ケアって言って、俺も週一で外来に出てるんだけど」

知らなかった。麻酔科の先生の仕事は、手術をする人を麻酔で眠らせたり、創の母親のようにＩＣＵ《集中治療室》に入った患者さんの様子をみることだと思っていた。名前からすると、たぶん、痛みをやわらげる、ということなのだろう。

「痛いのはつらい。取り除けるものなら、なくしたい。何も知らなかったけど、子どもも心に、そう考えたんだと思う」

憎らしいくらい、いい話が聞ける、と瀬越が言っていた。このことなのだろう。確かにいい話だと思う。けれど、それ以上に。

「……先生らしい」

まだ深く、完全に知っているわけでもないのに、こんなことを言うのは失礼なのかもしれない。それでも、素直に、そう思った。

創の言葉に、高野は笑った。

「冷めるぞ」

話を聞くのに一生懸命になってしまい、箸がちっとも進んでいないと指摘される。慌てて、食べる。

「あとは……そうだな、鹿を飼いたくて、家まで連れて帰ったことがあったな」

予想外の言葉に、また、箸を止めてしまう。

「鹿って奈良公園にいるあの鹿ですか」

「その鹿だ」

高野は頷く。

「俺の田舎はすごくのんびりしたところで、よく動物が線路の上で寝ていて、電車を止めた」

その鹿ともそうやって出会ったのだという。学校の帰り、線路の上で寝ていた鹿を発見した。まだ大人になりきっていない、子どもの鹿だった。

こんなところで寝ていては危ないと思い、高野はその鹿をつついて起こしてやった。すると、何故か鹿はずっと後をついて来たのだと言う。それが可愛かった。ずっと一緒にいたいと思った。

「結局、家までついて来た。うちで飼いたいと親に言ったらあきれられた。一目惚れ《ひとめぼ》れなんだって説明したけど、分かってもらえなかった。あんた鹿と結婚するつもりですかって」

そうやって話している間に、いつの間にか鹿は山に帰って行ってしまったらしい。

「失恋した気分だったな」

真面目な顔で言われるので、笑うに笑えなかった。鹿とは結婚出来ない。

「おまえに初めて会った日、久しぶりに、そのことを思い出したよ」

思い出話だったはずが、突然自分のことを出されて創は戸惑う。そのこと、とは鹿のことだろうか。初めて会った日、となると、母親が手術をして、集中治療室に入ったばかりの頃だ。高野は暴れている患者さんに、棒読みでやる気のないお芝居をして、注射を打っていた。それを見ていて、思わず笑ってしまった創に、高野が声をかけてくれたのだ。顔色が悪い、と心配して。

「俺ですか？」

「ああ。人間に化けたら、きっとこんな感じなんだろうなって思った」

「鹿は化けたりしないと思いますけど」

どう言ったらいいのか分からなくて、創は適当なことを言う。高野は笑った。

「だろうな」

その後、高野に病院から電話がかかってきた。仕事の話らしく廊下に出てしまったので、創はひとりでうどんを食べた。器を空にして、高野が戻ってくる前に、と、ふたりぶんの皿を洗ってしまう。テーブルの上もきれいに拭《ふ》いて、片づけを終えて、また水槽の前に座る。お腹《なか》がいっぱいになったのと、絨毯があたたかいのとで、すぐに眠たくなった。横になって、目を閉じる。高野から聞いた話を思い出しているうちに、そのまま、眠り込んでしまった。

……目を開くと、自分では覚えのない毛布が掛けられていた。外が暗くなったのか、カーテンが閉められて部屋の中は電気が付いている。起きあがると、台所にいた高野が気付いて、おはよう、と言ってきた。もう、夕飯の時間らしい。

夜ごはんは鶏肉の入った雑炊だった。これも、やさしくて美味しかった。今度は食べ終わった後の片づけも、高野が全部ひとりでしてしまう。それが終わると、風呂の用意してくる、と洗面所の方に行ってしまった。何から何まで、甘えっぱなしだ。

病院で貰ってきた薬を飲むと、創の仕事はもうおしまいだった。せめて、と、入院していた間に借りていた本を袋から出して、他の本や雑誌が並んでいるところに戻しておくことにした。熊の写真集だけ、もう一度開いて眺める。満足して、本の山に並べようとして、ふと、目についたものがあった。付箋が付けられた、料理の本。「病み上がりの人の食事」というタイトルだった。

手に取って、付箋の付いているところを開いてみる。『胃を悪くした人』というページが出てきた。胃に優しいものを食べてもらいましょう、と、うどんや雑炊が載っている。

（……先生）

ため息をつきたいような気持ちになって、本を閉じる。わざわざ、用意してくれたのだ。創のために。

風呂の用意を終えたらしい高野が、着替えやタオルを持って居間に戻ってきた。創は本を戻す。

「これ、着替えな」

あのふわふわの気持ちのいいパジャマだ。受け取って、一度、絨毯の上に置く。じっと黙って見上げる創を、高野は不思議そうに見た。

「どうした」

聞かれたけれど、何も言えなかった。

来てもいい、と細めたその目が言ってくれている気がしたので、高野の肩に額を預けた。胸がいっぱいになって何も言葉を出せないまま、目を閉じてそのぬくもりに頬を寄せる。

黒いどろどろをすべて吐き出してからっぽになった胸の中に、いっぱいに満たされる何かを感じる。夜に見上げていた星の光か、冷たくて透明な水。きれいで、心地よい。思わず、深い息を吐く。

「……高野先生、俺」

順番がいろいろ逆だな、と、妙に余裕のあることを考えてしまう。照れたり恥ずかしがるようなことは、もう高野に全部、話してしまったからだろうか。

高野は顔を上げて、静かに創が話すのを待っている。おそらく、何を言いたいのかはもう伝わりきっているだろう。けれど、改めて言葉にしたかった。

「俺は、先生のことが好きです」

ずっと抱え続けて、大事にしてきたその想いを、壊さないように慎重に口にする。少しだけ、語尾が震えた。好きだと伝えたことよりも、声が震えてしまったことのほうが恥ずかしくて、知ってたかもしれないけど、と、ごまかすように早口に言って、うつむく。

「知ってたような気はするな」

じわじわと、顔に血がのぼる感覚。耳が熱い。

「でも、ちゃんと聞いたのは、初めてだ」

真っ赤、と、その耳を指で摘《つま》まれる。そのまま両手のひらで頬を包まれ、うつむいていた顔を上げさせられる。すぐ近い距離で、高野がこちらを見て目を細めていた。創の大好きな、あの優しい笑い皺。

風呂が沸いたことを知らせる電子音が響いた。

「一緒に、入るか」

からかうような声だった。それに、迷わず頷く。頷いた後で、ひとり慌てる。

「せ、先生、俺、男だよ」

「知ってるよ」

何を今さら、と、逆に笑われてしまう。それがなんだ、とでも言いたげな顔をした高野を見上げる。

視線を捕まえるように見つめ返されて、そのまま、触れるだけの短いキスをされた。

「あの鹿も、たぶん、オスだ」

四十三

一緒に入るか、というその言葉は、てっきり創をからかっているのだと思った。

けれど、手を引かれて風呂場に連れて行かれて、子どもの面倒を見るように、服を脱がされる。別に骨を折ったわけではないのだから、風呂ぐらいひとりで入れます、と言おうとしたところ、創だけでなく高野まで服を脱ぎだした。

そのときになって初めて、あの言葉は冗談ではなくて本気だったのだ、と気付く。気付いてやっと慌てたところで、もう遅かった。

ほら、と手を取られ、浴室に入るように促される。目の前の人の服をすべて脱いだ姿に、まともに目も合わせられない。かろうじて、自分の生白い肌と比べて、その肌が健康的に日焼けしていることに気付く。探検部活動の名残《なごり》だろうか。

椅子に座らされて頭からシャワーを浴びせられ、犬を洗うように、丁寧に髪を洗ってもらう。

恥ずかしいのと申し訳ないのと、そもそも誰かとこんな風に一緒に風呂に入った記憶がなくて、創はまだ気持ちが事態に追いつかない。ただ、肌に触れるお湯のあたたかさと、頭を洗ってくれる指が心地よいことだけは分かった。

髪が終わったら、今度は、身体だ。スポンジにたくさんボディソープの泡をたてて、撫でるようにすみずみまで洗われる。高野が落ち着いて普段通りに見えるのは、職業柄、他人の裸なんて見慣れているせいか、あるいは、大人としての経験の差だろうか。

（……気持ちいい）

ひとに丁寧に触れてもらうのは久しぶりだった。

ただでさえ創は高野よりずっと年下なのに、こうしていると、ひとりで立つのもおぼつかない、小さな子どもになったような気がした。大きなこの人になにもかも任せて委ねていられることに、身も心もゆるんで、安心感に満たされる。

また、小さな動物を洗うようにシャワーのお湯を掛けられて、泡を流される。そのまま、はい終わり、と、浴槽に入れられた。

病院でも風呂には入れたけれど、バスタブはかなり狭かった。ここは、足を伸ばして入れる。ちょうどいい温度のお湯に浸かって、浮ついていた気持ちが少し落ちついた。

身体を沈めて、顎を浴槽のふちに乗せて、髪を洗い出した高野を見てみる。じわじわと、今の状況を思い知る。洗ってもらってしまった。髪にも、肌にも、あの指で触ってもらった。

高野は身体を前に傾けて、髪を洗い流している。顔が見えないので、思わず、じっとその背中を見つめてしまう。広い背中。服を着ている時より、ずっと大きく感じられる。

あの背に、背負ってもらったのだ、と思い出す。創はその時、薬を飲んで意識が朦朧《もうろう》としていた。けれど、深く沈み込むようなどこまでも心地よかった感覚は、今でも覚えている。

服を着ていないあの背中にじかに触れたら、いったい、どれだけ。

「ちょっとだけ詰めてくれ」

声をかけられて、はっと我に返る。洗い終わった高野が、浴槽に入ろうとしていた。多めに張られていたお湯が、少しあふれる。言われたとおり、創は伸ばしていた足を曲げて小さくなった。

「こっち」

必要以上に縮まった創を笑って、高野が手招きする。ここまでしているのに拒む言い訳も思い浮かばずに、そちらに身を寄せた。バスタブの中で、同じ向きにぴたりと密着して座る。

創は高野の上に乗る体勢になった。お湯の中だから、重たくはないのだろう。それにしたって、肌と肌とが触れてしまうのは避けられない。どうしたらいいのか分からなくて、泣きそうな気分だった。恥ずかしくて、そんな自分がみっともなくて、うろたえていた。

「こら、逃げるな」

それを見透かされたのか、笑って後ろから腕を回される。ひ、と変な声が出てしまった。

「せ、せんせい、俺、がりがりだから」

思わず、そんなことを口走ってしまう。瀬越が創の裸を見た時に言っていた。こんなのが嬉しい人もいるのかな、と、それが理解できないと言いたげに、冷たく笑って。

創がそんなことを口走ったせいか、高野は後ろから回していた手で、そのがりがり具合を確認するように浮き出た肋骨に触れてきた。ちょっと力を入れたらすぐ折れそう、と、それも瀬越に言われた。

「確かに、ちょっと痩せすぎだな。入院した時に、見てはいたけど」

「見てたんですか」

「着替えさせたし、そりゃ見るだろ。その時はどっちかというと」

何か言いかけて、黙ってしまう。触れられている手のひらが、大きくてお湯の中でも熱い。

「なんだこれは、って、そっちのほうが気になった。どう考えても、殴られた痕だったから」

しばらく沈黙を挟んで、高野はそう口にした。痕、と言われて、創は自分の身体を見下ろす。服から出ているところ以外は、あまり気に掛けたことはなかった。言われてみれば、青くなっていたり赤くなったりしているところが結構ある。

「殴ったり蹴ったりするのが好きな人がいたから」

自分でもはっきり覚えているわけではないが、たぶん、その時についた痕だろう。そういう相手はだいたい一度きりで、何度も同じことをされていたわけではない。だから、たまたまそれが残っているだけなのだと伝える。放っておけば治るもので、気にすることはないのだと言いたかった。

高野はそれを聞いても、何も言わなかった。回された腕が少し強くなって、ぎゅっとその中に抱き込まれる。背中に弾力のある肌が触れて、その感触に背筋がぞくぞくと震えた。目を閉じて、息を漏らす。

「瀬越か」

「違います」

耳のすぐ近くで、声がする。耳朶《じだ》に唇が触れてしまいそうなほど、距離が近い。

「瀬越先生は、そういう暴力的なことは、ぜんぜん」

手を上げられたり、怒鳴られたり、そういうことは一度もなかった。それどころか、買い物に連れて行ってくれて洋服も買ってくれたし、お洒落《しゃれ》なカフェでごはんもご馳走《ちそう》してくれた。行きたいところはないかと聞いて、海にも連れて行ってくれた。

それらは、決して創を苦しめたり、痛いと思わせるようなことではなかったはずだ。なのに、今その時のことを思い出すと、息が苦しくなった。

「殴ったり、蹴ったりするのだけが暴力じゃない」

高野は静かに言って、それきり黙ってしまった。創も、何も言えなかった。その言葉が、わけも知らず胸を突いた。

ふいに高野が創の両手を取って、操縦するようにゆらゆらさせて遊びはじめた。おとなしくされるがままになる。手のひらがばしゃばしゃとお湯を跳ね上げて、顔にも飛んできた。まるで泣いているみたいに、頬が濡れる。

「先生、俺」

身体の向きを少しずらして、後ろにいる高野の顔を見上げる。創の視線を受けて、高野はそれまで遊んでいた手を止めた。続きを促すように、ひとつ頷かれる。

風呂に入っているのだから当然なのだろうけれど、高野は眼鏡を掛けていない。見慣れないはずのその顔は、それでも、見ていると何故か、とても懐かしい気持ちになった。胸が震える。

「……俺、嫌な人間なんです」

好きだと告げたその言葉を、高野は撥《は》ね付けたり、否定したりしなかった。以前の創なら、それだけで天にものぼる気持ちになって幸せになれただろう。ただ想うだけで満足という気持ちだったなら、微笑んで受け止めてもらえたことで十分満たされて、きっと他には何も望まなかった。

いまの創は、違う。自分以外の誰かに、心ではなく身体を支配される快楽を知っている。そして、想う相手が、自分ではない他の誰かを選んで、触れて、その快楽を分け合うことへの嫌悪も。そのふたつが、胸に宿って消えない。

「俺は、嘘つきで、嫉妬深くて、わがままで……」

思いつく限り、次から次へと口にする。自分の駄目なところと嫌なところ。持っているのも嫌になるような、汚い自分。言葉をいくつ使っても、言い尽くせる気がしなかった。

「なんで笑うんですか」

高野は笑っていた。不服、というよりも、不思議に思って尋ねる。創があまりにも、子どもっぽいことを言ったせいだろうか。

「おまえにとって、自分以外の人間はみんな完璧なんだな。他人は怒ったり、嫌なことを考えたりしない生き物だと思ってるんだろう」

そんなつもりではなかった。創だって、ひとから怒られたり、やつあたりのように罵《ののし》りの言葉を吐きかけられたことがある。違う、と言おうとしたけれど、ある意味では、高野の言うとおりのような気がした。

創にとっての「よい人間」とは、創以外のすべての人のことなのかもしれない。そんなことに気付く。

「だから、ひとの言ったことをそのまま全部受け止めて、受け入れてしまうんだ」

納得した、と言いたげに、高野はひとりで頷く。

「大人は子どもがそのまま大きくなっただけだし、いくつになっても、嘘はつくし嫉妬もする。みんな自分のことを一番に考えてるよ。ひとや状況によって、その自分の範囲が広かったり狭かったりするだけで」

「先生も？」

この人も、嘘をついたり、誰かを憎んだりするのだろうか。あまり想像出来なかった。

「俺も、おまえに嘘をついたことがある」

「え……」

いつの、どれだろう。考えようと記憶をたどるけれど、それらしいものは思いつかなかった。

「ずっとおまえに、興味のない振りをしていた」

それを聞いて、そこまで飢えていない、と言われたことを思い出す。この子でいいから嫁《よめ》に貰ってしまえ、と、瀬越が冗談めかして言っていた時だ。あの時それを聞いて、創はひたすら、味のしないからあげを飲み込み続けていた。

「おまえの好意は真っ直ぐで、全然隠れてなかった。俺がちょっとでも動けば目があとを追ってたし、振り向いて俺の顔を見つけた時なんて、それまでの無表情に、とつぜん光が灯《とも》ったみたいになって
……全然、隠せてなかったよ」

目を細めて、高野は笑った。創は手のひらで顔を覆って隠そうとして、あきらめる。どうせ今も、隠せていないのだろう。

「微笑ましかった。俺はあんなことがあって離婚したあとだったし、それでもこんな風に慕ってくれ

る誰かがいることを、正直に嬉しいと思った。だからひとりで色々なことをどうにかしようとしてるおまえのこと、助けてやりたかった」

「……俺じゃなくても、たくさん、いますよ」

高野に好意を抱いたことのある人間が、創だけであるはずがない。

「俺も同じことを考えてたよ、ずっと」

もしかしてこれは、高野なりの告白なのだろうか。そんな都合のいいことを考えてしまう。

「だからこそ、駄目だと思った。大事にしないといけないと思って。おまえにはまだまだ、これから先の人生にいろんな可能性があるのに、ここでこんな男につかまるわけにはいかないって、そう考えて」

だってそれは、「普通」ではないから。十以上も年の離れた、それも同性の相手を望むなんて。「普通」は、そんなもの、求めたりしないのに。

「その言葉に、自分がさんざん振り回されて、嫌な思いをしてきたはずなのに。いつの間にか、俺もそんな風に考えてた。そのせいで、おまえをずっとひとりで頑張らせてしまったんだ。……間に合ってよかった、ほんとに」

高野の声には、どこか自分を責めているような響きがあった。

「俺、普通じゃない先生が好きです」

マイペースで、独特のゆったりした空気。熊のように、どこかのっそりとした動き。あたたかな言葉と体温。

「ちょっと変だけど、それが好き」

だから、と見上げる。身体をひねって、その首筋に手を回してすがりつく。浴槽が窮屈で、うまく身体を寄せられない。

「狭いな」

高野は笑った。その唇を、創は自分の唇で塞ぐ。自分からしたのは初めてだな、と、ふとそんなことを思う。高野に、だけでなく、ほんとうの、初めて。

好きな人の唇はあたたかくて、まるでむき出しの熱そのものに触れたようだった。指で触れるのでは決して味わえないやわらかさに、すぐに夢中になる。裸の胸を押し付けて、ぎゅうぎゅうと相手との隙間をなくそうとする。上手なやり方も分からないまま、懸命に唇を重ねて吸う。その度に、心臓が大きく音を立てて動く。身体中の血が熱かった。生きている、と感じた。

高野は創の拙い動きにも、ゆるやかに応じてくれる。背中に手のひらを回して、強く引き寄せられた。

「……、ふ」

少しだけ、舌先を触れ合わせる。それだけで背中がぞくぞくと震えて、こらえきれずに首筋をそらしてしまう。それが限界、という反応に思われたのか、高野は笑って、創を放した。

「今日はここまで」

病み上がりなんだから、と、労《いたわ》るような目で言われる。お湯にずっと浸かっていたせいでのぼせたのか、それ以外のことのせいなのか、顔が熱くて頭がふらふらする。熱いのは顔だけではなかった。

けれど、創の身体のことを考えて言ってくれていると分かるので、聞き分けのないことを言って困らせたくなかった。

ぎこちなく身体の向きを変えて、高野から見えないように隠そうとする。努力したつもりだったが、狭い浴槽の中では限界があって、見つかってしまった。

「若いなぁ」

感心するような言葉に、なおさら恥ずかしくなった。創は膝を抱えて身体を小さくする。

「だ、大丈夫です」

「そのままでいるのもつらいだろ。立てるか」

うう、と、うなりながら立ち上がる。恥ずかしかった。高野の方が見られない。

何をどうされるのか、考えると怖かった。恐怖からではなくて、どちらかというと、期待のようなものを抱いてしまっている自分が怖い。高野が普段と変わらず、平然として見えるから、余計に。

「ひゃ」

突然、なんの前触れもなく、熱を持っている部分に指で触れられる。腰をひいて逃げようとしたのを、逆の腕で摑まれて、止められる。

「こわいか」

まるで創の内心を見抜かれたように、見上げられる。

創は立ったけれど、高野は浴槽の中に半身を沈めたままだ。ゆるやかに、撫でるように表面をなぞられながら、そっと聞かれる。

「いろいろあっただろ、おまえ。こうやってされるの、嫌じゃないか」

触ってしまってから、聞かれている。創のナルミとの「仕事」のことや、瀬越とのことがあるから、気遣って聞いてくれるのだろう。もし創が怖いから嫌だと拒めば、この人はきっとこれ以上何もしない。

「嫌じゃない」

それを、寂しいと思ってしまった。自分がどうなるか分からなくて怖いけれど、止めないでほしかった。

高野はそれを聞いて笑ったらしかった。手に触れられているものに、吐息がかかる。それだけの刺激に、びくりと背中を震わせる。

「じゃあやめない」

まるで子どものような口ぶりで、そんなことを言われた。

大きくて、あたたかくて、やわらかい感触。手の皮膚の、どこかかさついた乾いた感覚ではない。それが何なのか理解できなくて、高野を見てしまう。信じられなかった。自分が、何度も、ひとにしていたこと。それを高野が創に対して行っているのだと、すぐには理解出来なかった。

「せ、せんせ、……っ」

高野は創の腰を腕で止めて、動けないように固定している。その状態で、口に含まれていた。浅く先の方だけ含まれて、舌で味わうように舐め上げられて、足ががくがくと震えた。身体を支えていられなくて、壁に手をつく。

「あ、あっ、あ」

声が風呂場の湿った空気に響く。口を押さえて隠したいけれど、身体を支えるだけで精一杯で、声が抑えられない。ひ、と、喉の奥が鳴る。腰に回された手が、なだめるように肌を撫でた。触れられた箇所も、そうでない箇所も、皮膚がひりつくように熱を持ってしまう。

「だめ、だめです、そんなこと」

創の反応をひとつひとつ確認するように、唇をすぼめられたり舌を絡められる。

自分がこれまでに、いろいろな相手にしてきたことだ。それを、まさかよりによって、この人にしてもらうことになるなんて。口でされていることそのものの刺激とあわせて、その事実がなおさら創を追いつめる。

こんなに気持ちのいいものだとは思わなかった。さっき夢中で吸っていた唇の中が、こんなに熱くて、やわらかいなんて。ぬめついた粘膜に、敏感な場所がくるまれて吸い上げられると、背骨ごと抜き取られそうなほどだった。

目の前が真っ白になる。声が、抑えきれない。

「先生、いっちゃう、俺、いっちゃうから……！」

だから口を離して、とお願いしたいのに、言葉にならない。

うん、と何度か、頷かれたような気がした。それでも高野は離れてくれない。それどころか、急《せ》かすように、またきつく喉の奥の方までくわえこまれる。そんな風にすると、息が詰まって苦しいだけなのに。自分がひとにしていた時の感覚が蘇る。いまは、そんなことにも興奮が追い上げられるだけだった。

「や、あ、あ、ああ……っ！」

身体が大きく震える。結局、逃れられなかった。引こうとした腰を摑まれて、そのまま、全部、吐きだしてしまう。高野はそれを、平然とした顔で飲み込んでしまったようだった。

「ご、ごめんなさい、ごめんなさい」

なんてことを、と慌てる。ふらついた足元を支えられた。

「ちょっと、冷えたな」

落ち着いた声で、高野はそう言った。まるで何事もなかったようなその態度に、創は頭がくらくらしてくる。ぼうっとして、何も考えられなかった。

もう一度湯船に浸かって、後ろから、高野に抱かれる。首筋に顔を埋められて、匂いを確かめられた。やっぱりおまえだけいい匂いになるなぁ、と、不思議そうに呟かれた。

「……先生、奥さんともいつも、こんなことしてたんですか……」

「奥さんにこれは付いてなかった」

「それはそうでしょうけど」

声が、身体全体に伝わる。全身が心地よい痺れで満たされていて、このまま眠ってしまいたかった。

「俺も、先生の、したい」

高野は笑って、また今度な、と言うだけだった。創の体力が尽きかけていることなんて、お見通しなのだろう。

「もっと元気になってからな」

大人の発言だった。それはつまり、間に合っていますということだろうか。創が眠たい頭で哀しく思っていると、両頰を軽くつまんで、ひっぱられた。

「我慢する楽しみっていうのもあるんだよ」

頰をつままれたまま、高野を見る。

「俺、誰かに、してもらったの初めて」

いつもはするほうだったから、と、ぼんやりと呟く。一度知ってしまったら、もう忘れられない。それほどの、強い快楽だった。瀬越が教えてくれたものとは、また違う種類の。

「そうか」

回された腕が、少しだけ強くなる。高野はどこか、嬉しそうにも見えた。

大人でも嫉妬する、とさっき言われたことを思い出す。あたたかい腕の中で、ほんとうなのかもしれないな、と思った。


その夜は狭いベッドで、ふたりで眠った。

ひとり居間のソファに残しておくのがどうしても可哀想に思えてしまって、熊のぬいぐるみも寝室に連れてきた。けれどベッドでは創と高野が眠るのでいっぱいで、布団には入れられなかった。

——怒って。

高野の胸に耳を当てて、心臓の音を聞く。

——俺のこと、怒ってよ、創ちゃん……。

あたたかい腕の中にいるのに、思い浮かぶのは目を伏せた瀬越の表情だった。罪悪感に、胸がちくりと痛んだ。高野にも、瀬越にも。

顔を見に行きたい、と、瀬越からメールが届いていた。どんな顔をして会えばいいのか、創には分からなかった。瀬越が、何を望んでいるのかも。

無意識のうちに、ぎゅっと高野の腕にすがりついていた。まだ起きていたのか、と寝かしつけるように、背中を軽く叩かれる。

「一緒にいるよ」

安心させるように、そっと囁かれる。その言葉に安心して、目を閉じた。

まるで、創の抱えている不安ごと全部包まれたような、そんな気分だった。

四十四

創が目を覚ますと、隣にいるのは、高野ではなく熊のぬいぐるみになっていた。眠たい目をこすりながら、熊を連れて寝室を出る。

居間には誰もいない。高野はもう仕事に行ったようだった。あの人の隣にいると、どうしても寝すぎてしまう。

テーブルの上に、高野の字のメモが置いてあった。文章ではなくて、いくつかの項目が箇条書きになっている。うどんが作ってあるから温めて食べる、部屋にあるものはなんでも自由に見たり使ったりしてよし、できるだけなにもせず身体を休める。あれこれ書かれた最後に、「はやめに帰るから、夕食の用意はしなくてよし」とあった。

昨日の夜、瀬越から届いていたメールをもう一度見てみた。顔を見に来る、と言っているのは、おそらく夜のことだろう。一緒に夕飯を食べるかな、と考えて、以前、三人でよく一緒に食事をしたことを思い出す。それほど前のことではないはずなのに、ずいぶんと、遠いことのように思えた。

外出する気はなかったけれど、一応、服を着替える。創の洋服は洗濯されてベランダに干されていたので、高野のジャージを借りる。分かっていたことだったが、袖も裾《すそ》も余った。

入院していた時は、寝ているだけでなく、検査やら診察やら、結構こまごまとすることがあった。けれど今はもう何もない。することといったら薬を飲むことぐらいで、あとは完璧に自由な時間だ。

なにかしなくては、という思いはあった。それでも今は、高野の言うとおりにしよう、と思う。できるだけなにもせず、身体を休める。

高野の本をいくつか選んで、熊のぬいぐるみを座らせたソファに横になる。途中、食事と手洗いに立つ以外は、ずっと本を読んでうとうとと昼寝をして過ごした。こんなことをしていたら駄目な人間になりそうだ、と思いつつも、とても心地よい時間だった。


その日はウミウシの写真集と、ネズミが大発生して人間を襲うサスペンス小説を読んだ。買い物をしてきたらしく、両手に大きな袋を抱えて帰ってきた高野に、それを報告する。ウミウシは、これが生き物なのかと信じられないほど色鮮やかできれいなものがたくさんいたし、ネズミのほうは恐ろしかった。途中、都道府県がひとつ全滅してしまった。

「そっちは、あんまり精神的に良い選択じゃなかったな」

創が小説の感想を伝えると、高野は笑った。創も笑う。

「でも、面白かったです。最後がすごかった。俺、こんなに本を読めたのって初めてかも」

これまでも、休日に図書館に行ったことがあった。本が読みたいから、というよりは、他にどこにも行くところがなかったからだ。一応、いつも本を読んでいたけれど、丸一日を費やしても、一冊読み切れたことがなかった。しかも内容も、読んだその直後に忘れてしまって、次に来た時には前になにを手に取ったのかも覚えていなかった。

自分は集中することが苦手で、読書もろくに出来ないのだと、そう思っていた。

「先生は、いろんな本を読むんですね」

居間にも寝室にも、本棚はない。テレビ台になっている棚や、床に本や雑誌が積み重なっている。その山を見ていると、高野の趣味をひとつひとつ教えてもらっているようで嬉しくなった。熊やウミウシのような動物の本をはじめ小説や旅行の本が多くて、医学系の難しそうな本はほとんどなかった。

「押し入れの中にもあるから、面白かったやつとか出しておくよ」

創の言葉に高野は目を細める。この人の言う押し入れとはクローゼットのことだ。楽しみにしてます、とお礼を言いながら、台所に向かった高野のあとを追う。瀬越のことを話すのを忘れていた。

「瀬越先生からメールがあって、顔を見に来てくれるって」

冷蔵庫に買ってきたものをしまいながら、高野は、ああ、と頷いた。

「今日、病院でも言われた。絶対になにもしないし玄関より先には入らないから、少しだけ行ってもいいかって」

そう言った人の顔が、目に浮かぶようだった。

「俺、そんな、気にしてないのに」

「こんなことを言うと、おまえは困るだろうけど」

高野は冷蔵庫を閉める。ばたん、と、その音がやけに響く。

「あいつが気にして悩むのは当然だし、必要なことだと思う。それだけのことをしたんだ」

その言葉を聞いて、創はうつむいた。高野の静かな目を見ていられなかった。ほんとうに、そうなのだろうか。それでいいのだろうか。

創の表情に、思ったことが全部あらわれてしまったのだろう。高野は笑って、創の両耳を軽くつまんで引っ張った。思わず、顔を上げてしまう。

「だけど、おまえはおまえで、無理して怒ったり、恨んだりしなくていいんだよ」

それがおまえのいいところだ、と、引っ張った耳を放して、両頬を一度、軽く叩かれる。

「あいつも来るなら鍋にするか」

高野は何事もなかったように呟きながら、台所を出て行ってしまった。

創はひとり、自分の手で頬と耳を包む。全然痛くなかったはずなのに、そこがじんじんと痺れている気がした。

来客を告げるチャイムが鳴った。

台所で鍋の用意をしていた高野に、たぶん瀬越だと思うから出てくれないか、と頼まれる。返事をして、玄関へ向かった。

鍋の準備はほとんど高野がしていた。創は箸や器を並べたぐらいだ。いまひとつの味だったおでんのことを思い出すと、そのほうがいいのだろうと思う。

扉を開ける。高野の言っていたとおり、そこには瀬越が所在なげに立っていた。創が出てくるとは思わなかったのか、瞬間、ひるんだような顔をされる。

「こんばんは」

創から挨拶をすると、うん、と曖昧に頷かれた。

「具合はどう」

「すっかり健康体です」

創の返事もまるで耳に入らないように、ひとつ頷かれただけだった。

「これ、お見舞い」

持っていた袋を渡される。受け取った瞬間、ひやりと冷気が手に伝わった。

「食欲なくても、口に入れられるかなと思って」

袋をのぞき見る。創が食べたことのない、高いアイスクリームがいくつも入っている。コンビニでバイトをしていた頃、時々これを買っていく人がいた。お金持ちしか食べられないアイスだ。いつもそう思いながらレジを打っていたことを思い出す。

お礼を言って、どうぞ、と中に入ってもらうよう促す。瀬越は首を振って、それを拒んだ。

「ちょっと顔見たかっただけだから。邪魔したくないし、ここでいいよ」

「先生も来るからって、鍋にしたんですよ。一緒に食べましょう」

創は笑いかけて、瀬越の手を取った。触れたことで、瀬越が一瞬、戸惑うように創を見る。

その目を受け止めて、何も言わずにひとつ頷いた。怒らなくてもいいし、恨まなくてもいいのだと、高野がそう言ってくれた。それが、創には嬉しかった。どうしたらいいのか分からずにいた自分の弱さごと、許してもらえた気がした。

だから創も、どうしたらいいのか分からずにいるような瀬越に、優しくしたかった。

「ありがとう」

聞こえるか聞こえないか、ぎりぎりの大きさの声だった。

居間に戻ると、高野がテーブルに鍋の用意を終えたところだった。

「おつかれ」

「……お邪魔します」

挨拶を交わすふたりを置いて、もらったアイスを冷凍庫に入れさせてもらう。お金持ちのアイスは、六つもある。それも全部味が違った。ひとりふたつずつだな、と、そんなことを考えた。

食卓は、和《なご》やかだった。玄関で立ち尽くしたような顔をしていた瀬越の表情も、少しずつほぐれてくる。あたたかい部屋で、あたたかい食べ物を三人で食べた。高野は瀬越に、最近外科から麻酔科にうつってきた研修医の話をした。

「手術室で、器用に立ったまま寝るんだ。指導医の先生に声かけられると、ずっと起きてたみたいにぱっと目を覚ましてハイって返事して」

「ああ、あのちょっと江戸っ子っぽい奴でしょう。漁師の息子らしいですよ」

瀬越も笑った。どういう人なんだろうか、と話を聞きながら、創も箸を取る。

ゆっくり少しずつ食べなさい、と高野に言われて、小さめの豆腐と鶏肉を器によそう。まだあまり、食欲はなかった。こうやって三人でまた一緒に食事をとれることが、なにより胸をいっぱいにした。それだけで、なにも食べなくても平気な気すらした。

食べ終わって片付けを手伝おうとすると、高野と瀬越、ふたりからそれを止められる。はい、と水の入ったコップを渡されて、おとなしく食後の薬を飲んだ。こんなに何から何までしてもらっていると、そのうち何もできなくなってしまいそうだ。

「創ちゃん」

ソファに座って薬を飲んでいると、隣に瀬越が座った。熊のぬいぐるみがいるのに気付いて、苦笑いをされた。少しは、混乱は落ち着いただろうか。

「元気になってくれて、ほんとうに良かった」

もちろんまだ薬は飲まないといけないし、これからも油断は禁物だけど、と、自分の発言を補うように、付け加える。

何かを話そうとした瀬越が、言葉が見つからなかったようにまた黙り込む。遠慮したのか、座った場所が離れていたので、創のほうから、少し距離を詰めた。

それに心を決めたのか、瀬越はゆっくり口を開いた。

「きみに、謝らないといけないことがたくさんあるね」

そんなこと、と首を振ろうとして、やめる。創のするべきことは、ただ話を聞くことのような気がした。

「創ちゃんが薬をたくさん飲んで、病院に運ばれた時、俺が何をしていたと思う?」

問いかけのようだったけれど、たぶん、そうではなかった。自分をいじめるような言い方だった。

「病院の子たちと、食事に行ってたんだ。休みの間ずっと、いろんな子たちにお世話になってたから。藤田先生とのことも、みんな、俺だけに問題があるんじゃないって庇ってくれたりして……」

翌日から仕事に復帰出来ることになって、だから、そのお礼に、と、みんなで食事に行ったのだという。仕事に出られなかった間も、瀬越は患者のことを気にしていた。病棟の看護師たちが協力してくれたのだと、高野からも聞いた。そのお礼だろう。

「……楽しかったんだ。楽しく飲んで、騒いで、みんなありがとうって、みんなのおかげだよって俺はそんなこと言って……」

なにも、おかしい話ではないように思えた。瀬越がどうして、そんなに泣きそうな顔をするのか創には分からなかった。

台所から聞こえていた水音が止む。後片付けを終えた高野が、いまにも頭を抱えそうな瀬越と、その隣で戸惑っている創を見る。邪魔をしないように、と思うのか、ソファには並ばず絨毯の上にあぐらをかいて座った。

「創ちゃんがそんなことになってるなんて考えもしなかった。それどころか、自分が厄介払いをしたかっただけなのに、欲しがってた金をあれだけ渡してやったんだからって、自己満足みたいな気持ちさえあった」

「先生は、悪くないですよ」

瀬越にそう言わせるのは、すべて、創の行いの結果だ。父親たちにとって自分の存在を消してしまいたかったように、瀬越にも、創のことを嫌いになってもらおうと思った。だからそんなことを考える必要はないのだと、安心してもらいたかった。

「俺、先生には、なにもしてあげられなかったし」

「優しくしてくれてたよ」

ずっと、と、震える声で瀬越は言った。

「俺があんなふうに、冷静に、患者さんのことや病院のことを考えられたのは、やるべきことがちゃんと出来てたのは、たぶん、創ちゃんのおかげだから。いろんなことがうまくいかなくて、苛々した気持ちとか、鬱屈《うっくつ》とか、全部、きみにぶつけてひとりで楽になってた。……あんなに乱暴に誰かを扱ったことなんてなかった。なかったんだ」

瀬越はそう言って、今度こそほんとうに頭を抱えてしまった。創は慌てる。

「先生、大丈夫だよ、俺、女の子じゃないし。先生よりもっとひどい相手もたくさんいて、怪我とかしょっちゅうだった。あれくらい俺、ぜんぜん、平気だったよ」

だから大丈夫、と創は繰り返す。それを聞いて、瀬越は顔を上げた。創の顔を、じっと見る。しばらく何かを考えるような間を置いてから、そうだね、と、低く呟かれた。

「……そうだったね。俺だけじゃなかった。他にも、何人も相手がいて……汚いんだった、きみは」

瀬越、と、高野が制止するように名前を呼んだ。瀬越はそれを聞く気がない、とでも示すように、一度、軽く首を振る。

「平気だ、大丈夫って、いつも口だけだし。真っ青な、誰が見ても無理してるって分かる顔でそんなこと言われても、痛々しくて見てられなかった。何ひとつ人並みにできないくせに、何かできることがあるならなんでもしますって、張り切って勘違いしちゃってさ……」

馬鹿みたいだったよ、と、嘲るように笑われる。

創はその言葉ひとつひとつを、黙って聞いていることしかできなかった。

「黙ってないで、たまには何か言い返してみたら」

「たぶん、そのとおりだから。何も、言えないです」

創が答えると、瀬越はそれまでの挑むような目をゆるめた。光が消えたように、一気に弱々しい顔に戻ってしまう。

「……ごめん。ほんとうに……」

そう言って、また、手のひらで顔を覆ってしまう。創はどうしたらいいか分からず、落とされた肩に手を添えた。もう、振り払われたりはしない。

「見たでしょう、先輩」

顔を伏せたまま、瀬越は高野に向かって、吐き捨てるようにそう言った。

「この子はすごく素直だから。隠してるつもりでも、ほとんど、思ってることが顔に出てる。いつも、大丈夫って言いながら、ちょっと冷たいことやひどいことを言われると、すごく傷付いた顔をしてた」

高野はもう口を挟まず、黙っている。瀬越が何を言おうとしているのか、聞くことにしたようだった。

「だけど、それがだんだん、何を言われてもいまみたいに、平気な顔をして黙って聞くだけになった。俺がどんな嫌なことを言っても、そうですね、ほんとうにそうですねって、表情も変えないで淡々と頷くだけになって……いまも、同じだった」

それを受けて、高野は静かな目を創に向けた。見られたくなくて、思わず、目を逸らしてしまう。

瀬越の言っていることが事実なのかどうか、創自身には分からなかった。

「身体ももちろん、傷つけた。けれどそれ以上に、心を傷めつけて、さんざん踏みつけて、そのまま放り出したんだ。……ひどいことをしたんだよ、俺は」

独り言のようだった瀬越の言葉が途切れて、沈黙が流れる。

「おまえは、どうしたい」

ふいに、高野が言った。創に向けた言葉なのか、瀬越に対して言ったことなのか、どちらとも取れた。

瀬越は高野ではなく、創の方を見た。

「俺のことを許してほしいとか、怒ってほしいとか、そんなことは言わない。それは結局、俺が、そうしてもらったら楽になるって、それだけだから……」

生真面目な声と表情だった。

「……俺はきみに、誰よりも幸せになってほしい」

瀬越はそこで言葉を切って、笑顔を見せた。

「だから、それには、俺じゃだめなんだ」

無理矢理つくったような、見ていると悲しい気持ちになる笑い方だった。

「瀬越先生」

そんな顔をしないでほしかった。何をどう言ったらいいか分からないまま、そっと呼びかける。

「俺は、間違えたんだ」

けれどそれよりも先に、言おうとしたことを遮られてしまった。

「ただそばにいて、話を聞いてもらえばよかったのに。大丈夫だよって言ってもらって、そのまま、一緒に眠るだけでよかったのに。でも俺は、そうじゃないほうを選んでしまった。疲れて、酔って、いろんなことが嫌になって……取り返しのつかないことになるって分かってても、ただ目の前にある優しくてきれいなものが、無性に憎らしくて、壊してしまいたくなって」

それに、抗いきれなかった。瀬越が口にするその思いを、創も知っている気がした。

自分が誰にも必要とされていないと感じた時に、そんな風に思ったことがある。こんなものどうにでもなってしまえばいいと、自分自身のことを嫌いになった。黒くて、どろどろに汚れた醜いものだと、そうとしか思えなかったことが、確かにあった。こんなもの壊れてしまえばいい、捨ててしまえばいいと思う、凶暴な衝動。

相手が自分であるか、他人であるかの違いはあるけれど、それと似ているように思えた。

「先生に、嫌われたんじゃなくてよかった」

出来るだけ軽く聞こえるように、創は笑った。きっと創が泣いたり怒ったりしたところで、この人の心を完全に晴らすことはできない。

創にできることがあるとすれば、わずかでもいいから、それを軽くすることぐらいだろうか。

「嫌いなわけない」

瀬越も、少しだけ笑ってくれた。

ずっと静かに見守っていた高野が、立ち上がる。

「おまえたちふたり、似てるな」

大きな手のひらを片方ずつ、瀬越と創の頭に乗せて、ぐしゃぐしゃと髪をかきまわすように撫でられた。まるで犬になったみたいで、創は心地よさに目を細めてしまう。けれど瀬越には不評で、やめてください、と手を払いのけられていた。

「似てないですよ」

創と同じにされたことが不服だったのだろうか。瀬越はこれまでに見せたことのないような、むくれた表情をしていた。それこそ、不満げな子どものようだった。

はいはい、と、聞き流すように手を振って、風呂入れてくる、と、高野はふらりと居間を出ていってしまった。去り際に、軽く目を合わされる。大丈夫か、と聞かれた気がしたので、大丈夫ですと伝えるつもりで頷いた。

瀬越と創だけが、残される。

「創ちゃん、高野に、全部言えたんだろ」

それは事実だった。全部、話してしまった。知られたくない秘密も、隠しておきたかった弱くて駄目な自分も、すべて。高野はひとつひとつ、創が投げ捨てたものを拾い上げて、泥や汚れを払い落としてきれいにしてくれるように、聞いて、頷いてくれた。

「だから、言ってたのに。話してみるべきだよって」

確かに、瀬越は何度もそう言っていた。創がここまでこのふたりを振り回したのも、ほとんど、それが原因だった。知られたら嫌われる、と、勝手に怯えて、ひとりで何もかも決め付けていた。

「ごめんなさい」

「謝る必要ないだろ。好きな相手だから、嫌なところを見せたくないって思うんだし。……俺だって、あんな風にするんじゃなくて、時間をかけて、もっと俺のこと、見てもらうように努力すればよかったんだ」

瀬越は呟く。

「そうすれば、俺のことだって、好きになってくれたかもしれないのに」

「俺、先生のことも、ちゃんと好きだよ」

高野に抱いている気持ちとは、少し違うけれど。でも、悲しい顔はしてほしくないし、仕事をしている時でも、そうでない時でも、つらい気持ちにはさせたくなかった。ひとりで寂しい思いをさせたくない。寒かったり、お腹が空いていたり、そんな目にあわせたくない。

考えていて、ふと、気付く。そういう気持ちを、この言葉で言い表すのかもしれない。

「先生は、俺にとって、大事にしたい人だから」

「……やさしすぎるよ、創ちゃんは」

瀬越はそう言って、そっと創の身体に腕を回した。ただ触れるための、優しい抱擁だった。創を胸に抱いたまま、ごめんね、と何度も繰り返す。何度目かで、その言葉は、ありがとうに変わった。

小さく震えるその背中を抱き返して、手のひらで撫でる。ソファに座っている熊のぬいぐるみと、目が合う。

ぬいぐるみの顔が変わるはずはない。そんなはずはないのに、その黒い目は、今はまったく哀しそうには見えなかった。

四十五

創が風呂から上がって戻ってくると、ちょうど、瀬越が帰ろうとしていたところだった。さすがに今日は、ひとりで入った。

「帰っちゃうんですか」

何の気なしにそう聞く。なんとなく、泊まっていくのかと思っていた。アイスも三人で食べようと思っていたのだが。

瀬越は立ち上がって、コートを着る。

「明日も早いしね。お邪魔しました、先輩」

高野に頭を下げて、玄関に向かう瀬越のあとをついて歩く。見送りに外まで行こうと思ったのを、ここでいいよ、と止められる。室内でも、暖房のきいていない廊下は寒い。裸足の足が、すぐに冷えてしまう。

「また来てください」

言ってしまってから、自分の家じゃないのにえらそうなことを、と恥ずかしくなる。

瀬越は特にそれには何もひっかかりを覚えなかったようで、うん、と笑って頷いただけだった。

「創ちゃん」

少し、声を潜められる。靴を履き終わった人を見上げた。瀬越は優しい目をして、創を見ていた。

顔を近づけられて、こつん、と額を合わせられる。たぶん、すごく短い時間だった。数えていたなら、きっと三秒ほどだっただろう。それでも、すごく、長い時間、そうしていたように感じる。

幸せになって、と、声に出さずに言われた気がした。

「おやすみ。ゆっくり休んで」

「……おやすみなさい」

ありがとうございます、と、付け加える。

瀬越はもうそれ以上なにも言わず、ただ、微笑むだけだった。

帰る人を見送って、また居間に戻る。高野が、瀬越に出していたらしいコーヒーのカップを片付けていた。ひとりいなくなったあとの空気が、どこか寂しく感じられる。

台所で洗い物をする水音を聞きながら、そっとベランダに続く硝子戸を開ける。外に出ると、冬の空気に、風呂であたたまった身体が一気に冷えた。

駐車場の方を見下ろす。ちょうど一台、車が出ていくところだった。あれが瀬越だろうか。暗くてライトの光しか見えない。吐く息を白くしながら、その光が消えるまで見ていた。

「こら、そんな格好で」

風邪引くぞ、と叱られる。振り向くと、高野もベランダに出てきたところだった。うん、と、生返事で頷く。少し落ち着かない気持ちだった。もうしばらくこの冷えた空気の中に自分を晒していたい気がして、また外の景色に目を戻す。

マンションの駐車場と、そこから繋がった道路が見える。白い街灯がぽつぽつと灯っている。道の向こうに、建物の明かりらしいものも見える。あのあたりには、新しめの家がいくつも建っていたはずだ。ひとが生活している明かりなのだろう。

ベランダの柵に顎を乗せて、ぼんやりと外を眺める。なにか、すごく大きなものをなくしてしまった気がした。たぶん、瀬越のことだ。俺じゃだめだ、と自分でそう言っていた瀬越。そうして、それを言わせた創。ちゃんと好きになってもらえたかも、という言葉。

創は、思っていることを伝えた。おそらく瀬越も、それを分かってくれた。だからこそ、邪魔になりたくない、なんて言って帰っていったのだし、去り際に見せてくれたあの優しい顔と言葉があったのだろう。

創は高野を選んだ。それはつまり、瀬越を選ばなかったということだ。大事な人だと思っているのはほんとうのことで、それは伝えられたけれど。

ちくちくと、胸が痛む。悪いことをしてしまった、と、そんな思いが湧いてくる。

「ほら」

いったん室内に戻った高野が、創の肩に、ふわりと半纏《はんてん》を羽織らせる。夜の屋外でも目に鮮やかな、蛍光色のものだ。すごい色の半纏は、軽いのにあたたかかった。

すみません、と頭を下げる。高野も創を真似るように、ベランダに並んだ。創より先に風呂を終えた高野は、もう髪もすっかり乾いている。

「……この色着てここにいると、外から見てる人にも、目立つかも」

創が思ったことをそのまま口にすると、高野は、さも当然のような顔で頷いた。

「だからその色にしたんだ」

そういえば、確かに、そんなことを言っていた。暗い道でもこれを着て出かければ目立って安全だとか。

ほんとかな、と内心それを疑いながら、創は黙って、また夜の景色に目を戻す。高野も、なにも言わない。遠くから、車の走る音が流れて聞こえてくるだけだった。

「飛行機」

ふいに、高野が空を指す。下ばかり見ていた創は、その言葉に顔を上げた。

今日は一日部屋の中にいたからあまり意識していなかったけれど、晴れていたのだろう。濃い藍色の夜空には、雲がなかった。高野の指差す方向に目を凝らす。点滅する光が、空を横切っていた。ほんとだ、と小さく声を上げる。あんなに夜の空を見続けていたのに、はじめて、見た気がした。

今日も、星がたくさん出ている。澄んだ空気の中、白い星の光がさえざえと瞬くのを見ると、冷たい水を飲んだように胸がすっとした。

「いまでも、舟に乗るのか」

隣の高野が、聞いてくる。星を見たまま、首を振った。

「俺の舟はもう沈みました」

沈んでいたのだと思う。そうして、同じように沈んでしまった瀬越と、水の底でしばらくの間、一緒にいた。あの人はもう、もとのとおり陸に戻れたけれど。

そうか、と、高野は笑った。

「じゃあ今度は、俺と二人乗りにするか」

「……俺、なにもできないですよ」

もっと上手に言葉を返したいと思うのに、口をついて出たのはそんなことだった。

誰かと一緒にいることに、資格や見返りが必要なんてことは、ほんとうはないのだと思う。分かってはいるけれど、創には、自分がそばにいることで、高野にとって何か良いものを差し出せる気がしなかった。貰うばかりの一方的な関係になってしまうのは嫌だった。

「おまえを見てると、生きるっていいことなんだなと思う」

急に、高野がおかしなことを言い出す。あまりに予想外の言葉だったので、創も、笑ってしまった。

「何ですか、それ」

「俺は普段、ほとんどICUと手術室にいるから。どうしても、ひとの生死に触れることが多い。ひとの生きるか死ぬかには、それだけじゃなくて、他のいろいろなことがまるごとつきまとう。……つらい思いをして、耐えて苦しみながら生きてることがいいことなのか、たまに、分からなくなることもある」

静かなその声を聞きながら、創は自分の母親が倒れて、手術して、入院していた時のことを思い出した。意識が戻らなかった母親。どうしたらいいのか分からなくて、顔を見合わせてばかりいた大人たち。声を低くして、どうしてこんなことに、とか、いまこっちだって大変なのに、と囁きあっていた。

会社でまわりの人から良い扱いをしてもらえなかった東。俺じゃない、と、手を真っ赤にして震えていた瀬越。「普通」という言葉で責められ、大事なものをたくさん失った高野。

生きている人たちは、みんな、つらい思いをしている人ばかりだ。

「だけどおまえは、何も考えてないから」

創の頭が軽いことを言っているのだと思った。そのとおりだと頷きかけて、考えていることを見抜かれたのか、ちがうよ、と笑われる。

「おまえは何も考えてない。それがいいか悪いかなんて関係ない。必死で、生きるために生きてる。まるで、動物みたいだ」

目を細めて、ベランダの柵を摑んでいた手を取られる。高野の手は、蛍光の半纏を着ている創よりずっとあたたかかった。

「……俺、自殺するみたいなこと、したのに」

あんなことをして、たくさんの人に迷惑をかけた。そんな自分には、ふさわしくない言葉だと思った。否定する声が、揺れて震える。

「あれは冬眠なんだろ」

高野は言う。

「冬眠ってのは生きるためにするんだよ。生きて、次の春を迎えるために」

創はずっと、ひとりでどうにかしようとただ必死になっていた。そのせいで、正しくないこともしたし、嘘ばかりついた。ひとを傷つけたし、困らせた。

うう、と、みっともない呻き声が漏れる。もうこれ以上この人の前で泣きたくないのに、また泣いてしまいそうだった。だって、そんなことを言われてしまったら、まるで。

「それじゃまるで、俺が、ただ生きてればいいって言ってるみたい……」

「だから、そう言ってる」

顔を上げられる気がしなかった。それでも、そう言って笑った声が、どこか照れているような、わざと怒ったふりをしているような、そんな言い方だったので、思わず、じっと見上げてしまう。高野は創の視線を振り払うように、また飛行機、と、まるで気をそらすように、空を指す。

そちらの方は見ずに、こらえきれず、そのままその胸にしがみつく。たまらない気持ちになって、ぎゅうぎゅうと締め上げるように、きつく抱きついていた。

「苦しいよ」

笑いながら叱られても、なかなかその手を緩められなかった。

離れられない、と、改めてそう思った。幸せになって、と、目を閉じて、祈るような表情で言ってくれた瀬越のことを思い出す。胸はやっぱりまだ痛んだ。

それでも、やっぱり、この人がいい。心から、そう思う。

「先生と、一緒にいたい」

やさしい人。優しくて、少し、寂しい人。

「ずっと、先生と一緒がいい……」

だから、一緒にいたい。少しでも、寂しくなくなるように。

高野は創の言葉に、何度か、ああ、と頷いた。創と同じだけの強さで、大きな腕で、抱き返してくれる。

「好きです、大好き」

それに応えるように、何度も、子どものように繰り返した。

「好きだよ」

創が何度も繰り返しているうちに、ひっそり、高野の声が紛れ込んでいたような気がした。


いくら身を寄せ合っていても屋外は寒く、引きずられるように居間にもつれこむ。明るい照明と、あたたかい暖房の空気。じゃれあう猫のように絡まったまま、勢いあまって転がった絨毯の上も、驚くほどあたたかかった。背中から、じわりと熱が伝わる。冷え切った身体が震えた。

「これを買ったのが失敗だったかもしれないって、はじめて思った」

創の着ている蛍光色の半纏に指で触れながら、高野が言う。どうしてですか、と尋ねる。

「脱がせるのに、こんなに色気のないものはない」

それがあんまり悔しげな言い方だったので、創は思わず笑ってしまった。笑って、それからたまらなくなって、こちらをのぞきこむ人の首に腕を回して、唇が重ねられる距離まで、引き寄せた。

四十六

ここでいい、と創は言ったけれど、高野はそれに首を振る。半纏だけ脱がされて、あっちに行こう、と囁かれる。どっちに行くのか分からないまま、ただこくこくと頷く。いいのだろうか、大丈夫なのだろうか、と、訪れることの予感に、急に緊張してくる。

寝室にも、いつの間にか暖房が付けられていた。眠くなるような心地よい空気の中で、こっち、と、ベッドの上に呼ばれる。子どものように素直に、呼ばれたまま座る。

両手で頬を撫でられる。慈しむような目が、すぐ近くで創を見ていた。距離が近くて、ほとんど、創が高野の膝に乗っているような体勢だった。

大きくて、少しかさついた手の感触が、頬から輪郭をなぞって耳の付け根から首筋をすべる。どこに触られても、ぞわぞわと背筋が震えた。抑えようと思っても、小さく息が漏れてしまう。

「創」

囁くように名前を呼ばれて、伏せていた目を上げる。ふいうちのように、唇を重ねられた。触れた唇も、手のひらと同じように熱くて、少しかさついていた。乾燥した唇を小さく舌の先で舐めると、高野に、仕返しのようにその舌を吸われる。腰に回された手が触れているところから、頭のてっぺんまで、びりびりと痺れた。

「せ、せんせい」

呼吸の乱れた息の合間に、高野を呼ぶ。何か言おうとしていたわけではなく、ただ、相手を求めるためだけの呼びかけだった。

「その呼び方、変えてみないか」

胸に抱かれたまま、力の入らない身体をそっとベッドの上に横たえられる。創の緊張が伝わるのか、落ち着かせようとするように、高野は笑った。

「俺の名前、知ってるか」

髪を指でとかすように撫でながら、優しく聞かれる。高野の名前。

知っている。忘れるはずがない。最初にこの人の名札を見た時から、ずっと目に焼き付いている。

「呼んでみてくれないか」

創が頷くと、囁くように言われる。

「け……」

どうしてそんなに優しい目をしているのだろう、と、こちらをじっと見つめてくる高野の目を見ながら、ただそんな風に思っていた。その目に今は創が映っていて、自分のためにこの優しい目尻の皺が浮かんでいるのだと思うと、泣きたい気持ちになった。

「け、けいいち先生」

創のせいいっぱいの声に、高野は一瞬、虚をつかれたような顔をした。

「そうきたか」

すぐに、声を立てて笑われる。何を笑われたのか、創には分からなかった。

「いいよ、おまえの好きなように呼べば」

笑われて、力いっぱいに抱きしめられる。そのまま、頬や目蓋に、何度も何度もキスをされた。どこにどんな風に触れられても、ただただ気持ちよかった。同じくらい、高野に触るのが気持ちいい。ぎこちないキスを、創も同じだけ返す。まるで動物が毛繕《けづくろ》いしあっているみたい、と思った。

着ているものを、ひとつずつ脱いでいく。高野は、これを脱がせるぞ、あれを脱がせるぞ、といちいち報告してくれる。たぶん、創のことを思って言ってくれているのだろうけれど、少し面白かった。はい、はい、と、笑いながら頷いてしまう。

創も同じようにしたかったけれど、それより先に高野が全部脱いでしまったので、せめて、と眼鏡を外させてもらう。伸ばした手が、少し震えた。

「怖いか」

そのせいで、気遣うように尋ねられた。ちがう、と首を振る。怖いはずがない。答えるかわりに、首筋に腕を回して強くしがみついた。裸の皮膚に、直に肌が触れる。目が覚めるほど、熱かった。

高野はそれ以上なにも言わなかった。創の痩せた胸を撫でながら、浅く深く、たくさんキスをされた。勝手の分からない創は、つい息を止めてしまう。そのせいで、頭がくらくらした。

「嫌だったり、痛いと思ったら、すぐに言え」

まるで歯医者のようなことを言う。痛い、という言葉に、瀬越とのことが脳裏をよぎった。経験した痛みを思い出すよりも、むしろ、その先のことを思ってしまって、下腹に甘い疼きが走る。

あれを、この人と。頭よりも身体が待ちきれないでいる。創はそんな自分が恥ずかしくて、膝を抱えて隠したくなった。

創が閉じようとした足をつかまえられて、熱を持ってしまったものを見られてしまう。昨日の夜、風呂でしてもらったことを思い出して、落ち着かなければと思うのに、ますます高まってしまう。

「ひ……！」

まるで、創がそれを思い出したことが伝わったように、高野は、昨夜と同じことをしてくる。なんの前触れもなく、大きくて湿った粘膜に、硬くたちあがった創のものが包まれる。また、口で。

ふいうちの、やわらかくて強い刺激に、息が詰まる。服を一枚ずつ脱がす時にはひとつひとつ予告してくれたのに、これはいきなりだ。逃れようにも、腰をしっかり摑まれて動けない。

「力抜いて」

一度、口を離されて、そう言われる。強張った肩を下ろして、出来るだけ、ゆっくり息をする。また創のものは口に含まれ、舌を使って舐め上げられた。そうしながら、後ろの窄まりを、濡らした指で少しずつ、ほぐしていく。自分の体内に、他の人の一部が割り入る感覚。異物感と同時に、目がくらむほど熱が生まれる。待ち望んでいたように、そこは埋められる指をたやすく飲み込んでしまう。

「……っ、せ、せんせ」

指を少しずつ増やして抜き差しされながら、前の方への、口を使ってやさしく撫でるような愛撫も止まない。もどかしくて、創は腰を捻《ひね》った。切実な声に、高野は顔を上げて、創を見た。

「苦しいか」

首を振る。そうではない。そうではなくて、もっと、早く。

言葉が出なくて、目だけで訴える。創にも経験があるから、高野のしてくれていることが創の身体のために必要なのだと分かっている。それでも今は、そんなことよりも、もっと欲しいものがあった。どんなに痛くても、傷つくことになっても、構わないから。

「せ、先生の」

女の子でもあるまいに、そのあとの言葉が続けられない自分が情けなかった。こんな自分を見せたくなかったけれど、それ以上に、欲しいと思う気持ちのほうが今は強い。

高野はしばらく何か考えるような目をしていた。やがて、顔を近づけられる。創の目をじっと見て、大丈夫なのか、と聞かれた気がした。それに頷く。

「俺、先生に、気持ちよくなってほしいから。だから、遠慮しないで」

遠慮、という言葉に、高野は笑った。

「ばか」

笑いながら、額にかかった前髪を指で払われる。こんなに優しく馬鹿だと叱られたことはなかった。なぜか高野が泣き出しそうな顔をしているように見えてしまい、創も胸が詰まる。

「俺だけ気持ちよくなっても、意味ないだろ」

そういうものなのか、と、新鮮な思いでそれを聞く。創はいつも、他人にいっとき気持ちよくなってもらうために、自分の身体を使っていた。その結果として創も気持ちよくなってしまうことがあったとしても、お互いに、なんて、思ったこともなかった。

「……そうなんですか」

「そうだよ」

創の言動を見て、高野にも思うところがあったのだろう。慰めるように、髪を撫でてくれる。背中に手を回して、きつくすがりつく。

「じゃあ、先生がほしい」

小さな声で、お願いした。高野は少し困った顔をする。そして、わかった、と、まるで観念したように、創と同じくらいの小さな声で言った。

「もうちょっと、我慢できると思ってたんだけどな」

「ごめんなさい」

「おまえじゃない。俺が」

俺もだめな大人だった、と笑う顔を見ていると、胸がきゅっとなった。もっとこの人を深く知りたくて、創から唇を重ねた。

「あ……、っ、あ、すご……」

時間をかけて、ゆっくりと、腰を埋められる。時間をかけて丁寧にほぐされたのと、合わせるように深く息をして受け入れるようにしたので、それほど痛みはなかった。指よりももっとずっと大きくて、熱いものが創を満たす。息をするたびに、創の内側いっぱいになったものをきゅっと肉の壁がしめつけて、それだけのことでもう、達してしまいそうだった。

「だいじょうぶか」

抑えた声で、そっと様子をうかがわれる。こちらを覗き込む高野に目を合わせて、何度も頷く。このまま、やめないで欲しかった。

しばらくそのまま、お互いが馴染《なじ》むのを待つように身体を重ねて、何度か軽い、触れ合うだけのキスをした。唇に触れると、高野も創と同じだけ、息が上がっているのが伝わる。同じだと思うと嬉しかった。ひとつになっている。なんてあたたかくて、幸せなんだろう。身体の中で骨や肉がすべて溶けて、甘い蜜でいっぱいになったみたいだった。甘くて熱くて、目がくらんだ。

待ちきれなくなって、創から腰を少し揺らしてしまう。応えるように、ゆっくりと、抜き差しされる。覚えのある、強すぎる快楽をもたらす場所を中から擦られると、抑えようと思っても、勝手に声があふれた。

「あっ、ああ、……っ、ふあ」

その反応が分かりやすいためか、高野はすぐに、その場所を覚えてしまう。そこばかり攻められるかと思えば、意地悪をするように、わざと弱い場所を外される。けれども、創の中の全部、高野に触れているどの部分を揺さぶられても、もう快楽しか感じなかった。それが、すごく強いかどうかだけの違いだった。

腰をゆるやかに突かれながら、創、と名前を呼ばれて、頬に手を添えられる。見上げると、高野が優しい目で、創を見ていた。

「どうした。つらいか」

なぜそんなことを聞かれるのか、と思っていると、高野に、目の縁を指で拭《ぬぐ》われる。

その仕草に、創は自分が泣いていたことに初めて気がついた。ぼろぼろと、拭われる端からまた次々と涙があふれる。

「わかんない」

子どものように、そんな答えしか出なかった。振り落とされそうな気持ちになって、高野の首に腕を絡める。身を持ち上げたままの創のものが、高野の腹にこすられる。腰を回すように後ろをかきまわされ、声を上げて、喉をそらした。

「きもちよすぎて、もう、わけわかんない……」

「……かわいいな、おまえ」

どうしてそんなにかわいいんだ、と、高野もたぶん、自分でもよく分からなくなっているのではないかと思われることを口走る。きつく胸に抱かれ、加減を忘れたように、激しく打ち付けられる。

「……、ふ、あ、ああ、あああ」

いっちゃう、いっちゃう、と、限界が近いことをしがみついた人に伝える。うん、と、何度もなだめるように頷かれたけれど、もう、止めてはもらえなかった。悲しみをこらえるような、見たことのない表情に、この人も余裕がないのだと気付く。

体重をかけて深く貫かれて、そのまま揺さぶられる。唇を強く吸われて、その瞬間、目の前が真っ白になった。

「あ……！」

身体を大きく震わせて、精を吐き出す。びくびくと痙攣《けいれん》する身体がきゅうときつく締め付けて、高野も、小さく呻いた。熱い、と、中にどろりとあふれたものに目がくらむ。出したばかりなのに、そ

の熱で、また達してしまいそうになる。

ぐすぐすと、まだ子どものように泣きじゃくりながら、離された高野の身体に身を寄せる。きもちよかった、せんせい、せんせい、と、同じ言葉を、何度も何度も、繰り返した。

高野はそれを優しく抱き返して、何度でも、創が止めるまで、うん、うん、と、頷き続けてくれた。


身体を拭いてもらっているうちに、いつの間にか、うとうとと眠りに落ちていた。そばにいた高野がベッドから離れた気配に、目を覚ます。

創が起きたことに気付いた高野が、コップに入れた水を渡してくれる。ひどく喉が渇いていたので、一気に飲んだ。目蓋が重たかった。泣いたせいだろう。

「平気か」

聞かれて、頷く。全身怠くて、眠たくて仕方がなかったけれど、ふわふわとした甘い気持ちでいっぱいだった。このままこの人の隣で眠れることが、すごく幸せだった。

そうか、と、高野もどこかふわふわとした笑い方で、甘える創を胸に受け止める。安心しきった気持ちと眠気で、身体がゆらゆらと揺れる。

「舟に乗ってるみたい」

心地よさに、思わず呟く。今度は二人乗りだ。沈んでいた創を、泳ぎの上手な熊がすくいあげて助けてくれた。

「じゃあ、ほら。星のかわりな」

高野がそう言って、枕元に置いてあった携帯を手に取る。画面を何やら操作して、創に見せてくれる。そこには、白い粒がたくさん浮かんでいた。携帯を動かすと、見える画面も変わる。星座盤のアプリケーションだ。面白くて、ぐるぐると動かす。目の前には壁や天井があるけれど、そのはるか上空には、こうして星が輝いているのだ。

「北極星、どこかな」

船乗りが目印にする星を探す。顔を寄せて、高野が、たぶんこっち、と方角を教えてくれた。そちらの方を向いて探す。北極星。北の空にあって、いつも動かずそこにある星。正確に見つけられたことはきっと一度もないけれど、創がいつも探して、見上げていた星だ。

「これだ。こぐま座のしっぽだな」

あんまり明るい星じゃないんだな、と、高野は画面を見て言う。

創はそれより、画面に釘付けになってしまった。星座盤には、星座を線で結んだだけでなく、わかりやすく見せるためにイラストも付けられている。

北極星は、こぐま座の一部だった。こぐまの、しっぽの先にある星だ。

そこに描かれたこぐまの絵は、創が落書きしたあの白衣を着せた「ますいかのせんせい」に、とてもよく似ていた。

「……先生」

胸がいっぱいになった。悲しいとも、寂しいとも違う。それでも、また泣きたい気持ちになった。ずっと空にいた。知らなかったけれど、ずっと探して、見上げていたのだ。

「泣き虫」

急に涙声になった創を、高野は笑いながら抱き寄せる。携帯を戻して、電気を消す。

暗闇の中、ぴたりと身を寄せ合う。

「『眠っている間に、痛いことも、つらいことも終わっています』」

創が呟いた言葉に、高野はしばらく考えたあとで、それがなんなのか思い至ったようだった。

「なんで知ってるんだ」

不思議そうに言われる。

「瀬越先生に教えてもらいました」

教えてもらって、それからずっと、魔法の言葉だと思って、大事にしてきた。

「これがあったから、先生がいたから、俺、がんばれた……」

そうか、と、静かで穏やかな声が頷く。

「じゃあ、これも言っておこう。痛いこと嫌なことが終わって、目を覚ました子に」

優しい声。寄り添った身体の隙間をなくすように、背中を抱いて引き寄せられる。

「よくがんばりましたね」

抱かれた背中を、なだめるように、何度も何度もゆっくりと叩かれる。

「もう終わりです。痛いことも、怖いことも、これでもう全部、終わりましたからね……」

よくがんばりましたね、と、何度も繰り返される。

はい、と、震える声で頷く。また泣いてる、と高野は笑って、創の髪をぐしゃぐしゃと撫でた。

四十七

桜の花が咲いていた。

車の窓から見える景色に、創は目を疑う。風が冷たくなくなったと思っていたけれど、もうそんな季節になっていたのか、と、時間の流れの早さを感じる。

「先生、ほら」

桜、と、運転中の高野に声をかける。ああ、と、目を細めて短く応じられた。

もしかして、気づいていなかったのは創ぐらいだったのかもしれない。このところ慌ただしくて、ゆっくり景色を眺める気持ちのゆとりもなかった。

冬の間ゆっくりと身体を休められたおかげで、創の胃はすっかり良くなった。体重も、まだまだ痩せているけれど、少しずつ増えてきている。

床屋の息子である高野に切ってもらった髪も、少し伸びた。高野はハサミをどんどん進めて、切り終わったあとは、頭が軽く感じられるほどだった。それを見た瀬越に、一気に幼くなってまるで中学生だ、と言われてしまった。そのことを高野が若干気にしていたのを知っているので、少しは年相応に戻ったのではないかと、ひっそりと安心している。

車を駐車場に停めて、待ち合わせの場所に向かう。もう手続きは終わったらしく、小さな手荷物しかない人の姿をそこに見つけて、手を振った。

「瀬越先生！」

駆け寄ると、瀬越もこちらの姿を見つけて、笑顔を見せる。間に合ってよかった、と息を整える。出掛けに、引っ越し業者から打ち合わせの電話があって、予定していたより部屋を出るのが遅くなってしまった。

「先輩も、ありがとうございます。忙しいのに」

「別に、そんなにすることもないよ。荷造りはほとんどこいつがしてくれたし」

創は、春からまた高校に通う。前に通っていたようなレベルの高いところではなくて、無理なくついていけそうなところだ。そこでまた、二年生からやりなおす。

創の学校と病院との距離を考えて、高野は引っ越そうと提案した。家具もこの機会に揃《そろ》え直したいし、一から新しい場所で、と、そう言ってくれたのだ。

「先生、ありがとうございます。なんかすごい立派なの貰っちゃって」

大事にします、と頭を下げる。瀬越からは、新生活のお祝いに、と、食器をいくつも貰った。高野が言うには、ちゃんとした高い器や皿らしい。あれに盛りつけたら、創の初心者料理でもそれなりの見栄えがしそうだ。

「そんなに大したものじゃないから、遠慮なく使って」

今回は食器だったけれど、瀬越からは他にも、たくさんのものを貰っている。洋服や鞄や、そのほか生活に必要なもの。瀬越は内緒にしてほしがっていた、と聞いたので直接お礼は言えないでいるが、創が入院していた時の費用も、実は全額、瀬越が出してくれたのだと高野から聞いた。頼むから払わせて欲しいと、頭を下げて譲らなかったのだと言っていた。

いつか、なんらかのかたちで返したいと思っている。瀬越にも、高野にも。そう思って、とりあえずは、また学校に行こうと決めた。

「……からだに気をつけてください。無理しないで」

言いたいことがたくさんありすぎて、言葉がうまく出てこない。

「きみにそれを言われるなんて」

創の言葉に、瀬越が笑った。

瀬越はこれから、飛行機に乗って遠いところに行ってしまう。前々から希望していた、外国の病院で、一年間勉強することになったのだ。病院の中でいろいろなことがあったから、いい機会だし、と、そんな風に話していた。

「もう会えなくなるわけじゃないんだから。たった一年だし、その間も何回か帰ってくる予定だよ」

創が、まるでもう会えないと思っているような顔をしていたからだろう。瀬越が苦笑する。

「だって」

仕方がない。創にとって、外国に行ってしまうことは、もう二度と会えないところに行ってしまうこととほとんど同じだ。それほど、遠く離れてしまう。

「困ったことや、どうしたらいいか分からないことがあったら、すぐに連絡して」

高野はふたりを見守るように、少し離れたところにいる。その人から創を隠すように、瀬越は距離をつめて、創の手を軽く取った。

「俺に言えないことがあるみたいに、高野に言えないことが、この先あるかもしれないから。そんな時は、いちばん最初に思い出してほしい」

そう言って、瀬越はじっと創を見つめた。

「俺はきみの力になるためなら、どんなことでもする。だから、忘れないで」

優しい目だった。胸が、小さく痛んだ。

「……俺も、同じです」

触れている手を、創も力を入れて握る。

「俺、なにもできないけど。でも、先生のためにしてあげたいと思うことは、たくさんあるから」

一緒にいることはできないけれど、それを覚えていてくれれば嬉しいと、そう思う。

創の言葉を聞いて、瀬越はため息のように、ひとつ息をついた。ごめん、と小さく囁いて、触れていた手が離れる。どうしたのか、と顔を上げる間もなく、その手が、肩に回されてぎゅっと引き寄せられた。

「……そんなこと言われると、連れて行きたくなっちゃうだろ」

背中を抱かれる。キスの代わりのように、頬を寄せられた。ごめんなさい、と、創は小さく呟く。

空港のロビーには、それなりにひとの姿も多い。男同士でこんなことをしていたら目立つ、という気持ちもあったけれど、それよりも今は、こうすることのほうがずっと重要のように思えて、離れられなかった。

「謝らないで」

瀬越が呟く。

「言ったよ。俺は、創ちゃんのためなら、どんなことでもするって」

笑って、瀬越はそっと創から離れた。

「だから諦めることも、我慢することもできるんだ」

少し寂しい言葉だったけれど、その笑顔は清々《すがすが》しくて、晴れやかだった。

時間を告げるアナウンスが流れる。それを聞いて、行かなきゃ、と瀬越は告げた。

「向こうに着いたら、メールします。先輩たちも、新居の住所とか、教えてください」

頭を下げる。それを聞いて、ああ、と高野は頷いた。

「醤油《しょうゆ》とか米とか送ってやるよ」

「向こうでも、たぶん買えますよ。でも、ありがとうございます」

行ってきます、と微笑んで背を向け、搭乗ゲートの方に行ってしまう。見えなくなるまでその背中を目で追っていたけれど、瀬越はそのまま、振り返らなかった。

どの便に乗るのかちゃんと聞いていなかったので、しばらく、飛び立つ飛行機をいくつも見送った。

一時間ほどしてから、行こうか、と、高野に声をかけられる。

「どうしてあんな金属のかたまりが空を飛ぶんだろう」

飛行機を眺めながら、つい、子どものように呟く。あれに瀬越が乗っていて、そのまま遠くに行ってしまったのだということが不思議だった。

「瀬越先生、無事に着くかな」

「大丈夫だよ」

安心させるように、そっと、肩を叩かれる。うん、と頷いて、空港を後にする。

車に戻ってしばらくして、高野がふいに、口を開いた。

「あのまま、連れて行かれるかもしれないと思った」

「もしかして、俺のことですか」

道端に咲いている桜を眺めていたので、あやうく、聞き逃しそうになった。瀬越とふたりで話していたところを見ていて、そう思ったのだろうか。

「無理ですよ、そんなの」

冗談だと思って、創は笑う。創は英語も喋れないし、第一、パスポートも持っていない。

「パスポートなんてすぐ作れるんだぞ」

笑われたのが不本意だったのか、不服そうに言われる。

「そうなんですか。知らなかった」

「一週間くらいで」

創は驚きかけたが、続く高野の言葉を聞く限りでは、そんなにすぐでもない気がした。

「でも、俺、作るのならもうちょっと先がいいな」

創が瀬越の手を取って頬を寄せ合う姿が、不安を与えてしまったのだろうか。何事にも動じない印象のあるこの人が、そんなことを言うのが意外だった。意外で、嬉しかった。

だから、そんな不安は必要のないものだと教えたかった。瀬越が大切な人であることは、間違いないけれど。

「もうちょっと先？」

「はたち過ぎてから」

「まだ二年もあるじゃないか。海外、行きたくないのか」

俺は行きたいぞ、と、不思議そうに言われる。創を連れて行ってくれるつもりだったのだろうか。

違いますよ、と笑う。行きたい。この人となら、どんなところでも行ってみたいと思う。

「名字が変わってから、作りたいから」

創が言うと、高野はそれきり、黙って運転に専念してしまった。必要以上にこちらを見ようとしないその様子が、この人の照れた時の癖なのだということを、いまの創は知っていた。

一緒に暮らして、創が成人したら、その時は養子縁組をしようと約束をした。そうすれば高野と創は同じ名字になって、家族になれる。

その話をされた時も、また創は懲りずに泣いた。

「昼、なに食べたい」

食べに行こう、と、まださっきの気持ちが残っているのか、少しぶっきらぼうな言い方で聞かれる。

創は前から行ってみたかったところがあった。すかさず提案する。

「回ってるお寿司」

「回ってるの限定なのか」

「前から、行ってみたかったんです。でも、ひとりでは入りにくいから」

創が言うと、俺はひとりでもよく行ってたけどな、と高野が笑った。さすがだ、と感心してしまう。

「あとで、魚を見にいこうか」

運転席から、そっと手を伸ばされる。応えるように、指先を絡める。

大きくて、あたたかい手。包まれると、手のひらだけじゃなくて、身体も心も、大事にくるんでもらっている気持ちになる。

「ザリガニもいるかもしれない。もしかしたら、シーラカンスも」

飼ってもいいぞ、と、そんな風に言われる。思いがけないお許しに、創は笑ってしまった。ささいなことをひとつひとつ覚えていてもらえることが、こんなにも嬉しい。

どこまでも行ける、と、そんな風に思う。この人と一緒にいれば。

いまはまだそうではなくても、創もきっと、もっと強く、もっと優しくなれる。漠然と目指していた「よい人間」にはなれなくても、昨日よりもよい自分に、少しずつなっていける。

そうして、大事な人がつらい思いをしている時には、自分の力で助けてあげられるように。

この舟は頑丈だ。創と高野と、あともうひとりぐらいなら、きっと、乗せてあげられる。瀬越や、それから、これから出会っていく誰かが沈みかけていたら、それを救えるようになりたい。この人と、ふたりで。

車の窓から、青く晴れた空を見上げる。雲の隙間に、一瞬小さく、飛行機が飛んでいるのが見えた気がした。

あの空にはいまもきっと、こぐまのしっぽが輝いていて、この舟が沈まないように、見守ってくれている。

灯火

帰る方法がわからないのです、と、その瞳は言っていた。

怖いくらい澄んだ、まっすぐな黒い瞳だった。


相澤創《あいざわそう》。年齢は十七歳。

最初に会った時は、まだ「職業」の欄に「高校生」と書かれていた。彼の母親のカルテ内の、家族構成の箇所だ。

なにがきっかけなのかは、高野《たかの》も知らない。

けれど、気が付くといつでも、彼は高野を見ていた。きっかけなんて必要なかった、とでも言いたげに、初めてお互いの存在を目に映したその時から、ずっと。

同性であること、年が離れていること、立場が違うこと。いろいろなことが、彼と高野の間にはある。

いつしか彼は院内清掃のアルバイトをはじめて、それからは毎日のように姿を見かけるようになった。顔を合わせれば挨拶をするようになって、ぽつぽつと、短い会話を交わす機会も増えた。

そんな最中にも、彼の瞳はまっすぐに高野を見ていた。

どうか、どうか、と、求める気持ちを必死に抑えようとして、それでも完全に隠しきれていないのが、どう見ても明らかで微笑《ほほえ》ましいほどだった。

彼のことを知って、ほんの少し時間がたった頃だっただろうか。夜、何気なく見ていたテレビ番組で、様々な求愛行動をする鳥たちが紹介されていた。

歌をうたう鳥。ダンスを踊る鳥。青いものをたくさん集めて、美しい巣を作る鳥。

その中に、二本の脚ですっくと立って、羽をいっぱいに広げてちょこちょこと踊る鳥がいた。羽を大きく楕円形に広げて、その状態で、雌の前で左右に細かく移動するのがその鳥のアピール方法らしい。けれど、羽の柄のせいで、目のついたまんじゅうが反復横飛びを繰り返しているようにしか見えなかった。やっている本人にとっては一生懸命なのだろう。

だからこそ、いじらしくておかしくて、笑ってしまった。少し、涙が出そうな気持ちになった。

その、つぶれたまんじゅうになった鳥の姿を、彼に重ねた。

彼は求愛しているのだ、と、そんなことを思った。

どうか、どうか……。決して、声に出しては言わない。高野が見ている前では、自分を抑えて何もしない。

こちらが背を向けた瞬間にだけ、彼はきっと、あんな風に目のついたまんじゅうになって、ぴょこぴょこ小さく踊っている。

伝わってくる求愛の気配がいつでも高野の背中をほのかにあたためていることを、彼は知らない。

ろくに家に帰っていないことや、身を置いている環境があまり良いものではないことは、接しているうちに分かってきた。手を差し伸べることに、迷いはなかった。

どうして、と、彼はその理由が分からないようだった。ほんとうに、少しも、分からないようだった。あれだけ分かりやすい求愛をしておいて、気付かれているなんて、かけらも想像していないらしい。それを好ましく思われることなんて、あるはずがないと信じている。

彼の生きている世界は、きっとそういう場所なのだろう。何かを求めても、与えられることのない世界。だから、他人に向ける優しさや好意が自分に返されるかもしれないなんて、考えもしないのだ。

それが、自分の生きる世界のすべてだと思っている。その幼さと頑固さが切なかった。

彼は頑《かたく》なに、自分の世界の中だけで生きていた。他人の問題までも自分自身の問題にしてしまって、ひとりきりでどうにか解決しようとしていた。

身体と心が壊れる寸前になっても、誰にも頼ろうとしなかった。たぶん、その方法が分からなかったし、そうしようとも思わなかったのだろう。

……冬眠するから。

起きたら、また、がんばるから……。

あの夜のことを、高野はきっと、この先もずっと忘れられないだろうと思う。


病室を訪れると、ベッドは空だった。

ちょうど通りがかった看護師が、相澤くんなら入浴中ですよ、と教えてくれる。礼を言って、すっかり定位置になった丸椅子《まるいす》で遅い夕飯を取ることにする。

売店で買ってきた弁当を食べながら、白衣のポケットの紙束を取り出し、それを眺める。

ここ数日、めぼしい物件の情報を集めていた。若者がアルバイトの収入だけでも家賃を払えそうなアパート。最低でも台所と風呂《ふろ》付き。心配になったら顔を見に行けるように、この病院や高野のマンションからできるだけ近いほうがいい。そんな条件の部屋を、勝手にいくつか見繕《みつくろ》っていた。

こんな生活は、いつまでも続けていられるものではない。

彼のことは可愛《かわい》いと思う。幸せになってほしい、と、心から願っている。

だからこそ、自分ではいけないと思った。同性で年も離れすぎている。「普通」のことができない人間だと散々指摘され、かつて幸せを求めて一緒になった人を不幸にした。そんな自分では、駄目だと思っていた。

もっといい人がいるだろう、と、背中をあたためる彼の求愛の気配に、高野はずっと心の中でそう呟《つぶや》いて返していた。もっと、ちゃんといる。おまえを幸せにできる人間が、もっと、どこかに。

だから退院したら、新しい生活をはじめさせてやりたかった。新しい住まいで新しい誰かと出会って、やがては高野のことも忘れていく。

彼は若い。燃えるような恋心も、きっといつか自然と消えるだろう。ほんの一時の感情で、こんな男に縛り付けるわけにはいかない。

カルテを覗《のぞ》き見た感じでは、もうすぐ退院できるだろう。新しい住まいの話をするなら、今日が最適のように思えた。

(寂しくなるな)

もう、部屋に帰っても彼の姿を見ることができなくなる。そう思うだけで、胸の中にひゅっと冷たい風が吹いた気がした。

彼がそばにいた時は取り立てて目立った存在だと思わないのに、彼がいない日の夜は異様に部屋が広く感じて、寒かった。いまだってそうだ。目の前に彼の気配を残したベッドだけがあって、そのことがやけに哀しい。

(寂しくなる……)

もうこの先はずっとひとりで生きていくつもりだったのに、また、いろんなものを増やしてしまった。何も持たないようにしようと決めたはずだった。なくして哀しいものや寂しくなるものを最初から持たないようにしようと、そう決めたはずだったのに。

彼を部屋に泊めるようになって、その決意を忘れた。足りないものがいくつもあった。寒い思いをさせてしまうことも、不便な思いをさせてしまうことも気の毒で、色々なものを増やした。

彼がいなくなったら、増やしてしまった物だけが残る。その寂しさは何で埋められるのだろう。答えは二度と手に入らない気がした。

「どうかしてる」

自分でも驚くくらい、その想像に落ち込んでしまった。ぼんやりして、ベッドサイドの棚に身体《からだ》をぶつけてしまう。その上に載っていた彼の鞄を落としてしまった。

箸を置いて、鞄を拾う。留め具が開いたままになっていて、落としたせいで鞄の中身が床に散らばっていた。悪いことをした、と心の中で謝りながら、ひとつずつそれを鞄に戻していく。

箱のふちがぼろぼろになっている、未開封のチョコレート。青い小さなハンドクリーム。薄い財布。携帯の充電器。折りたたまれたメモ用紙がいくつか。それから。

(……ふりかけ?)

意外なものが鞄の中に入っていた。個包装のふりかけだった。見覚えがあるもののような気がして、記憶を探る。すぐに思い出した。

病院の食事で出されているものだ。それが鞄から出てきた。彼のカルテを思い出してみる。確か、今日から絶食が解除されたはずだ。食事に出された分を取っておいたのだろうか。

どうしてこんなものを、と思いながら、手のひらにふりかけを乗せて眺める。

（取っておく。……大事に？）

ふりかけと一緒に鞄に入っていたものを思い出す。あのチョコレートは以前、高野が彼にあげたものではないだろうか。甘いものでも食べてほしい、と軽い気持ちで与えたものだ。それを彼は、開封もせず大切に持ち続けていた。もしかしたらこのメモ用紙も高野が書き置きしたものだろうか。

これらはみんな、彼の大切なものだ。そのことに気付く。

ふりかけも同じだ。他のものはそのまま皿に載せられて食事に出されるけれど、これなら取っておくことができる。大事な食べ物だから。

（創）

心の中で、その名前を呼ぶ。

高野が彼に新しい生活を送らせようとしていたように、きっと彼自身も、そのつもりでいるのだろう。思い返してみれば、当たり前のことだ。もともと彼は、他人に助けてもらおうと考える人間ではない。ずっと一緒にはいられない、と、高野よりはるかに多く、何度も自分自身に言い聞かせてきただろう。

彼はひとりで生きていくつもりなのだ。たぶんこれまでも、高野と一緒にいた間も、この先もずっとひとりだと、心に決めていた。ほんの少しの大切なものだけ持って、ひとりきりで。

眼鏡《めがね》を外す。全身を満たす深い感情に、目眩《めまい》がしそうだった。目頭を指で押さえる。

もし、このままここで手を離したら。

彼は退院したら、高野が紹介しようとしているような、家賃の安い小さなアパートで暮らすことになるのだろう。この病院の清掃の仕事もコンビニのバイトも辞めてしまったようだから、また新しく働き口を見つけなくてはならない。きっと、生きていくために朝から晩まで働くのだろう。そうして、夜遅くに疲れ果てて帰ってくる。お金がない。食べるものもない。

だから、取っておいたふりかけを大事に食べる。少しずつ手のひらに取って、惜しみながら、ほんの少しずつ。

食べ終わったら、薄い布団《ふとん》にくるまって、子どものように身体を丸めて眠る。その前に鞄から大切なものを取り出して、いつまでも食べないチョコレートの箱を眺めるのかもしれない。眺めて満足したら、疲れた身体を横たえて、目を閉じる。暗闇で、高野のことを考えるだろうか。

そうしてひとり、心だけをあたためて眠る。

(だめだ)

取り上げてはならない、と、そう思った。彼が、高野に恋心を抱いているのだとしたら。

その恋だけが、唯一、彼の燃える灯火《ともしび》のような気がした。それを、他の誰でもない高野が取り上げてはいけない。もっとほかにいいやつがいる、なんて。いるはずがない。いまの彼には、高野しかいない。

(大人《おとな》だから、男同士だから、一度失敗して、幸せにできなかったから。だから……)

彼は若い。いまの一時の感情は、未来永劫続くものではないのかもしれない。正しくなくて、間違っているかもしれない。

(だから、なんだ)

誰がそんなことを言ってくるのだ。「普通」の人だろうか。その人々が、彼に何かしてくれるわけでもないのに。そう思うと、自分がこれまで考えていたことにむしょうに腹が立ってきた。

普通じゃない。そう言われることをあんなに空《むな》しく思い続けてきたはずなのに、同じ言葉で彼を遠ざけようとしていた。そんな自分に、ようやく気付いた。

(俺はなにがしたい?)

いつの間にか心を覆っていた硬い膜が、少しずつ剝《は》がれていくようだった。ほかでもない自分がほんとうに望んでいるものが何なのか、やっと気付く。

ずっと背中があたたかかった。彼のそばにいて、顔を見て、声を聞いていると、いつだって胸があたたかくなった。それは彼の向けてくれる求愛の温度だと思っていた。

けれど、たぶん違う。あれは高野の想いだ。彼を愛《いと》しいと思う感情が、いつしかこの胸に宿っていた。これは高野自身の灯火だ。

愛したい。そばにいてあたためてやりたい。その役割を果たすのが、他ならぬ自分でありたかった。

これは、正しい大人の考えることではないかもしれない。それなら、正しくなくてもよかった。

彼には可能性も、未来もある。たとえいま高野が必要とされていても、時間の流れるうちに、自然と、別のものへ心が移っていくかもしれない。それなら、それでいい。たとえその未来に自分という存在がいないのだとしても。その不在の未来も含めて、彼のすべてが愛しかった。

物件情報を集めた紙束を、全部まとめて丸めてしまう。そのまま、部屋のゴミ箱に投げ込んだ。

愛していい。愛したかった。やっと分かった、これが寂しくなくなる答えだった。

話し疲れて、泣き疲れて、高い熱を出した彼を残して、暗いデイルームに移動する。

硝子《ガラス》張《ば》りのデイルームは、日中は入院患者や面会に訪れる家族の集まる場所だ。

真夜中のこんな時間では照明がすべて消され、ただの暗い空間だった。飲み物の自販機だけが煌々《こうこう》と白い明かりをともしている。

その白い明かりに照らされて、後輩の外科医はうなだれていた。

「……殴ってください。殺してくれてもいいです」

冗談以外では口にできないような言葉だった。それでも、後輩が本気なのは嫌というほど伝わった。

彼がすべてを話したことだけを、後輩には伝えた。それを受けての言葉だった。

「おまえを殴るのも、殺すのも、していいのは俺じゃない」

「先輩は、平気なんですか、……なんとも思わないんですか？」

うなだれてはいるけれど、高野に向けられる語気は強い。くすぶるような怒りは、高野ではなく自分自身へ向けられるものだろう。

「それでも男なんですか。大事なんでしょう、彼のこと。それを散々好き勝手した俺のこと、黙って許して気がおさまるんですか。……有り得ないでしょう、普通」

「俺は、普通じゃないから」

かつてよく言われた言葉だった。だから、挑発するようなその物言いにも、笑い返すことができた。

「おまえのしたことは間違ってたし、簡単には許されることじゃないのかもしれない。でも、それを俺が自分のことに置き換えていいとは思わない。……俺は自分のしたいことしかしないよ」

「先輩は、なにがしたいんですか」

うつろな声と、うつろな表情だった。ここで、高野が怒りに任せて殴り飛ばせば、後輩の罪悪感も、その痛みで少しは誤魔化せるのかもしれない。だからこそ、そこには敢《あ》えて触れたくなかった。

いま、何がしたいのかと聞かれたら、それはひとつしかなかった。

「そうだな。……あいつの顔見てくる」

ひと晩よく眠れば、明日には熱も下がるだろうか。退院までもう間がないのだから、迎える側の準備もいろいろしておかないといけない。これから揃《そろ》えなくてはいけないものがいくつもある。決めなくてはいけないことも、それになにより、彼に伝えなくてはいけないことも。だから、誰かを怒ったり殴ったりしている暇などない。

高野の返答を聞いて、後輩はもう一度うなだれた。その肩を一度叩《たた》いて、デイルームを出ようとする。去り際に自販機が目に留まった。

落ち込んだ後輩のために、あたたかい飲み物を買ってやることにする。紙カップで出てくるタイプの自販機で、コーヒーの濃さやミルクの量が自分で調整できる。

コーヒーを買って、砂糖の量を最大限に多くするため、ボタンを連打した。すぐに出来上がったので、熱い紙コップを持って、後輩の前に置いてやる。

どうも、と小さく呟いて、後輩はそれに手を伸ばした。ひとくち飲んで、顔をしかめる。

「……俺、甘いの嫌いなんですけど」

「知ってる」

それだけ答えて、彼の病室へ戻る。

扉の開け閉めで目を覚ましたのか、ベッドサイドに身を寄せると、彼が薄く目を開いた。

先程よりはいくぶんか呼吸が楽そうだった。彼の手を取って、自分の手と重ねる。

「……先生の手、あったかい」

熱い紙コップを触ったせいだろう。彼は高野の手を引いて、頬《ほお》に寄せた。手のひらに、彼の体温が触れる。

いまは少しか細い、彼の灯火の温度。消えることがないよう、そばで守りたかった。

ずっと高野の背中をあたためていたほのかな温《ぬく》もり。いまは同じ灯火がこの胸の中にもある。そのどちらもが、何よりも愛おしくて、大切だった。

まだ、言葉にはしていない。けれどまるで、もうこれ以上なにもいらない、とでも言いたげに、彼は笑った。

もうひとりは終わりだと伝えたかった。その言葉ではなくて、それ以外の言葉や行動すべてで。

いつか、彼が心から、もうひとりではないのだと、何の言葉もなくてもそう思えるようになるために。

l a m p l i g h t

「違うんだ」

助手席に乗せた酔っぱらいが、さっきからずっと同じ言葉を繰り返している。

「ちがうんだよ……」

「はいはい。分かりましたって」

もう百回くらい聞かされたのではないかと思う言葉に、うんざりしながら適当に相槌《あいづち》をうつ。

軽い気持ちで、送っていくから好きなだけ飲めばいい、などと言わなければよかった。ハンドルを握りながら、瀬越《せごし》は心の中で後悔する。

「ずいぶん飲みましたね。珍しい」

皮肉を込めて言ったつもりだったが、シートに沈み込むように身を埋《うず》めている高野《たかの》は、短く唸《うな》っただけだった。

酒に弱い男ではなかったはずだ。決して親しいと言い切れる間柄ではないが、学生の頃から何度も酒の席で一緒になったことがある。この男はいつも、飲んでいても飲んでいなくても同じ顔をしていた。楽しいのか、楽しくないのかも分からない。それでもいつも必ず、本人は淡々としながらも、楽しげな笑い声に囲まれている印象があった。

別にそれは、酒の入る時だけの話ではないが。

「そんなに腹が立ったなら、その場で言い返せばよかったじゃないですか。得意でしょう、そういうの」

この男を見ていると、人徳、という言葉の意味を教えられる気になる。

人望でも信望でも何でもいいが、要するに、ひとには生まれ持った魂の質の違いというものがあるのだと、そんなことを教えられる。

誰からも嫌われず、憎まれない。それはこの男が誰も嫌わず、憎まないからだ。

瀬越にとっては、とうてい無理な話だった。

「あいつが嫌がる」

短く、ひとりごとのようにそう返される。誰のことかなど聞く必要もなかった。

「……まあ、そうでしょうね」

言いたいことを黙って呑《の》み込み、その後引きずるような人間ではないと知っていた。それなのに今日は珍しく、いつまでも済んだことについて、ずるずると言い続けてやめようとしない。

それが自分のことではなくて、彼にかかわることだからだと聞いて、高野の思いを理解する。

「自分のことで、波風立てられるとか。そういうの、たぶんすごく、嫌だろうし」

瀬越はそのことを、よく知っていた。きっとこれだけは、隣にいる男にも、他の誰にも追いつけないほどの深さで。

「だから我慢した」

むっとした、不満を隠そうともしない声で、助手席の酔っぱらいが呟《つぶや》く。身体《からだ》は大きいが、むくれた子どもが乗っているようだ。

「でも、違うんだ。ちがうんだ、おまえならわかるだろ……」

大きな子どもは、また最初に戻って同じ言葉を繰り返す。

おまえなら、という言葉に、悪寒のように苛立《いらだ》ちが走る。まるで、同じ立場にいるのだから、と同意を求められた気がした。手にしているものも、これから先に得られるものも、決して同じではないのに。

「さあ。どうでしょう」

答える声が、感情を抑えきれなくて少しひややかになった。

てっきり同意が得られるものと思っていたのか、こちらの返答を聞いて、高野はまだぶつぶつと言い続けていた。

「……あいつと俺ならさ。たしかに、いまは家にいる時間はあいつのほうがずっと長いよ。いくら気をつかうなって言ったたって、掃除やら洗濯やらほとんどしてくれてるし、料理だって、俺の好きなもんとか、毎日そりゃがんばってくれてるさ……」

「放り出しますよ」

愚痴を聞かされていたはずなのに、いつの間にか惚気《のろけ》にすり替わっている。

送っていくと言ってしまったことを、瀬越は本格的に後悔しはじめていた。置いて帰ればよかった、と心から思う。

「でも違う。あいつは男なんだ。ちゃんと、ひとりの男なんだ」

助手席に沈んだ酔っぱらいのぼやきは止まらない。

誰に対して言っているのか、おそらく本人も分かっていないのだろう。

窓の外を流れていく暗い夜の町に顔を向けたまま、高野は淡々と続けた。

「いくら家のことをしてくれてるからって、奥さんなんて言っていいわけじゃないんだ……」

違う、と、車に乗せてから、高野はずっとその言葉を繰り返していた。何が違うのかと、瀬越はそれを適当に聞き流していた。

――高野先生、最近、若い子がうちのこと面倒みてくれてるそうじゃないですか。

飲みの席で、誰かが口にした他愛ないひと言だった。

縁あって十代の少年とともに生活するようになったことを、高野は別段、隠し立てしていない。中には、どんな関係なのか怪しんでいるものもいるかもしれない。けれど、ほとんどの同僚は、そこまで邪推することはないはずだ。

だからそれは、完全にただの冗談だったのだろうが。

――若くてかわいい奥さんなんでしょう。羨ましい話ですね。

ああ、まあ、と曖昧に頷《うなず》くだけで、高野はそれから、黙って酒を飲み続けていた。反論を呑み込んで、珍しく、あとに引きずるような愚痴として抱え込んで。

「おまえだってそう思うだろ」

もう一度、高野は同じ言葉を瀬越に向ける。

自分と瀬越は同じ場所に立って、そこから彼を見ている。高野の中では、きっと、そういうことにされている。

優しくて善良で、残酷な男だと、つくづくそう思った。

「……どうでしょうね。分かりません」

半ばあきれるような気持ちで、ハンドルを握り前を向いたまま首を振る。今度は、少し笑うこともできた。人間は嬉《うれ》しくなくても、楽しくなくても、笑うことのできる生きものだ。

なんだよ、と不満そうな声を上げて、酔っぱらいはようやく黙り込んだ。


鍵が外れるのと、扉が開くのは、ほとんど同時だった、きっと、いまかいまかと帰りを待ち構えていたのだろう。

「おかえりなさい、……わっ。どうしたんですか、先生」

ここまで送り届けるつもりはなかった。マンションの前で車から降ろして、そのまま帰ろうと思っていたのに。

「ごめんね。今日はちょっと、そういう気分だったみたいで。危ないから運んできた」

ふらふらと車を降りた高野が、あまりに足元もおぼつかない様子だったので、つい見かねて玄関まで来てしまった。あのままでは、部屋まで帰り着けないのではないかと心配になったからだ。

道で寝られて車にでも轢《ひ》かれれば、ただでさえ足りていない麻酔科医をひとり失うことになる。自分の感情より、手術室の運営を優先した。

「ありがとうございます。俺も免許を取れたら迎えに行けるんだけど」

半ば背負うように連れてきた高野を、彼の手に引き渡す。タイミングを外して、高野は彼ごと玄関に崩れ落ちた。わ、と、慌てて彼がそれを支える。

「先生！　しっかりしてください」

「……ん。創か。創じゃないか。ただいま」

「おかえりなさい。珍しいですね、高野先生がこんなに酔っぱらうなんて」

「俺は高野先生じゃない。ふたりの時はけいいち先生だ」

いつもそう呼べって言ってるだろ、と、さきほど車中でぶつぶつ愚痴っていた時と同じ調子で言う。

「いま、ふたりじゃないです」

瀬越先生が送ってくれたんですよ、と、創が困った顔をしながら高野を立たせようと手を取る。

「ふたりでいたって、こいつも一緒にいるようなもんだろ……」

静かな、小さな言葉だった。それでも高野のその言葉に、創の手が一瞬だけ、動きを止めたような気がした。

彼がどんな表情をしているのかは、ちょうど背を向けられていた瀬越には見えなかった。傷ついたように目を伏せたのか、何も変わらない笑顔のままだったのか。

見えなかったことに、救われた気になった。

「なんだおまえ。そんなエプロンなんかして。誰だそんなもの着せたのは。可愛《かわい》いじゃないか、そんなの……」

「先生がくれたんじゃないですか。しっかりしてください」

だんだん支離滅裂になっていく酔っぱらいを立たせるのに、瀬越も手を貸す。ふたりがかりで両側から身体を支え、とりあえず居間のソファにもたれかかるように座らせておいた。すぐに、力なくずるずると床に倒れ込む。

「水を飲ませて、あとは放っておけばいいよ。布団《ふとん》だけ掛けてやって」

「ありがとうございます。すみません、ご迷惑かけて」

恐縮した様子で眉根《まゆね》を寄せる創に、瀬越は苦笑するしかなかった。

いくら高野本人が違う、と言ったところで。これが若奥さんでなければ、いったい何だと言えばいいのだろう。

「いいよ、これぐらい。……じゃあ、帰るから。おやすみ」

「え、お茶くらい飲んで行ってください」

「明日も早いし。お構いなく」

何か言いたそうな顔をしたまま、創は瀬越を玄関まで見送った。

靴を履きながら、その姿を別れ際に一度だけ、そっと目に映す。洗い物の途中だったのか、サイズの大きい部屋着の袖《そで》を捲《まく》って、その上にエプロンを身に付けている。渋い、焦げ茶色のエプロンだった。

「おやすみなさい」

お互い、笑顔で挨拶をして別れる。

(……まあ、確かに)

エレベーターに乗って、一階のボタンを押す。確かに、エプロン姿は可愛かった。

すぐに地上に着き、マンションを出る。駐車場の隅に、邪魔にならないように停めていた車に戻りながら、出てきたばかりの建物を見上げる。窓の灯《あか》りを、端から数えて探した。

カーテンが閉められていても、その向こうに灯りがともされているのが見える。橙《だいだいいろ》色の、あたたかい光だ。今頃は、床に倒れ込んだ男の眼鏡《めがね》をそっと外して、上から布団を被《かぶ》せているだろうか。

(たぶん、俺なら)

瀬越なら、あの色は選ばなかっただろう。たとえピンク色は避けたとしても、淡い黄色か、水色か。

そんな、可愛らしい色を選んでしまう気がした。

彼を、そういう風に扱ってしまうだろうと、容易に想像できた。

窓の灯りを、静かに見上げる。

——あいつは男なんだ。ちゃんと、ひとりの男なんだ。いくら、家のことをしてくれてるからって。

覚えていよう、と、ふとそう思った。

こんな風に、あの窓が明るいことを、ずっと覚えていよう。

——俺の奥さんなんて、言っていいわけじゃないんだ……。

あの男が一緒にいるのなら、きっと彼は、ずっとそのままでいられる。

彼以外のなにものになる必要もなく、幸せに生きていける。あの灯りも、ずっと、橙色にあたたかく光り続けるだろう。

相手が他の誰でもない、高野だから。だから、瀬越も諦められる。

(……でもやっぱり、あの色じゃないほうが似合うと思うけどね)

心の中で、そう笑うことだけは、自分に許す。

どこに行っても、どれだけ時間が経っても、忘れることのない存在だ。だからずっと、この光が明るく世界にあることを、幸福に思おう。

見上げる橙の灯《ひ》は、ほんの少しだけ、滲《にじ》んでぼやけた。

それはもう二度と迷わないよう、瀬越を正しい方角へと導いてくれる、たったひとつの灯火《ともしび》だった。

野の花

創《そう》は生まれてはじめて、飛行機に乗ることになった。

「高いところ平気か」

チケットを取ってくれた高野《たかの》に聞かれる。

「眺めのいいところは好きだと思うんですけど。でも高いところを飛んだことがないので、ちょっと分かりません」

創は飛行機に乗ったことがない。だから実際その状況になった時、自分がどう感じるかが分からなかった。ついでにいうと舟も想像の中でしか乗ったことがない。酔いやすいと話には聞いているが。

「ジェットコースターとか好きなら大丈夫じゃないかな」

「すごく小さい頃、ちびっこコースターみたいなやつなら乗ったことあります。よく覚えてないくらいだから、特にトラウマになるようなことはなかったんだと思いますけど……」

「うーん」

記憶を探りながら言うと、高野は悩ましげに唸《うな》った。何か難しいことを考えているのかな、と思っていた創に向けて聞いてくる。

「電車でも行けるけど。そっちのほうがいいか？」

こちらに向けられた眼差《まなざ》しがなんだかとても優しくて、目が合った瞬間、創の胸が甘くなる。秘密も後悔も、何もかも打ち明けて分かち合ってもらってからも、高野は変わらず創に優しい。

一緒にいることに慣れていくうちに変わっていくだろうか、と思っていたが、むしろ日に日に向けられる優しさが深くなっているような気がした。以前は少し離れたところからそっと投げ渡されていた優しさを、いまは躊躇《ためら》うことなく、手を取って与えてくれている。そんな違いを、ささやかな仕草や言葉から感じた。

「電車？」

「ああ。ちょっと時間はかかるけど」

飛行機で行く予定だと最初から決まっていたはずなのに、どうして電車が出てきたのだろう。不思議に思いかけた創も、すぐに高野の意図に気付く。創が飛行機に乗った経験がないから、それを心配しているのだ。だから電車に変えようかと提案してくれている。

そこまでしなくてもいいのに、と、苦笑するような気持ちになりながらも、それをあたたかいと感じる。こんなに誰かに大切にしてもらうのは、もしかしたら生まれてからはじめてのことかもしれない。ちょっと過保護なような気もするが。

「先生、いつも飛行機乗ってるんですよね？　だったら俺も同じがいいです。それにいつか海外も行きたいから、慣れておきたいし」

「そうか」

無理はするなよ、と言ってくれる。それに、はい、と笑って頷《うなず》いた。この人がいればどんな場所でも平気だと思った。一緒ならどこにでも行けるし、いつだって笑顔でいられる。

そう思っていたはずだった。

「大丈夫か？」

隣に座った高野が声を潜めて聞いてくる。平気だと伝えるため、創は小刻みに頷いた。

「すみません。大丈夫です……」

ひとによっては離陸の瞬間がちょっと怖いかもしれない、とあらかじめ聞いていた。それさえ乗り越えればあとは電車に乗っているのとほとんど同じだ、とも。

どんな感じなのかな、と身構えていたおかげか、その離陸の瞬間に関しては、さほど怖いとは感じなかった。たぶん、高揚する気持ちのほうが強かったからだろう。何しろ高野とふたりで、はじめて遠くにおでかけするのだ。

ただただ楽しみで、前々日から眠れなくなるほどだった。家を出てから空港に向かうまでの車の中でも、空港のあの独特の賑《にぎ》やかさにもわくわくするばかりだった。何を見ても楽しかった。

それがここにきて、急に調子が悪くなりはじめた。外が見えるように、と譲ってもらった窓際の席で、どこまでも開けた水色の空を夢中になって眺めていた。

ほんとうに空を飛んでいるのだ、としみじみ実感したせいだろうか。なんだかじわじわと焦るような気持ちが胸にこみ上げてきて、徐々に息が苦しくなっていった。

創の口数が少しずつ減っていき、しまいには黙り込んでしまったからだろう。不安そうな顔をした高野がこちらを覗《のぞ》き込んできた。

「顔が真っ白だ」

言いながら、手を伸ばして創の指に触れた。指先に伝わる高野の体温が熱いほどに感じられて、創ははじめて自分の手が冷たくなっていることに気付いた。

高野も同じことを感じたのだろう。端整な顔が、わずかに眉根《まゆね》が寄ったしかめっ面になる。体温を確かめるように、首筋と額に手のひらを伸ばされた。

「……きもちいい……」

その手があたたかくて、創は思わず呟《つぶや》いてしまった。高野の手は創をいつも心身ともに包んでくれる。不安になった時や何かを怖いと思うような時、この手に触れていれば安心した。

「熱はないと思うけど、血圧が下がってそうな感じだな……吐き気は？」

創は首を振った。顔を揺らすと頭がくらくらする。

「気持ち悪いとかはないです。ちょっと寒気はするけど」

「酔ったかな」

ちょうど通りかかった客室乗務員を、高野が呼び止める。膝掛《ひざか》けか毛布を貸していただけますか、と頼んでいるその様子を、創は座席にぐったりともたれかかった格好で見ていた。

「ほら」

借りた毛布を広げて、創の胸のあたりから膝下にかけて覆い掛けてくれる。手触りの良い毛布だった。薄いけれどあたたかい。

創はブランケットやタオルなど、手触りがよくてやわらかいものに触れていると心が落ち着く。そんな自分に気付いたのは、つい最近のことだった。寝袋一枚で野宿生活をしていた頃の反動なのかもしれないし、もしかしたら自覚していなかっただけで、昔からそういう子どもだったのかもしれない。

そのことは高野にだけ話していた。だからきっと防寒のためだけでなく、創が少しでも安心できるように、と毛布を借りてくれたのだろう。身体《からだ》を覆う毛布よりずっと大きなものに、全身ふわりと包まれているようだった。

「まだ着陸までしばらく時間があるから、寝るといい。おまえ昨日ほとんど寝てないだろ」

「ごめんなさい」

「謝ることない。緊張するよな」

無理もない、と労《いたわ》るように言ってくれる高野に向けて、創はほんの少しだけ身体を傾ける。こんな風に身を寄せ合っていると、通路を挟んで向こうに座っている人やスタッフに見えてしまうだろうか。でもいまはちょっと具合が悪いから許してください、と心の中でお詫《わ》びする。

「緊張……そうですね、俺、緊張してるのかも。怖いとかは全然ないんですけど」

今回のおでかけの話を高野から提案された時から、創はずっとこの日が来るのを待ちわびていた。楽しみで仕方なかったのだ。

けれど同時に、心のどこかで緊張していたのかもしれない。高野の言葉を聞いて、創は自分の心の中にある張り詰めた部分をはじめて意識した。

「話してくれたらよかったのに」

「自分でもここまでとは思ってなくて……」

高野は目を細めて創を見ていた。その眼差しがとても優しく感じられてしまい、なんだか気恥ずかしくなる。胸元まで覆っていた毛布を、肩口へ引き上げてきゅっとくるまる。

創はこれから、高野の生まれ育った家に連れて行ってもらう。そこで高野の両親に会って、ご挨拶をするのだ。

「一度話してるし。ふたりともおまえに会うの楽しみにしてるよ」

高野は実家に電話をする機会があった時、創のことを話してくれていた。その時に、創も、ほんの少しだけれど電話口で挨拶をした。ぜひ遊びに来てね、と優しく言ってくれて、涙が出そうになった。

しかし顔を合わせるとなると話はまた別だった。

「お、俺だって楽しみにしてますけど……！　でもちゃんとご挨拶できるかなとか、なんて言ったらいいのかなとか……」

そもそもどう言って自己紹介すればいいのだろう。名前と年齢を言うことしか思いつかない。考えれば考えるほど分からなくなっていた。おでかけの楽しさで覆い隠せていたものが、ここに来ていよいよ無視できなくなってしまったのだ。そのせいで抑えていた緊張が一気にピーク付近まで高まってしまった。

「『こんにちは』でいいと思うけどな」

創がぷるぷると震えているのを見て、高野は毛布の下にそっと手を差し入れてきた。小刻みに震える創の手が取られ、落ち着きなさい、と伝えるように手のひらに包まれる。

創の冷たい手に高野の体温が移って、少しずつ熱を分け与えられているようだった。毛布の下で、ゆっくりと時間をかけて指先を絡ませた。

目が合うと、安心させるように微笑《ほほえ》んで一度頷いてくれる。

「無理も心配もしなくていい。いつもどおりでいいから」

高野の静かで穏やかな声を、創はひとつひとつ頷きながら聞く。やわらかい毛布にくるまって高野と手をつないでいたおかげで、少しずつ落ち着いてきた。震えも止まったし、喉《のど》が塞がったような息苦しさももう薄れていた。

「大丈夫だよ。俺の両親だ」

その言葉にも、うん、と頷いた。しかし改めて考えてみたら、それは創にとって心配の種でしかなかった。

「だ、だから緊張するんじゃないですか……！」

反論する創に、高野は笑った。大丈夫だよ、ともう一度繰り返される。毛布の下でつないだ手に、ぎゅっと強い力が込められる。

まるで、離さないから心配いらない、と、その手が伝えてくれるようだった。

その後は着陸するまで、窓の外を眺めたり飴《あめ》を舐《な》めたりしていた。そうしているうちに、創の調子は徐々に回復していった。

気をまぎらわせようとしてのことだろう。高野はいつになく積極的に、あれこれ創に話しかけてくれた。いつか聞いてみたいと思っていた、学生時代に旅をしたというういろんな国の話が興味深かった。創でも知っている有名な観光地や名所ではなく、東南アジアを中心にあちこち放浪していたらしい。

いつか一緒に行けるといいな、とそんな日を思い描いていると、緊張でがちがちに強張っていた創の肩からも力が抜けていった。高野は着陸までずっと手を繋《つな》いだままでいてくれた。

飛行機は予定時刻をぴったりと守って、目的地に到着した。

空港を出てすぐの場所で、レンタカーを借りる。あたりの空気は創が予想していた以上に肌寒《はだざむ》かった。心持ちあたたかめの服装で行くように、と高野に言われていたとおりだ。

「まだ寒いですね」

もう春になって桜の季節も過ぎ、緑が鮮やかに色を濃くしていく時期なのに。まるでここだけまだ冬が続いているみたいだ、と思いながら、高野の借りたレンタカーに乗り込む。

慣れた手つきで車を発進させながら、高野は苦笑した。

「これでもずいぶんあったかくなってるよ。もう雪も残ってないだろうし」

しばらくはそれなりに車も多く、市街地の大きな通りを走っていたが、やがて少しずつ見える風景が変わっていった。

「すごい……」

助手席の窓から外を眺めながら、創は思わず声を上げる。

道がひたすらまっすぐに伸びていた。窓の外には開けた景色がどこまでも広がっている。道端に見える建物はどれも背が低く、緑の大地と青灰色にぼやけた空がずうっと先まで見通せた。

まるで外国の景色みたいだ、と創は思う。時折あらわれる店や牧場の看板がなければ、日本にいることも忘れてしまいそうだった。行き先を示す道路標識も見慣れない地名ばかりだ。遠いところにきたのだな、と実感する。創が暮らしている場所とは、見える景色も気候もずいぶん違う。

「冬はものすごく寒いんですよね」

「そうだな。そのぶん夏は過ごしやすいけど」

「じゃあ先生、暑いの苦手だったりしますか」

「いや？　特には。あまりそういうの考えたことないな」

親しくなったのは秋に入ってからだったから、創は夏の高野を知らない。冬には森の熊さんになって電気カーペットでうたた寝する人だが、夏はどんな姿を見せてくれるのだろう。考えると暑い季節も楽しみになった。

「おまえ、暑いの弱そうだな」

「得意ではないです。でも寒いよりはいいかな……」

創は寒がりだ。よくあんな薄い寝袋で野宿したり、薄着で一晩中外にいられたな、と少し前の自分を振り返る。その日その日を過ごすのにせいいっぱいで、自分が寒がっていたことにも気付かなかったのかもしれない。

もしかしたら高野も同じことを考えたのだろうか。よし、と軽く笑う声は優しかった。

「夏になったらベランダに小さいプールを出してあげよう」

「小さい子が遊んでるようなやつですよね？」

子ども扱いをされている、と思うが、高野に「小さいもの」として扱われることが創は嫌いではなかった。なんだかくすぐったくなって笑ってしまう。

足くらいは冷やせるだろ、と高野も笑った。

「飲み物とかスイカを冷やしたりできる。そうやって花火を見よう」

「楽しそう！　お祭りみたい」

途中何度か休憩を挟みながら二時間あまり車を走らせて、ようやく目的地に到着した。

高野が車を停めたのは、砂利の敷き詰められた空き地だった。ほかに軽トラックや乗用車が停められているから、きっと駐車場なのだろう。

森の中のような山道をずっと走り続けてきて、周りにはほとんど建物が見えなかった。そういうところにも以前はひとが住んでいたけれど、いまはほとんど町の方に引っ越してしまったらしい。

高野が車を降りたので、創も続く。やっぱり飛行機に乗る前の空気より、少し肌寒い。

背伸びをしながら、辺りを見回した。奔放に繁った草の中をまっすぐ伸びている道と、間隔を開けて並ぶ電柱だけが、かろうじて文明を思い出させてくれる。

「こっちだ」

鞄を背負いながら、歩き出した人に並ぶ。

辺りいちめん緑の草原だが、その中に、どうにかふたり並んで歩けるほどの幅の道があった。創の膝の高さくらいまである草の中を歩いていくと、やがてぐるりと視界を横切る塀があらわれた。塀も雨戸みたいな古びた扉も、ずいぶん年季が入っている。

古びてはいるが、門構えは大きく立派そうな家だ。扉の横に、同じく年季の入った風の「高野」と書かれた表札が掛かっていた。それを見ると、ついに来てしまったぞ、と創の緊張も蘇ってくる。

創の心の準備ができる前に、高野ががたがた音を立てながら門扉を開ける。表札に並んで呼び鈴があったが、それには触れないまま、創を手招く。

「チャイムは鳴らさなくていいんですか」

「壊れてる」

淡々と教えてくれる人の後に続く。お邪魔します、と頭を下げ、がたがたと扉を閉めた。

門の奥は想像していた以上に広かった。たぶんもともとは日本庭園だったのだろうが、その後いろいろなところに好きな樹や花を植えました、という自由な雰囲気がある。あの薔薇《ばら》の花の奥に見えるのはキャベツ畑だろうか。そういえばキャベツも送ってもらったことがある。

「広いお庭ですね」

塀の内側を歩いて回るだけで、結構な散歩になりそうだ。

「昔は何もない広場みたいな庭で、ニワトリも放し飼いにしてた。最近は帰る度に畑の面積が広がってる。人間年取ると土いじりがしたくなるんだろうな」

「ニワトリがいたんですか。いいな」

すでに一般的な住宅の一軒分は歩いただろう、という頃合いで、ようやく家らしき建物が見えてきた。屋根や壁は、塀や門から想像していたより新しかった。二階建ての、創が住む町でもよく見かけるような家だった。

「おうちはきれいですね」

「何年か前にリフォームしたからな。屋根に融雪も付けたし」

雪国ならではの備えだ。何年か前、ということは、高野が住んでいた頃とは面影も変わっているのだろうか。

先生がいた頃はどんなおうちだったんですか、と創が聞こうとした時、何か音がした。足音にも聞こえるが、それにしてはずいぶんな勢いでこちらに近づいてくる。

「お、来た」

高野は心当たりがあるらしい。音のする方を見て、笑みを浮かべている。

「なにが……わっ！」

何が向かってくるんだろう、と分からないでいた創の足元を、勢いよく淡い茶色の影がすり抜けていく。思わず、驚いて声を上げてしまった。

高野は地面に膝をついて、飛び込んできたクリーム色の生きものを受け止めていた。毛が長くて耳も長い、大きな犬だった。確か、ゴールデンレトリバーと呼ばれる種類の犬だ。膝をついた高野の肩に前肢を乗せて、はふはふ短く息をしている。しっぽも千切れんばかりに左右に振っていた。

「ただいま。元気だったか」

その頭を撫《な》でながら、高野が言う。この家で飼っている犬なのだろう。ゴールデンのほうも高野に会えてこの上もなく嬉《うれ》しそうだった。毛と同じ色の睫《まつげ》毛に縁取られた真っ黒な瞳が、きらきら光っているように見えた。

高野と一緒に暮らすようになるまで、創は動物とは縁のない生活を送っていた。いまは熱帯魚がいるけれど、犬や猫のような生きものと接する機会はほとんどない。こんなに間近で見たこともなかったかもしれない。

（かわいいな……）

犬も可愛《かわい》いと思うが、それ以上に犬を撫でて目を細めている高野の姿が眩《まぶ》しい。なんだか創にとって「しあわせ」や「平和」を絵に描いたような光景だった。写真に撮りたくなる。

「高野ジェントルくんだ」

その様子を見ていた創に、高野が紹介してくれる。この子の名前らしい。誰が名付けたのだろう。

「おしゃれなお名前ですね」

「うちの親がやってる床屋の名前だよ。看板犬なんだ」

へぇえ、と創は納得する。すると、それまで高野との再会の喜びを全身で表現していたジェントルくんが、創の方を見た。真っ黒な瞳がじっと自分に向けられて、創は少し身構えた。番犬というものが存在するくらいなのだから、やはり家族以外には警戒する生きものなのではないだろうか。

「お、俺もさわらせてもらえますか……」

思わず敬語で話しかけてしまう。高野を真似《まね》て、目線を低くしようとした。

「わっ！」

創が地面に膝をつくのと、ジェントルくんがこちらに向かって跳躍したのはほとんど同時だった。

前肢で肩を押さえるように飛びかかられ、弾みで創は背中から転がる。

「わああ」

何が起こっているのか分からないまま、ふんふんとあちこち匂いを嗅がれ、頬《ほお》を大きな舌でべろべろ舐められた。クリーム色の毛のふんわりとやわらかな印象とは異なり、その体軀《たいく》はどっしりと重たくて力も強い。創はされるがままになって舐められることしかできなかった。間近で見るアーモンドいのだろうが。
型の目が優しいし、尻尾《しっぽ》も元気に振ってくれているから、たぶん警戒して攻撃されているわけではな
「大歓迎だな」
すぐ近くで高野の声が言う。助けを求めようと、ジェントルくんの下から顔を出す。高野は携帯で
創の写真を撮っていた。
「せ、先生、写真撮ってないで助けてください……！　あっ、靴……！」
はふはふ言いながらじゃれついていたジェントルくんが、創の履いている靴に噛《か》みついた。そうし
て、それを器用に足から抜き取ってしまう。そのまま創のスニーカーをくわえて、どこかに走り去っ
てしまった。
「俺の靴……」
「あれはジェントルくんの特技なんだ。お客さんを歓迎してるつもりなんだよ。ちょっとタイミング
が早いけど」
飛びかかられて顔中舐め回された衝撃で、創は若干放心状態に陥っていた。高野が手を差し伸べて
くれる。
その手を取って身体を起こした時、ジェントルくんが軽やかに走って戻ってきた。あっ、と思う間
もなく、残ったもう片方のスニーカーをくわえて脱がし、また持ち去ってしまう。最早ほれぼれする
ほどの早業だった。
「両方なくなってしまいました」

創が呆然《ぼうぜん》として言うと、高野は笑う。

「はやくおうちにお上がりくださいって言ってるんだよ。すぐ玄関だし、背負っていくか」

起こしてくれた大きな手に支えられながら、創は少し迷う。背負ってもらえたら助かるし、高野の背中にぴったりくっついていられるあの温《ぬく》もりが、創はとても好きだった。

しかしここはこの人の実家なのだ。すぐ玄関だというのなら、すぐそこにご両親もいるのだろう。さすがにはじめて顔を合わせる時、おんぶされている姿を見せるのは気が引ける。

「あ、あの俺、いっそ裸足《はだし》で……」

靴下も脱いで裸足で歩けば、足だけ洗わせてもらえばなんとかなるだろう。そう思って創が提案しようとした時だった。

「あらまあ。思ってたより大きいのね」

ふとのんびりとした声がかけられる。見ると、先ほどジェントルくんが靴をくわえて走り去った方角から、人影がふたつこちらに向けて歩いてきていた。

小さめで丸く優しげな影と、大きくて痩せた樹のようにまっすぐ伸びた影。年輩の男女が、地面に転がったままの創と隣の高野を見ている。

「ただいま」

高野がそのふたりに向けて言った。抑揚がなく淡々とした、それでも穏やかな声だった。眼鏡《めがね》越しの静かな瞳が創を見て、心配いらない、と安心させるように一度頷いてくれる。

このふたりが、高野のご両親だ。飛行機に乗っている時からここに来るまでの車中でも、ああ言おうこう言おうと、たくさん考えていたはずだったのに。

地面の上にひっくり返って服も顔も汚れてしまった。ジェントルくんにべろべろしてもらって髪もぼさぼさだ。おまけに靴も両方履いていない。

まさかこんな格好でご挨拶する羽目になるとは、想像もしていなかった。

「はっ……はじめまして……」

どうにかそう言うのでせいいっぱいだった。ふたりは創の弱々しい声を聞いて、まったく同じタイミングで笑顔になった。

「はじめまして」

「はじめまして、創くん。遠いところをようこそ」

おとうさんとおかあさんが、続けて言ってくれる。

それを聞いて創はぐっと胸にこみ上げるものを飲み込んだ。涙を見せてしまいそうで、けれどもこらえて、ありがとうございます、と笑って言えた。

高野が何も言わず手を貸してくれる。促されるまま、玄関まで背負って運んでもらった。

ジェントルくんがまた走り出てきて、創を背負った高野の周りを嬉しげにはふはふ言いながら走っていた。

あまりに泥だらけになって汚れてしまったので、創は着いて早々、風呂《ふろ》に入らせてもらった。外壁だけでなく中もリフォームしていたのだろう。風呂場も新しかった。

浴槽に浸かって足を伸ばしていると、脱衣場にいる高野から声をかけられた。

「俺が昔着てた服でよかったら貸すけど」

「持ってきてる自分の服を着るから、大丈夫ですよ」

いつぐらい昔なのかは分からないが、いまの創と同じ年の頃ならきっとサイズは合わないだろうな、とそんなことを考えた。その頃、高野はどんな服を着ていたのだろう。あとで見せてもらおう。

しばらくそのまま、高野と扉越しに話す。

「うちの親もおまえのためにあれこれ用意してくれてたみたいなんだけど。ちょっと行き違いがあったみたいで」

「行き違い？」

「十七歳の高校二年生って伝えたのに、どういうわけか七歳の小学二年生にすり替わってて」

扉の向こうで高野が苦笑する。なるほど、と創は謎がとけた思いになった。「思ってたより大きいのね」とは、そういう意味だったのだ。

「がっかりさせちゃったかな」

「まさか。来て早々泥だらけにしちゃった、って申し訳なさそうにしてるよ」

「ジェントルくんが？」

「両親ふたりとも。犬は寝てる」

創が笑うと、高野もかすかに笑う声が聞こえた。

「ちょっと庭の方に出てくる。前の雪で折れた木があるらしくて、切ってしまいたいから手伝ってくれって頼まれた」

「俺も手伝います」

きっといつも実家に帰った時は、そうやって力のいる作業を手伝ったりするのだろう。創もぜひ役に立ちたかった。

「すぐ終わるからいいよ。疲れただろうし、休んでてくれ」

疲れたのは長時間運転していた高野のほうでは、と思ったが、そう言うより先に高野は脱衣場を出て行ってしまった。汚れもすっかりきれいに洗い、お湯でじゅうぶんにあたたまったので風呂を出る。

持参した服に着替えてから、どこに何があるのか分からない家の中をそろそろ歩く。リフォームは部分的に行われたようで、手の入った箇所とそうでない部分の差が目立つ。廊下は古いままだったらしく、歩くとぎしぎし音が鳴った。

その音で、創がいることに気付かれたのだろう。あらまあ、と、高野のおかあさんが顔を出した。

濡《ぬ》れた髪を乾かしなさい、と洗面所に案内される。

「いつもはてきとうに暖房の風で乾かしちゃうけど。ほんとは良くないのよね、そういうの」

そう言いながら、ドライヤーを手渡された。

(高野家の風習だったのか……)

高野の部屋にはじめて泊めてもらった日のことを思い出しながら、髪を乾かす。終わるのを待ち構えていたようにおかあさんが顔を出して、畳の部屋に案内された。

板間の台所と続いている、おそらくリビングとして使われている部屋なのだろう。背の低い木のテーブルのかたわらに座布団《ざぶとん》が配置されていて、居間、というよりは茶の間といったほうが相応《ふさわ》しい雰囲気だった。開け放たれた障子の先は縁側になっていて、そこから庭が見えた。背の低い植え込みの間から、野菜を育てているらしい畑が覗いている。倒れた木を切りに行く、と言っていた高野の姿は見えなかった。

お茶を出してもらって、お礼を言う。

「ありがとうございます」

そういえば手土産《てみやげ》にお菓子を買ってきたはずだ。どこに入れたっけ、と創が思い出そうとしているうちに、その持ってきたお菓子を、お持たせですけれど、と出してくれた。出会い頭に靴は履いていないし、いろいろ不手際ばかりだ。

「創くんは羊のお肉は好き？」

「食べたことないです。あ、でも先生が好きだって聞いたことがある気が」

「あの子は何食べても美味《おい》しいっていうところがあるからねえ」

「あ、分かります……。あの、それで俺も、食べてみたいなって思ってました」

「よかったわあ。晩ご飯はジンギスカンよ」

まるでずっと昔から知っている間柄のように、おかあさんは創に話しかけてくれた。なので創も、緊張せずに受け答えができる。どういう風に話せばいいのかな、と悩んでいたことが嘘《うそ》のようだった。

（こういうとこ、先生によく似てる……）

先ほど庭で出迎えてくれた、高野のおとうさんの姿もあわせて思い起こす。背が高くて、落ち着いた樹のような雰囲気の人だった。その空気が高野によく似ていた。顔立ちはどちらに似たのだろう。どちらにも似通ったものがある気がした。笑った時に下がる目尻《めじり》の優しい皺《しわ》は、おかあさん譲りだろうか。

そのあとはお茶を飲みながらお菓子を食べて、高野の話や創の話をした。おかあさんはひとつひとつに、うん、うん、と頷きながら耳を傾けてくれる。やがて、高野の子どもの頃の話になる。

「人間よりも風とか雲とか動物とか、そういうものと仲の良かった子でねえ。私たちふたりとも商売があるから、あまりあの子には構えなかったんだけど、いつの間にか自分のことはちゃんと決められるように育ってたわ。不思議ね」

いろんな生きものを拾ってきては自分で育ててた子でね、と、おかあさんはその当時を思い出しているように目を細めていた。怪我をしたリスを介抱し、やがて野に返してあげたりもしていたのだという。

創はリスではないけれど、拾い上げてくれた手の大きさとあたたかさをよく知っている。昔から、小さくて弱ったものを見過ごせない人だったのだろう。

「あの。先生の、昔の写真とかありますか」

高野が自分で持っていたぶんは、すべてなくなってしまったと聞いている。実家に行けばあるかも、とも言っていた。自分の知らない高野の姿を見てみたくて、少し前のめりになって聞いてしまった。

「ありますよ」

外の倉庫の中にしまってあるから、あとで出してきましょうね、と言ってくれた。創も手伝うと約束する。

「でもあまりそういうの好きじゃない子だから、ご期待に添えるかしら。自分の結婚式の写真だって、笑った顔のひとつもなかったもの」

「結婚式……」

その言葉に、胸がひやりとした。それは創のほとんど知らない高野の過去だ。痛いだろうな、と思うから、その傷痕が残っているかもしれない箇所には、わずかに触れることでも躊躇ってしまう。けれども決して、気にならないわけではなかった。むしろとても気になる。知ってもどうにもならないし、おそらく知らないままでいたほうがいいのだろう。分かってはいたが。

「あの、お嫁《よめ》さんって、どんな人だったんですか……」

こわごわ聞いたので、自然と声も小さくなってしまった。なんだか高野に隠れてこそこそと秘密を聞き出しているようで、少し居心地が悪い。

「そうねえ」

おかあさんはそれまでと同じように、ほのぼのと答えた。語ろうとしている人について、それほど悪い思い出はないのだろうな、と伝わってくるようだった。

「すごく華やかな娘さんだったわねえ。花にたとえたらダリアみたいな」

ダリアという名前は聞いたことはあったが、どんな花なのかは分からなかった。でもきっと、そこにいるだけでぱっとその場が明るくなるような、きれいな人だったのだろう。花というのはそういうものだ。

ダリアさん、と心の中でその面影を想像しようとする。

どんな人だったのかな、と創が考えているのが顔に出ていたのだろうか。おかあさんはかつて義理の娘だった人について、少し話してくれた。

「一度だけこの家にも遊びに来てくれたけれど、何もないところだから気の毒だったわねえ。都会で生まれ育った人だから、退屈そうで……」

結婚式も先方の実家のある場所で挙げたから、ダリアさんがこの家を訪れたのは一度きりだったらしい。離婚した、という報告も後になって高野から電話で聞いただけで、その人とはほとんど話す機会もなかったのだという。

ダリアさんの話をするおかあさんは、少しだけ寂しそうにも見えた。高野から、離婚に至った原因も聞いているのかもしれない。

「大変でしたね」

どう言っていいか分からないまま、そんな言葉しか出てこなかった。

おかあさんは静かに微笑むだけだった。お茶をいれましょうね、と、空になっていた湯呑《ゆの》みにお茶を注ぎ足してくれる。

「あの子は大事なことをちゃんと自分で決められる子だから、なにも心配してはいなかったけれど。でもほんとうは、少しだけ意外に思ったの」

これは息子《むすこ》には内緒ね、と、そう言っておかあさんは小さく首を傾《かし》げて笑った。その仕草が可愛らしくて、創はまるで同世代の女の子と向き合っているような気持ちになる。

「あの子がこの家に誰かを連れてくるなら、きっとそのあたりの野原に咲いている花みたいな子なんだろうな、って思ってたから」

少女のように軽やかに笑いながら、おかあさんが言う。

創はここに来る道すがら眺めた景色を思い出す。緑の草が穏やかに風にそよぐ野原をいくつも通り過ぎてきた。あの中に、花は咲いていただろうか。

「動物はいろいろ連れて帰ってきたけれど、花を摘《つ》んできたりとかは滅多にしない子だったわねえ」

高野は創のことを、縁があって一緒に暮らすことになった人、と紹介してくれている。その経緯やふたりの詳しい間柄については、のちのち時間をかけて伝えたい。何よりまず、先入観なしに創という人間に会ってほしかったのだと、高野は話してくれた。

そんな風に考えてくれる高野のことが好きだし、心から信頼している。けれど同時に、このおかあさんなら、何を言っても受け入れてくれるような気もした。高野が連れてきた創についても、もしかしたら、あらまた何か生きものを連れて帰ってきたのね、ぐらいに思われているのかもしれない。

でもそれがいちばん近いのかもしれないな、と創も思う。

「ジェントルくんも先生が拾ってきたんですか」

創の素朴な疑問に、おかあさんは笑った。

「さすがにこの辺でもゴールデンレトリバーの野良犬はいないわ。あの子は保護犬だったの。元の飼い主さんがご高齢で亡くなってしまって、引き取り手を探していたところにちょうど巡り会えて」

その境遇は少しだけ創に似ているかもしれない。仲良くなれるだろうか。相手は血統書つきの、優雅な毛並みの持ち主だが。

「あの、俺、ジェントルくんと散歩とか行ってみたいんですけど。いいですか」

「もちろん。あの子は人間が大好きなのよ。きっと創くんのことも、もう大好きだわ」

息子のことも犬のことも同じ「あの子」なのが面白かった。創のことも、同じように呼んでもらえるだろうか。そんなことを考えていると、縁側の向こうに見える庭に、ふいに高野があらわれた。

「あ、先生」

高野は長靴を履いて首からタオルを掛け、農家の人のような格好をしていた。けれど表情は病院で働いている時と同じように静かで、白衣を着ている時とほとんど印象が変わらない。

「おう。しっかりきれいになったな」

「はい。おつかれさまです」

高野はそのまま縁側から中に入ろうとして、玄関から入ってよ、とおかあさんに叱られていた。もう上がってしまったので、今回は見逃してくれるらしい。創の目の前で「息子」として叱られて、高野は少しばつの悪そうな顔をしていた。それが可愛くて、笑ってしまう。

高野が長靴を玄関に戻しに行ったので、創もついていく。

「あとでジェントルくんと散歩に行ってきます」

「迷子になるぞ。一緒に行くよ」

創はこの家が好きだった。まだ一部しか目にしていないけれど、玄関に一歩足を踏み入れてから先、どこにいても、あたたかくて手触りのいいブランケットにくるまれているような空気を感じる。

（おとうさんもおかあさんも、この家も。ぜんぶ、先生に似てる）

たとえところどころ新しく生まれ変わっているのだとしても、高野が育った場所なのだと、そのすべてから伝わってくる。

いつか自分もその一部になれたらいいと、心から思った。


二階には、畳の部屋がふたつあった。ひとつは物置部屋で、もうひとつが高野の部屋だという。窓に向かった勉強机と、壁をそれぞれ半分ずつ占めている本棚と木の箪笥《たんす》。どれも高野が使っていた頃のままらしい。

「ここで先生が勉強してたんですね」

創にとっては博物館で貴重なものを見るのとほとんど同じだ。嬉しくなって、椅子に座って机に向かう。暗いから窓の向こうはほとんど見えないが、おそらく開けた景色が広がっているのだろう。

夕方、高野と一緒にジェントルくんの散歩に行った。高野家の敷地は創が思っていた以上に広く、この周辺一帯が文字どおりの庭なのだという。迷子になる、という言葉も大げさではなかったのだ。

しばらく歩いた先に小高くなった丘があって、そこからは海も見えた。海の見えるその場所は、高野のお気に入りの場所なのだと教えてくれた。もしかしたらこの窓からも見えるかもしれない。あたり一面に緑の草が生えて、小さな白い花がたくさん咲いていた。とても静かで、美しい場所だった。

「俺だったらずっと外を見ちゃいそう」

「毎日見てると慣れる。三十年以上たっても、何ひとつ変わらない景色だぞ」

それはそれですごいのでは、と創は思う。

布団を敷くぞ、と言われたので、椅子から立って手伝う。高野は子どもの頃から布団で寝ていたらしい。いまでも同じものを使って寝るそうだ。押し入れから出した布団を、ふたつ並べて敷く。

「おまえの布団はお客さん用のがあるんだけど。一応、見せるだけ見せておく」

なぜか神妙な顔をして、高野は畳の上に正座した。はい、と創も真似をする。すると高野は、背中に隠していたらしい何かを差し出してきた。

「うちの父親がおまえのために買って用意しておいたらしい。七歳の小学二年生が喜ぶと思って」

「こ、これは……」

それは戦隊ヒーローの絵が描かれた、小さいサイズの枕だった。いちばん新しいヒーローなのだろうか。創には分からない。けれど枕は新品で、まだ誰にも使われていないようだった。

「小学生ってまだこういうの好きなんだろうか。昔すぎて俺には分からんが」

「俺も分かんないです……」

端整な眉間《みけん》に皺を寄せて、高野が言う。七歳の気持ちは創にも分からない。高野にも、おそらく高野のおとうさんにも分からなかっただろう。だからきっと、いろいろ考えてくれたのだ。あまり口数の多くない人らしく、夕飯の時もそのあとも、少ししか話せなかったけれど。

「俺、これで寝ます」

高野の手から小さな枕を受け取る。思った以上に小さいけれど、しっかりした重さがあった。高野はまだ若干複雑そうな顔をしていたけれど、創が笑うと、同じように笑い返してくれた。

先に寝ていてくれ、と声をかけて、高野は階下へ下りていった。もしかしたら枕のことについて、おとうさんに話しに行ったのかもしれない。

戻ってくるまで待っていよう、と思い、創は本棚を見せてもらうことにした。カバーの色あせた文庫本や辞書に混じって、子ども向けの図鑑がシリーズで並んでいる。きっと小さい頃から大事にしていたんだろうな、と思うと微笑ましかった。創も子どもの頃、「水にすむ生きもの」の図鑑が好きでザリガニのページばかり見ていた。小さい高野はどれがお気に入りだっただろう。

その中にあった「花」の図鑑を手に取る。目次を頼りに、ダリアを探した。写真ではなく花のイラストが掲載されている。ダリアは細長い花びらがたくさん重なった、大きな花だった。図鑑のページをぱらぱらめくっていても、ぱっと目を引く。色鮮やかで美しい大輪の花だ。

(ほんとに、きれいな人だったんだな)

創が会うことはない人なのかもしれない。それでも、いまも高野がその人の幸福を願い続けていることを知っている。だから創も、ダリアさんと新しい家族が元気で幸せでいてほしいと思う。

合掌するような思いで図鑑を閉じ、本棚に戻す。大判のそのシリーズとは違う、文庫ほどの大きさの本に、ふと目が留まる。

「ポケット野草図鑑」と書かれたその本は、ずいぶん使い込まれた様子がうかがえた。興味を引かれて開いてみる。山の植物、海の植物、といった風に、場所ごとに分けて草花の写真が載っていた。緑の草が多く、花も、どこか控えめで大人《おとな》しげなものばかりだ。でもそれが、なんだかいじらしくて可愛い。

（野原に咲いてる、花みたいな……）

高野のおかあさんが言っていたことが、なんとなく理解できる気がした。そして同時に、創はここにいない人のことを胸に思い出してしまう。

（瀬越《せごし》先生と、高野先生みたい）

華やかなダリアと、野に咲く花。創にとってそのふたりがそれぞれ大切であるのと同じように、どちらがより価値があるとか、立派だとか、そういう話ではないのだろう。

自分はどちらだろうか。そんなことを考えていると、なんだか寂しい気持ちになってきてしまった。

「起きてたのか」

そこに高野が戻ってくる。創の開いていた本を見て、ああ、と懐かしそうに目を細めた。

「山歩きしてた頃に使ってたやつだな」

登山する時や旅行の時にこの本を持ち歩いて、花や草の名前を調べるのに使っていたのだという。

それを聞いて、使い込まれた様子に納得する。

「俺も同じやつを買おうかな」

「だいぶ古いけど、それでよければあげるよ。持って帰ればいい」

「ほんとですか。やった」

古いのがいいのだ。高野と一緒にいろんな場所に行った本なのだから。

喜ぶ創に目元を緩めて、高野が眼鏡を外す。紐を引っ張って電気を消し、それぞれの布団に潜り込んだ。創はもらった本を大事に枕元に置く。

「おやすみなさい」

「ああ」

声をかけあって、目を閉じる。長距離移動をして疲れているはずなのに、なかなか眠気が訪れない。

枕は小さいとはいえ、頭を乗せるにはじゅうぶんな幅がある。いつも使っているものとは柔らかさが違うので、慣れないのは大きさよりも感触のほうだった。敷き布団も重たい掛け布団も、創の知らない匂いがする。

眠れずに布団の中で耳を澄ませていると、窓の外でざわざわ風が鳴っている音が聞こえる。どこかで犬が鳴いていた。ジェントルくんにしては遠い気がする。もしかしたらオオカミだったりするのだろうか。

高野は小さい頃から、こんな音を聞いて毎晩眠っていたのだ。そう思うと、聞こえてくる音の断片のひとつひとつをしっかり覚えておきたくなる。

「眠れないのか」

その気配が伝わったのだろうか。隣の布団から、高野の声が聞いてくる。顔を向けると、暗い中でこちらを見つめる人と目が合った。

「大丈夫です。だんだん眠くなってきました」

創はひとりでうまく眠れない時期があった。高野はそれを覚えているから、心配してくれているのだろう。疲れているのに、と申し訳なくなる。

「枕が小さすぎるんじゃないのか」

「俺、もともと枕にはこだわりがないから平気です。外で寝てた頃は布団も枕もなかったし」

「……こっちに来てもいいぞ。寒いだろう」

安心してもらおうと言った創に、高野が寝返りを打って背を向けながら言う。ぶっきらぼうなその言い方に、創は暗闇の中で瞬きをした。

「はい」

笑って、枕を抱える。お邪魔します、と隣の布団に滑り込むと、背中を見せていた高野がこちらを向いた。創の持ってきた小さな枕を見て、小さく笑う。大きな手で頭を包むように、抱き寄せられる。

「あったかいな。ここは寒いよ」

「そうですね」

抱きかかえられて伝わる体温のあたたかさに、深い息が漏れる。いつもより寒い場所にいるからこそ、包んでくれる腕が熱くて、触れている肌が溶けてしまいそうだった。

(……もしかして、俺を心配しただけじゃなくて)

温もりを分け合うように、頬と頬を合わせる。ぎゅっと抱いてくれる腕が強くて、創はくすぐったい気持ちになった。高野もひとりで眠るのを寒いと思い、創の熱を求めてくれたのかもしれない。

「ジンギスカンおいしかったです。ここで食べるからおいしいのかな……」

ひとつの布団にくるまって取り留めのないことを話すのが好きだった。そうしている間に穏やかな眠気が訪れて、朝までぐっすり眠れる。

「空港にジンギスカンキャラメルっていうやつが売ってた。あれ瀬越先生へのお土産にしようかな」

創の言葉に、いいんじゃないか、と高野は頷いた。買って帰ろう、と決める。

「先生、俺ね……」

いろいろ話したいことがあるのに、欠伸《あくび》が出てそれを遮られてしまう。高野が創の肩を引き寄せ、背中を優しく叩《たた》かれた。寝かしつけるように、額に小さく唇《くちびる》で触れられる。

それを心地いいと思いつつも、創には気がかりなことがあった。

「おとうさんとおかあさんが見たらびっくりしますよ」

「しないよ」

すぐ近くにいるのだ。何かのきっかけでこうやって寄り添っているところを見られてしまったら、きっと驚かれるだろう。眠たい声で言うと、高野はあっさりと否定した。

「話してきた。全部」

淡々と言われる。全部。こうやってひとつの布団で仲良くしていてもびっくりされないような話を。

「いつ？」

「ついさっき。おまえが小さい枕嬉しそうに持ってるの見たら、何か黙っていられなくなって」

「……そうだったんですね」

「ごめん。まだ話さないって俺が決めたのに。おまえがこんなに可愛い、いいやつなんだって、どうしても話したくなった」

どこか怒っているような声で言われる。高野がこんな言い方をする時は、照れて恥ずかしがっているのだと創は知っていた。ごめん、と繰り返して謝る人に首を振る。

「どんな反応でしたか」

「『あらまあ』って。父親は無言だったけど、ふたりとも同じ顔してたな。そうだったのか、って納得したみたいな感じだった。分かってくれたよ」

静かに話す人に、すがりつくように腕を回す。

言葉が出てこなかった。胸がいっぱいになって、目に涙が滲《にじ》む。声も出せない創の頭をそっと叩きながら、泣き虫、と高野が笑う。何も言わないまま、互いを優しく撫で合うように何度も唇を重ねた。

「そういえば、おまえのことについて母親が何か言ってたな。何だったか……」

穏やかな抱擁に包まれて、また創がうとうとしはじめた頃に、高野が何か思い出した様子で呟く。

「おかあさんが？」

見上げる創の頬に触れながら、高野は考え込む。やがて、ああ、と教えてくれた。

「思い出した。『やっぱりね。ぺんぺん草みたいな子だと思ったわ』って」

おまえ意味分かるか、と聞かれる。創には思うところがあった。

「ぺんぺん草って、そのあたりの原っぱに生えてますか。草？」

「さっきあげた野草図鑑に載ってるよ。七草粥《ななくさがゆ》にも入れるナズナだろ。食べられるし薬にもなる。白くて小さい花が咲くやつだな」

この辺でもよく見かけるよ、と高野が教えてくれる。それを聞いて、創は思わず笑ってしまった。

瞬きすると、目の端に残っていた涙の粒がこぼれて落ちた。高野が指でそれを拭《ぬぐ》ってくれる。不思議そうな顔をしている人に、明日話します、と約束する。

ぺんぺん草はどんな花を咲かせるのだろう。寝て起きたら、図鑑で調べてみよう。そのページを開いて、高野に野の花の話を聞いてもらいたかった。

ジェントルくんに先導され、高野とふたりで手を繋いで歩いた場所のことを思い出す。海が見えて、小さな白い花がたくさん咲いていた。

高野の好きな美しい場所に咲く花。もしかしたら、あれがぺんぺん草だろうか。そうだったらいいな、と思う。

ずっと高いところから、たとえば飛行機に乗るくらいの高さから見下ろしたら、あの白い花たちが夜空に散らばる星粒のように見えるかもしれない。そんな中をふたりで歩いていたら、まるで星の海を散歩しているように感じられるだろうか。

目を閉じたら、そんな夢が見られる気がした。

「おやすみ、創」

優しい低い声が囁《ささや》いてくれる。眠りに落ちる前に、もう一度キスをした。

たったひとり

「……なまえ？」

「そう、お名前です……」

子どもが紛れ込んだのかと思った。

聞こえた声は確かに声変わりを終えた少年のものだった。けれど、まだほんの数年しか生きていない幼子のような、おぼつかない物言いだった。

対面して言葉を交わしている看護師も、その様子に不安を覚えたのかもしれない。語りかける声が、少しゆっくり、丁寧になる。

「この書類に、お母さんの名前を書いてもらってもいいですか。ごめんなさい、ほんとなら、お父さんが来てくれるといいんだけど……」

なまえ、と、それまで黙り込んでいた少年が、その単語だけをもう一度短く繰り返した。

名前を書くことを了解した、と伝えたつもりなのだろうか。それきり、何も言わずに書類だけを受け取る。

電子カルテに麻酔記録を入れながら、横目でその様子をうかがう。あの患者がここに来てから、もう、二日経った。

病院としては出来ることは全てしてきた。あとは、経過を見守るしかない。

見守る。主治医に説明されたその言葉を忠実に守ろうとしているように、今日も、朝の早い時間からずっと、ああやって母親のベッドのそばに座っている。痩せた少年だ。

最初に母親が集中治療室に運ばれて来た日には、学校の制服を着ていた。どこの制服なのかまでは分からなかったけれど、おそらく、高校生だろう。顔立ちや、育ちきっていない骨格の細い体型にはまだまだ幼さが残っている。それでも、同時にどこか、ひどく大人《おとな》びた雰囲気のある少年だった。

「……お母さんの名字、分かりますか」

書類とペンを渡されてしばらく身動きしなかった少年が、おそるおそる口を開く。まるで、こんなことを聞くのは間違っている、と怯《おび》えているような声だった。

看護師は優しい声で答えている。

「ご家族だから、あなたと同じ名字ですよ」

「ごめんなさい、俺、どうしても、思い出せなくて。米原《よねはら》か、相澤《あいざわ》か、どっちだったか。ナカムラだったかもしれない……」

隣で勤務表を作っている看護師長の手が止まる。静かなので、離れた場所にいても会話の内容が聞こえてしまうのだ。

応対している看護師も、若干、息を呑《の》んだような間を挟んだ。そうですか、と、それでも動揺をおもてに出さない声で続ける。

「じゃあ、入院の時に作ったリストバンドで、一緒に確認してみましょうか。……相澤さん、ですね」

ああ、と、その名前を見て、納得したような、そうでもないような、ぼんやりとした反応が返る。

それきり、また黙り込んでしまった。

「書きました」

ありがとうございます、と、名前を書き終えた書類を看護師が受け取る。

申し訳なさそうに声を少しだけ潜めて、この後、検査の予定が入っていることを少年に伝える。付き添いの家族のために控え室を用意してあるから、そちらで待っていてください、と言われて、大人しく椅子《いす》を立つ音がした。

「むずかしい事情のあるご家庭なんです」

様子を見守っていたらしい師長が、こちらに囁《ささや》いてくる。

「ご両親が離婚していて、お父さんのほうはもう、再婚していて。あまり、関わりを持ちたくないようなんです」

離婚する前、つまり父親の名字が米原。今の名字が、母親のほうの相澤なのだと教えてくれる。

「ナカムラというのは？」

「お母さんのおつきあいしている方だとか。近々、再婚される予定だったそうです」

なるほど、と頷《うなず》く。確かに、複雑だ。

「その上、前のご主人とはあまり円満な別れ方はしていないらしくて。再婚予定だったその方も、お見舞いには毎日来てくれてますけど、キーパーソンになっていただけるかというと、仕事もありますからって消極的で……」

だから、いろいろな手続きをほとんど息子《むすこ》であるあの少年がしなくてはならなかった。とはいっても未成年であるから、最終的には父親に頭を下げて印鑑を押してもらっているようだ。

たぶん、しっかりした息子なのだろう。しっかりしているせいで、なんでも任せられて、ひとりで大丈夫なのだと放っておかれている。

「それぞれのご家庭のことなので、あまり、口は挟めませんし。息子さんがもう少し年齢が下だったり上だったりしたら、また話は別なんですけれど」

聞けば、彼は十七歳なのだという。これが小学生や中学生だったら、子どもにそんなことを任せるほうが非難される。十八歳を過ぎて高校も卒業していれば、ひとりの大人として扱うことも出来る。

「大人とも子どもともいえない、難しい年齢ですね」

「ええ、ほんとうに。だから、私たちもどうしてあげたらいいのか……」

気の毒な話だ、と、そう思った。子どもは何も悪いことをしていないのに、まわりの大人たちの都合で振り回されている。ただし、そうした事例は、さほど珍しいことではない。看護師長も経験上、何度もよく似た場面に遭遇しているだろう。できることをできる範囲でするだけだ、と、割り切るしかないことを、よく知っている。

心をこめて、ひとりひとりに向き合わなければならない。

けれども決して、心にすべて、受け入れてはならない。

病院で勤める者には、そういう心構えが自然と育っていく。ひとつでも多くの命を、確実に救わなくてはいけないから。

「できるだけ、気に掛けるようにします」

高野《たかの》がそう言うと、師長も、お願いします、と短く返した。きっとお互い、何もしてやれないだろうと、心の中では分かっていた。

傷や病ならば治せる。けれど、ひとの人生そのものを救う方法など、誰にも分からないのだ。

その日はひとと会う約束があった。顔も名前も分からない、年下の女性だということしか知らない相手だった。

「いい加減、ひとりでいるのをやめたらどうだ」

そう言われて、上司である麻酔科部長から紹介された人だった。

ひとり身に戻ってから、よく似たことは数多く言われた。けれど高野はそれらすべてを、はいはいそのうち、と受け流して終わりにしてきた。そのうち、という言葉がいつをあらわすのか考えるのは、いずれ後期高齢者になる自分を思い描くよりも、ずっと難しい気がした。

普段ならば受け流すところを頷いたのは、高野がこの部長に、内心ささやかな罪の意識を感じていたからだ。

麻酔科医にとって必携の教科書のひとつに、「ミラー麻酔科学」という本がある。外国のミラー先生という、えらい人が書いた本だ。

高野はその先生にちなんで、同僚たちの前では部長のことを「うちの病院のミラー」と呼んでいた。顔がよく似ていたのだ。

しかしいつの間にか、それがひとり歩きしてしまった。

高野のあずかり知らぬところでそのニックネームが広まり、外国のミラー先生の存在を知らない人々の間で、いつしかそれは部長の立派なつるつる頭に由来するあだ名になってしまった。一本残らず頭髪が抜け落ちた頭は、確かに磨かれた鏡のようにきれいなのだが。

ミラー部長の耳にも、その呼び名は届いたようだった。いつかの飲み会で、こう言っているのを聞いてしまった。

——誰だ、俺にそんなあだ名つけやがった奴は。見つけたら、
日頃は温厚なはずの上司が、頭のてっぺんまで真っ赤になって激しく憤っていた。

——見つけたら殺す……!

あれは酒の勢いを借りた本音だろう。

殺されてしまうので、ほんとうのことを言って謝ることもできない。墓の中まで持っていくしかない秘密になってしまった。

「いいお嬢《じょう》さんなんだ。きっとおまえも気に入る」

そんな相手に言われたことだから、つい、頷いてしまった。

「おまえはいい奴だ。落ち着いてるし、健康だし、だいぶん地味だが見た目だって別に悪いわけじゃない。収入だって将来性だってある。最初の一回は駄目だったかもしれない。でもそのぶん、次に一緒になる人を、かならず幸せにできる」

高野はその言葉を、黙って聞いているしかなかった。つるぴか光るきれいなその頭に、叱られる子どものように神妙な顔の自分が映り込んでいる気がした。

「このご時世だ。たったひとりだけでも、誰かを確実に幸せにできるってことは、すごいことなんじゃないか……」

そうだろうか、と思うばかりだった。

幸せとはなんだろう。かつて一緒になった人にとって、それはともに新しい命をはぐくみ、自分たちだけの家族を得ることだった。

だったら、高野に、その力はないのだ。

「今日おまえ日勤だろ。残業禁止。俺から連絡しておくから、食事に行ってこい」

強引に会う約束を取り付けられてしまう。ミラーの件で負い目があるので、強く断れなかった。

はあ、じゃあ、と頷きながら、高野は何故か、自分の家族の名前さえ見失ってしまった、あの迷子のような少年のことを思い出していた。

彼にとっては何が幸せだろう。母親が快復することだろうか。理由も分からないまま、なんとなくそれだけではないのではないか、と、勝手に思ったりした。


紹介されたお嬢さんとは、病院の近くのコンビニで待ち合わせをすることになっていた。近くに、他に分かりやすい場所がないのだ。

半分騙《だま》されたような気持ちになりながら、会うだけ、一度会うだけ、ミラーの顔を立てるだけ、と心の中で繰り返す。夕食を一緒にすることになっているが、店も決めていなかった。ひとり身になってからは、コンビニと病院内の食堂や売店にあるものしか食べていない。気の利いた店のひとつでも、そういうことに詳しそうな後輩に聞いておくのだった、と今さら気付く。

待ち合わせに指定された時間よりも、少し早く着いてしまった。

コンビニの駐車場に車を停めて、シートベルトも外さずにぼんやりする。隣に建つ牛丼屋の、暖色に光る看板を眺めた。自分ひとりなら、このままあの店に入るのだが。さすがに、上司に紹介されるいいところのお嬢さんを連れて行くのはまずいだろう。

（あれは）

店の前面に、メニューが載ったポスターが貼られている。その前に、記憶に新しい人物が立っていた。店内から漏れる明るい光に照らされて、その頬《ほお》はやけに白く見える。痩せた肩を丸めて、彼はただじっとポスターを眺めていた。

あの、意識の戻らない母親に付き添っていた少年だった。夕食を取りに外に出てきたのだろうか。夕方以降になると、見舞いに訪れる人物が増える。彼の母親に会いに来る誰かと、顔を合わせたくなかったのかもしれない。なんの根拠もなく、そんなことを思う。

牛丼を食べるのだろうか。表情が抜け落ちたような白い顔で、彼はじっとそのポスターを見つめていた。いったいいつからそこに立ち尽くしているのだろうか。彼の横をすり抜けて新しく店に入っていく人がいて、食べ終えて店から出てくる人がいる。何をそんなに迷っているのだろうか、と、高野はただ、車に乗ったままその姿を眺めていた。

世界に背を向けるような、そのうなだれた佇《たたず》まいは、まるでどれを食べるか、ではなく、自分が食事をしてもよいのか、と迷っている姿のように見えた。母親の名字を思い出せなくて、それを他人に尋ねていた時のように、怯えて。

「あの、すみません」

ふいに、窓硝子《まどガラス》を叩《たた》く音とともに呼びかけられる。すっかり牛丼屋のほうに気を取られていて、ひとと待ち合わせをしていたことを忘れていた。ぼんやりしていた高野が面白かったのか、窓硝子を叩いたお嬢さんが声を立てて笑う。長い髪をふわふわと夜風に揺らした、確かに可愛《かわい》らしい人がそこに立っていた。

「高野先生ですね。はじめまして」

ああ、どうも、と返事をして、とりあえず一度車から降りる。ちゃんと挨拶をして、助手席に乗ってもらって、それからいい感じの会話などをしつつ、それなりの店で食事をしなければならない。

車から降りてお嬢さんに頭を下げながら、ちらりと牛丼屋の方をうかがう。ポスターを眺めていた彼は、結局、店には入らないと決めたようだった。どこに向かおうとしているのか、痩せた背中がふらりと店の灯《あか》りを離れて、暗い歩道に消えていく。

（なんだ。食べないのか……）

お仕事はたいへんでしょう。それほどでもないです。お医者さんになるのって、難しいでしょう。ほんとにすごいですね……。それほどでもないです。上の空で言葉を交わしながら、高野は隣の店を指差した。

「食事ですけど、そこの店でいいですか。すごく食べたくなってしまったので」

可愛らしいお嬢さんは、たっぷり十秒ほど微笑《ほほえ》んだまま黙り込んだ。それから気を取り直したように、はい、と頷かれる。ないな、と判断されたのが、その沈黙だけでじゅうぶんに伝わった。

その翌日、牛丼屋に連れて行くやつがあるか、と、朝いちばんで部長に怒られた。

もちろん、また会おうという約束もしなかったし、連絡先も交換しなかった。

不可抗力だ。牛丼は安くて美味《おい》しかった。申し訳ないあだ名を広めてしまったことについて、少しは罪滅ぼしができた気がした。だから、高野にとってはそれでじゅうぶんだった。

集中治療室を出て、売店まで夕食を買いに行こうとしたところだった。待ち合い室から離れた場所に、昨日の少年が何をするでもなくぼんやりと立っていた。所在なげに、壁に背中を預けている。彼は今日も、朝から母親のそばに寄り添っていた。

(おい)

はじめは、通り過ぎるつもりだった。心の中で昨日のことを思い出して、若干の苦笑いを浮かべながら。

(おまえのせいでふられたぞ)

けれど自分でも意識しないうちに、足を止めていた。

「ひどい顔色だぞ」

気が付いたら、そんな声をかけていた。驚いたように、少年は顔を上げた。あれから食事をとっただろうか。栄養も睡眠も、生きていくうえで必要なものが不足していることがあきらかな、青ざめた顔だった。

「お母さんのことが心配なのは分かるけど、ちゃんと休めよ。……高校生?」

高野が聞くと、少年は一度、小さく頷いた。突然声をかけられて驚いているらしい。声なく頷くその様は、警戒した野生の動物のようだった。いつ逃げだそうか、と窺《うかが》っているようにも見えた。

「相澤さんは、明日には一般病棟に移れるから」

少しでも安心させたくて、主治医が言っていたことを伝える。けれど彼は、なんのことだろう、とでも言いたげにぼんやりしたままだった。やがて、それが自分の母のことだと気付いたように、遅れて頷く。

その様子に、胸が小さく痛んだ。

「名前は」

今後、必要になるかも分からないのにそんなことを聞いてしまう。

たとえ環境によって名字がいくつか変わったとしても、名前だけは変わらない。もしこの先、声に出して彼に呼びかけることがあるのなら、せめて、その魂にじかに届くように名前を呼びたかった。

彼がそれさえも、見失ってしまわないように。

創《そう》、と、少年はどこか戸惑いがちに答えた。

「つくるっていう意味の、字です」

遠くを見るようにぼんやりとしていた目が、高野を見上げる。

創。高野にとって、馴染《なじ》みのある文字だった。この少年にとって、それは、つくるという明るい意味を持つ文字なのだろう。けれど高野をはじめ、医師にとってその字は「きず」だった。創部、術後創、創離開……。目にしない日はないほど、関わりの深い文字だった。

近くで見ても、彼の骨格はやはり華奢《きゃしゃ》な少年のものだった。きっとこれから、まだまだ成長する。どんな風にも変われる、という明るい未来を内に秘めているはずの少年の目には、しかし同時に、それを自ら拒絶し否定しているような痛ましさもあった。まるでその名前が含む複数の意味を、そのまま体現しているようだった。

「先生は、高野先生」

胸に下げている名札を見たのだろう。ひとりごとのように小さく呟《つぶや》いて、ぱち、と、音を立てそうなほど明確なまばたきを一度。

「ますいか……」

見上げてくる瞳は、怖いほど真《ま》っ直《す》ぐで、澄んでいた。不安も恐れも、何もかも忘れたように、彼は瞬間、ただ高野の姿を目に映すためだけに、その命のすべてを費やそうとしているように思えた。吸い込まれそうな目が、何故だか、少し、怖かった。

それ以上、何か話すこともできなかった。彼も、それを望んでいない気がした。じゃあ、というつもりで一度頷き、廊下を歩いて去る。

面会時間を過ぎても、彼はここから離れないのだろう。どこに行ったらいいのか、もう分からなくなってしまったのかもしれない。自分の名字が分からなければ、帰る家も、見つからない。

動物ならばよかったのに。ふと、そんなことを思った。

彼が帰るところを見失ってしまった、行く場所のない動物であったのなら、一緒においでと声をかけられる。あたたかい食べ物を差し出して、雨風をしのげる屋根の下で、寒くないように寝床を与えてやれるのに。

かつて、同じ思いを抱いたことを思い出す。振り返っても振り返っても、どこまでもついてきた、真っ黒に澄んだ瞳の美しい鹿。

——たったひとり。

蘇ったその思い出に、ふいに、その言葉が浮かぶ。

あなたを選びました、と、そう伝えるように、どこまで歩いても、ずっと高野の背中を見失わず一緒だった、あの美しい生きもの。

息をひそめるようなささやかな眼差《まなざ》しを感じた気がして、振り返る。彼が、あとを追ってきたのではないかと思った。

ひと気のない冷たい廊下には、高野のほか、誰の姿もなかった。

誰もいなかったことが、思いのほか、寂しかった。

たったひとり。この世界で、高野が確実に幸せにできる誰か。そんな誰かがほんとうにいるのならば、それは高野にとっても、確かな幸福だろう。

もしも、それが、彼ならば。

(いやいや。……いやいや、ないだろう)

何を考えているんだ俺は、と、頭を振って、そのおかしな考えを追い払う。お膳立てされた出会いでさえ、きちんとかたちにできないのだ。そんな自分に、何ができるというのだろう。

(でも、そうだな。機会があれば)

財布の中にある、牛丼屋の割引チケットのことを思い出す。きのう、会計の時にもらったものだ。この次あれを使う機会があるのならば、ひとりではなく、彼のために使いたいと、そう思った。美味しいものをたくさん食べて、命を未来につないでやれるように。生きるのは、ひとりひとりの仕事だ。だからそれを、少しでも、助けられるように。

機会があれば。できることがあるなら。許されるのならば。

いつか、そんな幸福が訪れるように。

彼の母親は、もうすぐ、高野のもとを離れていく。そうなっても、忘れずにいよう。そのかたわらに影のように静かに付き添っていた、不安に怯える、きずという名を持つ彼のことを。

黒く澄んだ瞳を思いながら、高野は心の中で、祈るように願うように繰り返す。

たったひとり、

たったひとり。

あとがき

こんにちは、中庭みかなと申します。

この度は「沈まぬ夜の小舟」を手に取ってくださりありがとうございます。

私は趣味で書いた小説を載せるWebサイトを運営しておりまして、このお話も、もともとはそのサイトに掲載していました。長い時間をかけて連載して、完結するまで読者さんにたくさん見守っていただきました。半年くらい続きを書かず放置してしまっていた時期もありました（しかもわりと区切りのひどいところで）。その節は申し訳ありませんでした……。

こうして本のかたちにしていただけるようになったのも、その当時からいまにいたるまで応援してくださった皆様のおかげです。ほんとうにありがとうございます。


書籍化にあたって、全体を見ながら文章や表現を手直ししたり、細かい書き足しを加えることができました。新しく書き下ろしたSSも、この機会がなければ書けなかっただろうな、と思うものばかりなので、きっかけをいただけて嬉しく思います。

サイト版から読んでくださっていた方も、書籍ではじめて読んでくださる方も、少しでもお楽しみいただければ幸いです。


イラストをご担当くださったのはテクノサマタ先生です。

ひとり好き勝手に書いたり書かなかったりしていた頃から、脳内では「イラストはテクノ先生がいいな～」と想像して喜んでいました。なので、今回お引き受けいただけると知った時には心から驚きました。いい夢を見ているな……と、いま現在でも夢見心地でいます。

創と先生たちの顔を見せてくださってありがとうございます。一生の宝物にします。


私にはひそかな夢がありまして、それが「本を一〇冊出してもらえたらいいな」と『沈まぬ夜の小舟』を中庭みかな名義で本にできたらいいな」のふたつでした。

この下巻がちょうど一〇冊目の本になります。更に言えば、前述のとおりテクノサマタ先生に描いていただけたら嬉しいな、というのも夢のひとつだったので、一度にたくさんの夢を叶えてくれた本になりました。かかわってくださったすべての方々にお礼申し上げます。

生きるのも小説を書くのも、なんでも続けているといいことがあるんだな、と思っています。

みなさまにもいいことがたくさんありますように。どうかご健康でいてください。

またどこかでお会いできたら嬉しいです。ありがとうございました。

中庭みかな

上下巻購入者限定特典SSはこちら

https://rutile-official.jp/blog/special/5157.html

password② syaketoikura （シャケとイクラ）

上記URLにアクセスいただき、
「沈まぬ夜の小舟 上」巻末掲載のpassword①に続けて入力することで
書き下ろし番外編ショートストーリーをお読みいただけます。

［初出］

沈まぬ夜の小舟（第二十七章～第四十七章）

灯火

lamplight

たったひとり

小説投稿サイト「ムーンライトノベルズ」ならびに
自身のwebサイト「トルタンタタ」にて発表の内容を加筆修正
※「ムーンライトノベルズ」は株式会社ナイトランタンの登録商標です。

野の花　書き下ろし

沈まぬ夜の小舟　下

二〇二一年六月三〇日　第一刷発行

著者　中《なか》庭《にわ》みかな

発行人　石原正康
発行元　株式会社 幻冬舎コミックス
〒一五一－〇〇五一 東京都渋谷区千駄ヶ谷四－九－七
電話 〇三（五四一一）六四三一［編集］
発売元　株式会社 幻冬舎
〒一五一－〇〇五一 東京都渋谷区千駄ヶ谷四－九－七
電話 〇三（五四一一）六二二二［営業］
振替 〇〇一二〇－八－七六七六四三

印刷・製本所　中央精版印刷株式会社

検印廃止

ISBN978-4-344-84875-7 C0093 Printed in Japan
本作品はフィクションです。実在の人物・団体・事件などには関係ありません。
幻冬舎コミックスホームページ https://www.gentosha-comics.net